Jane Austen

PERSUASÃO

Título original: Persuasion

1ª Impressão 2022

Presidente: Paulo Roberto Houch
MTB 0083982/SP

Coordenação Editorial: Priscilla Sipans
Coordenação de Arte: Rubens Martim
Tradução e Preparação de Texto: Gabriel Cól e Leonan Mariano
Apoio de Revisão: Lilian Rozati
Imagens de capa: Shutterstock

Vendas: Tel.: (11) 3393-7727 (comercial2@editoraonline.com.br)

Impresso no Brasil.
Foi feito o depósito legal.

Direitos reservados ao
IBC — Instituto Brasileiro de Cultura LTDA
CNPJ 04.207.648/0001-94
Avenida Juruá, 762 — Alphaville Industrial
CEP. 06455-010 — Barueri/SP
www.editoraonline.com.br

Capítulo 1

Sir Walter Elliot, de Kellynch Hall, em Somersetshire, era um homem que, por diversão, nunca pegou em um livro a não ser o *Baronete*; nele encontrava ocupação para uma hora ociosa, e consolo em momentos aflitivos; lá suas suas memórias e seu respeito eram despertados pela admiração e contemplaç~~ao dos primeiros títulos; ali, quaisquer sensações indesejáveis decorrentes de acontecimentos domésticos se transformavam naturalmente em pena e desprezo. À medida que ele passava pelas criações quase infinitas do século passado — e lá, se caso todas as outras páginas não surtissem efeito — ele poderia ler sua própria história com um interesse que nunca acabava. Esta era a página na qual o volume favorito ficava sempre aberto:

ELLIOT, DE KELLYNCH HALL

Walter Elliot, nascido em 1 de março de 1760, casado em 15 de julho de 1784 com Elizabeth, filha de James Stevenson, distinto cavalheiro de South Park, no condado de Gloucester. desta Senhora (falecida em 1800) nasceram Elizabeth, em 1º de junho de 1785; Anne, em 9 de agosto de 1787; um natimorto filho, em 5 de novembro de 1789; Mary, em 20 de novembro de 1791.

Precisamente assim o parágrafo originalmente se ergueu das mãos do impressor. Mas Sir Walter o havia aprimorado, acrescentando, para sua informação e de sua família, as seguintes palavras, após a data do nascimento de Mary: "Casada, em 16 de dezembro de 1810 com Charles, filho e herdeiro de Charles Musgrove, distinto cavalheiro de Uppercross, no condado de Somersetshire" — e introduzindo, com maior exatidão, o dia do mês em que ele havia perdido sua esposa.

Depois, seguiu a história da ascensão da antiga e respeitável família, nos habituais termos: como se instalou pela primeira vez em Cheshire; como fora mencionada em Dugdale, ocupando o cargo de xerife, representando a vila em três parlamentos sucessivos, esforços de lealdade e dignidade de baronete[1], no primeiro ano do reinado de Carlos II, com todas as Marys e Elizabeths com quem eles se casaram, formando, ao todo, dois belos livretos de 24 páginas e concluindo com o brasão de armas e a divisa: "Sede principal — Kellynch

1 Título da baixa nobreza, sendo inferior ao Barão. (N. do E.)

Hall, no condado de Somersetshire", e novamente as observações escritas com a letra de Sir Walter no final:

Herdeiro pressuposto, William Walter Elliot,
cavalheiro distinto, bisneto do segundo Sir Walter.

A vaidade foi o começo e o fim do personagem de Sir Walter Elliot, vaidade tanto pessoal quanto da sua condição. Ele tinha sido notavelmente bonito em sua juventude e, aos 54 anos, ainda era um homem muito vistoso. Poucas mulheres seriam capazes de pensar mais em sua aparência pessoal do que ele, nem poderia o criado de qualquer senhor recém-condecorado ficar mais encantado com o lugar que ocupava na sociedade. Ele considerava a bênção da beleza como inferior apenas à bênção de ser um baronete. Sir Walter Elliot, que uniu em si esses dons, era objeto frequente de seus mais calorosos respeito e devoção.

Sua boa aparência e sua posição mereciam seu apego; já que de fato, ele teve uma esposa de caráter muito superior a qualquer coisa merecida por ele mesmo. Lady Elliot tinha sido uma mulher excelente, sensível e amável, cujo julgamento e conduta, uma vez perdoada a paixão juvenil que a tornava Lady Elliot, nunca exigiu qualquer indulgência. Ela havia tolerado, ou suavizado, ou escondido suas falhas, e promovido sua real respeitabilidade por dezessete anos, e embora não fosse o ser mais feliz no próprio mundo, encontrara o suficiente em seus afazeres, seus amigos e seus filhos, para prender-se à vida, para que não fosse motivo de indiferença quando foi chamada a deixá-los. Três meninas, as duas mais velhas de dezesseis e quatorze anos, era um legado terrível para uma mãe deixar, antes uma horrível carga para confiar à autoridade e orientação de um pai presunçoso e tolo. Ela tinha, no entanto, uma amiga muito íntima, uma mulher sensata e merecedora, que fora trazida, por forte apego a si mesma, para se estabelecer perto dela, na aldeia de Kellynch, e foi especialmente em sua gentileza e conselho que Lady Elliot confiou para a melhor ajuda e manutenção dos bons princípios e instruções que ela estava esmeradamente dando às filhas.

Essa amiga e Sir Walter não se casaram, o que quer que tenha sido previsto a esse respeito por seus conhecidos. Treze anos haviam se passado desde a morte de Lady Elliot, e eles ainda continuavam vizinhos e amigos íntimos; ele permaneceu viúvo, da mesma maneira que ela.

Que Lady Russell, de idade madura e caráter estável, além de extremamente bem provida financeiramente, sequer pensasse em um segundo casamento não precisaria de justificativa ao público, pois é bem comum que haja um descontentamento irracional quando uma mulher se casa de novo do que quando ela não se casa; mas o fato de Sir Walter continuar solteiro requer explicação. Que se saiba, então, que Sir Walter, como um bom pai (tendo experimentado uma ou duas decepções particulares em pedidos bem pouco razoáveis), orgulhava-se de permanecer solteiro por causa de suas queridas filhas. Por uma delas, a mais velha, ele realmente teria desistido de qualquer coisa — o que não tinha sido muito tentado a fazer. Elizabeth tinha conseguido, aos dezesseis anos, dentro de todas as possibilidades, herdar os direitos e a importância de sua mãe e, por ser muito bonita e lembrar muito o pai, sua influência sempre foi grande, e dessa forma eles continuaram juntos e felizes. Suas duas outras filhas eram para ele de valor muito inferior. Mary adquiriu uma importância artificial ao se tornar a Sra. Charles Musgrove. Anne, no entanto, com uma mente elegante e doçura de personalidade, coisa que faria com que qualquer pessoa com real entendimento a tivesse em alta estima, era ninguém para o pai e para a irmã; sua palavra não tinha peso, sua conveniência jamais foi considerada... ela era apenas Anne.

Para Lady Russell, de fato, ela era uma afilhada muito querida e valorizada, favorita e amiga. Lady Russell amava a todas, mas era apenas em Anne que ela podia imaginar a amiga revivida.

Alguns anos antes, Anne Elliot tinha sido uma menina muito bonita, mas seu florescer tinha desaparecido cedo. Mesmo no auge de sua beleza, seu pai tinha encontrado pouco para admirar (totalmente diferentes dos dele eram seus traços delicados e olhos escuros e suaves), não poderia haver nada que despertasse sua estima, agora que ela estava desbotada e magra. Ele nunca se entregou a muitas esperanças — agora não tinha nenhuma — de ler o nome dela em alguma página de sua obra favorita.

Toda igualdade de aliança repousava somente em Elizabeth, pois Mary havia se conectado a uma antiga família do interior de respeitabilidade e grande fortuna e, portanto, passou a dar a todos muita honra sem receber nenhuma. Elizabeth iria, um dia ou outro, se casar adequadamente.

Às vezes acontece de uma mulher ser mais bonita aos vinte e nove do que dez anos antes; e, de modo geral, se não houve doença ou ansiedade, é um momento da vida no qual quase nenhum encanto é perdido. Foi assim com Elizabeth, ainda a mesma bela senhorita Elliot que tinha começado a ser treze anos atrás, quando passara a ser chamada dessa maneira, e, portanto, Sir Walter pode ser perdoado de esquecer a idade dela, ou, pelo menos, deve ser considerado apenas meio tolo por pensar que ele mesmo e Elizabeth estavam florescendo como sempre, em meio à ruína da boa aparência de todos os outros, uma vez que ele podia ver claramente quantos anos todo o resto de sua família e conhecidos estavam envelhecendo.

Anne encontrava-se abatida, Mary tinha uma aparência grosseira, todos os semblantes da vizinhança estavam sofrendo, e o rápido o aumento dos pés de galinha nas têmporas de Lady Russell o incomodava havia muito.

Elizabeth não igualava ao pai em contentamento pessoal. Treze anos a viram ser a senhora de Kellynch Hall, presidindo e dirigindo com autocontrole e decisão que nunca poderiam ter dado indícios de quão jovem ela era. Durante treze anos ela vinha fazendo as honras e estabelecendo a lei doméstica em casa, e liderando o caminho para a carruagem puxada por quatro cavalos[2], e andando imediatamente após Lady Russell nas idas e vindas das salas de estar e de jantar de toda redondeza. Treze invernos com geadas a viram abrir todos os bailes de boa reputação que uma vizinhança pequena podia ter, e treze primaveras exibiram suas flores enquanto ela viajava para Londres com seu pai, por um gozo anual de algumas semanas pelo vasto mundo. Ela tinha a lembrança de tudo isso, e teve a consciência de ter vinte e nove anos, o que lhe causava alguns arrependimentos e algumas apreensões. Estava totalmente satisfeita por ainda ser tão bonita como sempre fora, mas sentiu que se aproximava dos anos perigosos, e teria se regozijado diante da certeza de ter sua mão pedida por um homem com sangue de baronete dentro dos próximos doze meses ou dois anos. Então ela talvez abrisse o melhor dos livros com tanto prazer quanto no início da juventude; mas agora não o apreciava mais. Sempre ser apresentada à sua própria data de nascimento, e não ver um casamento na sequência, a não ser o de sua irmã mais nova, fez do livro uma espécie de maldição. Mais de uma vez, quando seu pai o deixara aberto em uma mesa próxima, ela o fechara, com olhos desviados, e o empurrara para longe.

Ela teve uma decepção, aliás, cuja lembrança era apresentada por aquele livro, especialmente pela história de sua própria família. O herdeiro pressuposto, o próprio William Walter Elliot, distinto cavalheiro cujos direitos foram tão generosamente apoiados por seu pai, a tinha desapontado.

Quando ainda era muito jovem, tão logo descobriu que ele seria o futuro baronete caso ela não tivesse um irmão, desejou se casar com ele, e seu pai sempre tivera a intenção de que assim fosse. A família não o conheceu quando menino, mas logo depois da morte de Lady Elliot, Sir Walter procurou conhecê-lo, embora suas tentativas não tenham sido atendidas com qualquer entusiasmo, ele perseverou em buscá-lo, levando em consideração os modestos retrocessos da juventude. Durante uma de suas excursões de primavera a Londres, quando Elizabeth estava em seu primeiro florescimento, o Sr. Elliot foi forçado a se apresentar.

Ele era, naquela época, um homem muito jovem, apenas engajado no estudo da lei, e como Elizabeth o achou extremamente agradável, todos os planos a seu favor foram confirmados. Ele foi convidado para Kellynch Hall, ficou falado e esperado durante todo o resto do ano, mas nunca apareceu. Na primavera seguinte, foi visto novamente na cidade, o consideraram igualmente agradável, e novamente foi encorajado, convidado e esperado, e novamente ele não apareceu. E as notícias que se seguiram foram de que ele havia se casado. Em vez de empurrar sua fortuna na linha marcada para o herdeiro da casa de Elliot, ele comprara a independência unindo-se a uma mulher rica de berço inferior.

Sir Walter se ressentiu disso. Como chefe da casa, sentiu que deveria ter sido consultado a esse respeito, especialmente depois de levar o jovem tão publica-

2 As carruagens eram um luxo que, na época, somente as pessoas de grandes posses podiam custear. (N. do E.)

mente pela mão. "Pois nós devemos ter sido vistos juntos", observou, "uma vez no Tattersall's e duas vezes no saguão da Câmara dos Comuns".

Sua desaprovação foi expressa, mas aparentemente muito pouco considerada. O Sr. Elliot não havia tentado se desculpar e se mostrou pouco solícito para novas aproximações com a família, já que Sir Walter o considerava indigno disso: todo contato entre eles havia cessado.

Essa história muito estranha do Sr. Elliot ainda era, mesmo após um intervalo de vários anos, sentida com raiva por Elizabeth, que gostava do homem por si mesmo, e ainda mais por ser ele herdeiro de seu pai. Além disso, o forte orgulho da família só podia ver nele um pretendente adequado para ela, a filha mais velha de Walter Elliot. Não havia um baronete, de A a Z, a quem seus sentimentos reconheceriam de bom grado como um igual. No entanto, ele havia conduzido tão miseravelmente a situação que, embora Elizabeth estivesse neste momento (o verão de 1814) vestindo fitas pretas em homenagem à esposa dele[3], ela não podia admitir que valesse a pena pensar nele novamente. A desgraça de seu primeiro casamento poderia, talvez, já que não havia razão para supor que fosse perpetuado por descendência, ter sido superada se ele não tivesse feito algo pior; mas, como haviam sido informados pela costumeira intervenção de amigos amáveis, ele falara de todos eles da forma mais desrespeitosa, com grande despreocupação e desprezo pelo próprio sangue ao qual pertencia, e pelas honras que doravante seriam suas. Isso não poderia ser perdoado.

Tais eram os sentimentos e sensações de Elizabeth Elliot, tais eram os cuidados com a língua e as agitações para escapar da mesmice, da elegância, da prosperidade e da trivialidade daquela cena de vida, tais eram os sentimentos que despertavam interesse na residência longa e sem intercorrências em uma comunidade rural, para preencher os vazios deixados pela existência de hábitos úteis fora de casa, talentos ou afazeres domésticos.

Mas agora, outra ocupação e ansiedade começavam a ser adicionadas a isso. Seu pai estava ficando angustiado por dinheiro. Ela sabia que, quando ele abria o *Baronete*, era para tirar da mente as contas pesadas de seus fornecedores e as sugestões indesejáveis do Sr. Shepherd, seu agente de negócios. A propriedade Kellynch era boa, mas não condizia com o que Sir Walter imaginava ser o estilo de vida de seu proprietário. Enquanto Lady Elliot era viva, houvera método, moderação e economia, o que limitava os custos deles à sua renda; mas com ela morreram todos esses pensamentos sãos, e a partir de então ele vinha frequentemente excedendo os gastos. Não havia sido possível para ele gastar menos, não tinha feito nada que o Sir Walter Elliot não fora obrigado a fazer. No entanto, por mais inocente que fosse, estava não apenas aumentando terrivelmente suas dívidas, como também ouvindo falar disso tantas vezes que se tornou vã a tentativa de esconder a situação, mesmo que parcialmente, de sua filha. Ele tinha dado a ela algumas dicas na última primavera na cidade; ele tinha ido tão longe a ponto de

3 As fitas pretas representam um sinal de luto. (N. do E.)

dizer: "Podemos economizar? Você pode pensar em algo, nem que seja um artigo, em que podemos reduzir gastos?"

E Elizabeth, para fazer-lhe justiça, tinha, no primeiro ardor de alarme feminino, pensado seriamente no que poderia ser feito, e finalmente propôs duas ideias de economia: o corte dos gastos desnecessários, como doações a instituições de caridade, e a desistência de mobiliar novamente a sala de estar; e a esses expedientes ela depois acrescentou o pensamento feliz de que não levassem nenhum presente para Anne, como tinha sido o costume anual. Mas essas medidas, embora boas foram insuficientes para vencer a verdadeira extensão do mal, cuja totalidade Sir Walter se viu obrigado a confessar a ela logo depois. Elizabeth não tinha nada a propor de maior eficácia. Ela se sentiu maltratada e infeliz, assim como seu pai, e nenhum deles foi capaz de conceber quaisquer meios de diminuir suas despesas sem comprometer sua dignidade ou renunciar a confortos de uma maneira que pudesse ser suportada.

Havia apenas uma pequena parte de sua propriedade da qual Sir Walter poderia dispor, mas ainda que todos os hectares estivessem alienáveis, não teria feito diferença. Ele havia cedido à hipoteca tudo o que tinha em seu poder, mas nunca aceitaria a venda. Não, ele nunca desonraria seu nome. A propriedade Kellynch seria perpetuada inteira, tal como ele a havia recebido.

Seus dois amigos confidenciais, o Sr. Shepherd, que morava na cidade vizinha, e Lady Russell, foram chamados para aconselhá-los; pai e filha pareciam esperar que alguma solução fosse encontrada por um ou outro, algo que removesse seus constrangimentos e reduzisse seus gastos, sem que isso envolvesse a perda de qualquer prazer advindo do orgulho ou do bom gosto.

CAPÍTULO 2

Sr. Shepherd, um advogado civilizado e cauteloso que, qualquer que fosse sua opinião sobre Sir Walter, preferia que assuntos desagradáveis fossem colocados por alguma outra pessoa, desculpou-se por não oferecer a menor sugestão, e apenas pediu licença para recomendar uma referência implícita ao excelente julgamento de Lady Russell, de cujo bom senso ele esperava ter apenas as medidas resolutas que ele mesmo pretendia ver finalmente adotadas.

Lady Russell foi zelosa ao abordar o assunto, sobre o qual fez considerações com muita seriedade. Ela era uma mulher mais sã do que de habilidades rápidas, e sua dificuldade em chegar a qualquer decisão sobre esse caso era enorme por conta da oposição de dois importantes princípios. Ela própria era estritamente íntegra, com um delicado senso de honra, mas assim como qualquer pessoa com bom senso e honestidade, era desejosa de salvar os sentimentos de Sir Walter, estava preocupada com o crédito da família e sustentava ideias aristocráticas sobre o que lhe pertencia por direito. Ela era uma mulher benevolente, caridosa, boa e capaz de estabelecer fortes ligações, muito correta em sua conduta, rígida em suas noções de decoro e com modos que eram considerados um padrão de boa educação. Tinha uma mente refinada e era, de um modo geral, racional e consistente, contudo, era partidária da ancestralidade: conferia valor à posição social e à importância, o que a cegava um pouco para as faltas daqueles que as possuíam.

Viúva de um homem que fora apenas cavaleiro, ela dava à dignidade de um baronete tudo o que lhe era devido. Dessa maneira, no seu entendimento, Sir. Walter, independentemente de suas pretensões de ser um velho conhecido, um atencioso vizinho, um senhorio agradável, marido de sua querida amiga, pai de Anne e suas irmãs — por ser Sir Walter, tinha direito a uma grande dose de compaixão e consideração por suas dificuldades atuais.

Eles precisavam economizar, isso não admitia dúvidas. Mas ela estava muito ansiosa para que isso fosse feito com o mínimo de dor possível para ele e Elizabeth. Ela traçou planos de economia, fez cálculos exatos, e fez o que ninguém mais pensou: consultou Anne, a quem os outros nunca pareciam considerar como tendo algum interesse na questão. Ao consultar Anne, foi influenciada por ela, em certo grau, a desenvolver um esquema de contenção que só então foi submetido a Sir Walter. Todas as emendas de Anne foram feitas priorizando a honestidade no lugar da importância. Ela queria tomar medidas mais vigorosas, fazer uma reforma mais completa, uma quitação mais rápida da dívida e adotar um tom muito maior de indiferença para tudo o que não fosse justiça e equidade.

— Se pudermos persuadir seu pai de tudo isso — disse Lady Russell, examinando o papel — muito poderá ser feito. Se ele adotar esses regulamentos, em sete anos ficará limpo, e eu espero que possamos convencê-lo, e a Elizabeth, de que Kellynch Hall tem uma respeitabilidade por si só, que não pode ser afetado por essas reduções, e que a verdadeira dignidade de Sir Walter Elliot estará longe de ser diminuída aos olhos das pessoas sensatas, se ele agir como um homem de princípios. Afinal, o que ele fará, de fato, que muitas de nossas primeiras famílias não fizeram ou deveriam ter feito? Não haverá nada de singular neste caso, e é a singularidade que costuma ser, muitas vezes, a pior parte do nosso sofrimento, bem como da nossa conduta. Tenho grande esperança de que seremos bem-sucedidas. Devemos ser sérias e decididas, afinal, a pessoa que contraiu dívidas deve pagá-las, e embora muito seja devido aos sentimentos do cavalheiro e chefe da casa, como seu pai, ainda assim deve ser considerado mais o caráter de homem honesto.

Esse era o princípio que Anne queria que seu pai seguisse, e que seus amigos insistissem com ele. Ela considerava como um ato de dever indispensável limpar as reivindicações dos credores com o máximo de diligência que as economias mais abrangentes pudessem garantir, e não via dignidade em nada menos que isso. Ela queria que isso fosse determinado e entendido como um dever. Avaliou mal a influência de Lady Russell, e quanto ao grau severo de negação ao qual sua própria consciência a induziu, acreditava que poderia haver pouca dificuldade em persuadi-los a fazer uma reforma completa, em vez de uma reforma parcial. Seu conhecimento de seu pai e de Elizabeth a inclinou a pensar que o sacrifício de um par de cavalos dificilmente seria menos doloroso que o de quatro, e assim por diante, ao longo de toda a lista de contenções exageradamente sutis de Lady Russell.

O modo como as reinvindicações mais rígidas de Anne teriam sido encaradas não importa. As de Lady Russell não tiveram sucesso algum: não poderiam ser toleradas.

"O quê? Abrir mão de todo o conforto da vida? Jornadas, Londres, servos, cavalos, comida... contenções e restrições por toda parte! Viver sem as decências de um modesto cavalheiro! Não, ele preferiria deixar Kellynch Hall de uma vez a permanecer ali em tais termos vergonhosos."

"Sair de Kellynch Hall." A ideia foi imediatamente absorvida pelo Sr. Shepherd, cujo interesse estava focado na realidade da situação econômica de Sir Walter, quem estava perfeitamente convencido de que nada seria feito sem uma mudança de residência. "Uma vez que a ideia tinha sido dada por quem dita as regras, não tinha escrúpulo algum", disse ele, "em confessar que seu julgamento estava voltado inteiramente nesse sentido. Não lhe parecia que Sir Walter poderia alterar de maneira considerável seu estilo de vida em uma casa que precisava manter tal padrão de hospitalidade e dignidade ancestral. Em qualquer outro lugar, Sir Walter poderia julgar por si mesmo, ele seria considerado, ao ajustar seu modo de vida, por qualquer escolha que fizesse em relação à sua casa."

Sir Walter deixaria Kellynch Hall — e depois de alguns dias de dúvida e indecisão, a grande questão (se ele deveria partir ou não) foi resolvida, e o primeiro esboço dessa importante mudança foi formado.

Havia três alternativas: Londres, Bath ou outra casa no campo. Todos os desejos de Anne se concentravam na última opção. Uma pequena casa em seu próprio bairro, onde eles ainda poderiam ter a companhia de Lady Russell, estar próximos de Mary e ainda ter o prazer de às vezes ver os gramados e bosques de Kellynch era o objeto de sua ambição. Mas o destino usual de Anne a acompanhou: algo totalmente oposto à ideia dela foi estabelecido. Ela não gostava de Bath e achava que não combinava com ela; e Bath agora seria sua nova casa.

Sir Walter, a princípio, pensara mais em Londres; mas o Sr. Shepherd sentiu que ele não poderia ser confiável em Londres, e tinha sido hábil o suficiente para dissuadi-lo disso, e fazer de Bath seu lugar preferido. Era muito mais seguro para um cavalheiro em sua situação difícil: lá ele poderia ser mais importante e com despesas relativamente baixas. Duas vantagens concretas de Bath em relação a Londres tiveram, é claro, dado todo o seu peso à decisão: a distância mais conveniente de Kellynch, apenas cinquenta quilômetros, e o fato de Lady Russell passar parte de cada inverno lá todo ano; e para a grande satisfação de Lady Russell, cujas primeiras opiniões sobre a mudança projetada tinham sido para Bath, Sir

Walter e Elizabeth foram induzidos a acreditar que não deveriam perder nenhum prestígio nem prazer estabelecendo-se por lá.

Lady Russell se sentiu obrigada a se opor aos conhecidos desejos de sua querida Anne, os quais bem conhecia. Seria esperar demais que Sir Walter se rebaixasse e ponto de se instalar em uma pequena casa em sua própria vizinhança. A própria Anne se daria conta de que as humilhações decorrentes dessas circunstâncias seriam maiores do que o previsto, e para Sir Walter elas seriam insuportáveis. E no que diz respeito à antipatia de Anne por Bath, ela considerou se tratar de um preconceito decorrente, em primeiro lugar, do fato de ela ter passado três anos em uma instituição educacional lá, depois da morte da mãe; e em segundo lugar, pelo fato de Anne não estar de bom humor no único inverno que posteriormente passou lá em sua companhia.

Lady Russell gostava de Bath, em resumo, e estava disposta a pensar que o local deveria agradar a todos; e quanto à saúde de sua jovem amiga, passar todos os meses quentes com ela no Kellynch Lodge evitaria qualquer perigo. Na realidade, foi, de fato, uma mudança que deveria fazer bem tanto à saúde quanto ao humor dela. Anne tinha sido muito diminuída em casa, muito pouco vista. Sua estima não estava alta. Uma sociedade mais ampla iria melhorá-la. Lady Russel queria que a jovem ficasse mais conhecida.

O desinteresse de Sir Walter em qualquer outra casa no mesmo bairro foi certamente muito fortalecido por uma particularidade que era crucial no esquema, e que felizmente tinha sido implantada no início: ele não deveria apenas deixar sua casa, mas a veria nas mãos de outros. Uma prova de força moral que cabeças mais rigorosas do que a de Sir Walter teriam achado excessivo. Kellynch Hall estava para ser alugada. Este, no entanto, era um segredo profundo, que não deveria ser sussurrado para além de seu próprio círculo familiar.

Sir Walter não poderia ter suportado a degradação de ser conhecido por planejar alugar sua própria casa. O Sr. Shepherd, certa vez, mencionou a palavra "anúncio", mas nunca ousou repeti-la. Sir Walter rejeitou a ideia de a propriedade ser oferecida de qualquer maneira; proibiu que, mesmo da maneira mais discreta, fosse sugerido que ele tivesse tal intenção, e foi apenas na suposição de ele ser espontaneamente questionado por algum interessado irrepreensível, em seus próprios termos e como um grande favor, que ele a alugaria.

Quão rapidamente surgem os motivos para aprovar algo de que gostamos! Lady Russell tinha outra excelente carta na manga, motivo que a deixara extremamente feliz com o fato de o Sir Walter e sua família terem resolvido se mudar para o campo. Elizabeth estava recentemente formando uma intimidade que ela desejava ver interrompida. Era com a filha do Sr. Shepherd, que havia retornado, após um casamento não próspero, para a casa do pai com o fardo adicional de dois filhos. Ela era uma jovem inteligente, que entendia bem a arte de agradar, pelo menos, em Kellynch Hall; e que havia se tornado tão bem aceita pela senhorita Elliot, que havia passado a noite lá mais de uma vez, apesar de tudo o que Lady

Russell, que achava aquela uma amizade totalmente inadequada, poderia sugerir em relação à cautela e à reserva.

Lady Russell, na verdade, quase não tinha influência sobre Elizabeth, e parecia amá-la mais porque deveria amá-la do que por merecimento da jovem. Nunca tinha recebido da jovem mais do que atenção formal, nada além das observâncias de complacência; nunca teve sucesso em persuadi-la de qualquer coisa quando suas inclinações eram contrárias. Ela havia sido repetidamente muito séria na tentativa de fazer com que Anne fosse incluída na visita a Londres, sensivelmente aberta a todas as injustiças e de todo o descrédito dos arranjos egoístas que a excluíram, e em muitas ocasiões menores se esforçaram para dar a Elizabeth a vantagem de seu melhor julgamento e experiência; mas sempre em vão. Elizabeth iria seguir seu próprio caminho; e nunca o tinha perseguido em oposição mais decidida a Lady Russell do que nesta seleção da Sra. Clay; afastando-se da sociedade de uma irmã tão merecedora, para conceder seu afeto e confiança a alguém que não deveria ter sido nada para ela, exceto objeto de civilidade distante.

Quanto à situação, a Sra. Clay era, na estimativa de Lady Russell, muito desigual, e em relação à pessoa, ela acreditava ser uma companhia perigosa. Uma remoção que deixasse a Sra. Clay para trás e trouxesse a escolha de íntimos mais adequados ao alcance da senhorita Elliot era, dessa maneira, objeto de primeira importância.

Capítulo 3

— Devo pedir licença para observar, Sir Walter — disse o Sr. Shepherd certa manhã em Kellynch Hall, enquanto largava o jornal —, que a conjuntura atual está muito a seu favor. Esta paz levará todos os nossos ricos oficiais da marinha para a costa. Todos eles vão querer um lar. Não poderia ser melhor momento, Sir Walter, para escolher inquilinos, e dos mais responsáveis. Muitas fortunas nobres foram acumuladas durante a guerra. Se um almirante rico viesse em seu caminho, Sir Walter...

— Ele seria um homem de muita sorte, Shepherd — respondeu Sir Walter — É tudo o que tenho a dizer. De fato, Kellynch Hall seria um prêmio para ele, decerto, o maior prêmio de todos, ainda que ele tivesse conquistado tantos outros, não é mesmo, Shepherd?

O Sr. Shepherd riu, como ele sabia que deveria fazer diante dessa sagacidade, e então acrescentou:

— Presumo observar, Sir Walter, que, em matéria de negócios, senhores da marinha são bons para lidar. Tenho um pouco de conhecimento sobre seus métodos de fazer negócios, eu estou à vontade para confessar que eles têm noções muito liberais, e são propensos a se tornarem desejáveis inquilinos tanto quanto qualquer outro grupo de pessoas que se possa conhecer. Portanto, Sir Walter, o que eu gostaria de sugerir é, no caso de quaisquer rumores sobre a sua intenção de viajar para o exterior, o que deve ser contemplado como possível, visto que sabemos o quão difícil é manter as ações e projetos de uma parte do mundo distantes da atenção e da curiosidade da outra parte, o prestígio tem seu preço; já eu, John Shepherd, posso tomar qualquer decisão que eu desejar quando o assunto é a minha família, já que ninguém pensaria que vale a pena me observar, mas Sir Walter Elliot tem olhos sobre si que podem ser difíceis de despistar e, portanto, devo especular: não me surpreenderia muito se, com toda a nossa cautela, algum boato da verdade chegasse ao exterior. Na suposição de tal possibilidade, como eu ia observar, uma vez que formulários preenchidos inevitavelmente se seguiriam a isso, acho que valeria a pena particularmente receber qualquer um de nossos ricos comandantes navais; e peço licença para acrescentar que eu levaria duas horas, a qualquer momento, para chegar aqui, poupando-lhe o trabalho de responder.

Sir Walter apenas acenou com a cabeça. Mas logo depois, levantando-se e andando de um lado para o outro na sala, ele observou sarcasticamente:

— Poucos senhores da marinha, imagino, não ficariam surpresos por se encontrarem em uma casa como essa.

— Eles olhariam ao seu redor, sem dúvida, e abençoariam sua boa sorte — disse a Sra. Clay, pois ela estava presente; seu pai a havia levado consigo na carruagem, pois nada seria tão útil para a saúde dela quanto um impulso para Kellynch. — Mas concordo inteiramente com meu pai em pensar que um marinheiro pode ser um inquilino muito desejável. Conheci vários homens nessa profissão, e além de sua liberalidade, eles são muito organizados e cuidadosos em todos os aspectos! Estes valiosos quadros, Sir Walter, se o senhor decidir deixá-los, estariam perfeitamente seguros. Tudo que envolve a casa seria tão excelentemente cuidado! Os jardins e arbustos seriam mantidos em ordem quase tão elevada quanto agora. Você não precisa ter medo, Srta. Elliot, de negligenciarem seus lindos jardins de flores.

— Quanto a tudo isso — respondeu Sir Walter friamente —, supondo que eu fosse induzido a deixar a minha casa, não tenho, de forma alguma, uma decisão quanto aos privilégios a serem anexados a ela. Não estou particularmente disposto a favorecer um inquilino. O parque estaria aberto a ele, é claro, e a poucos oficiais da marinha, ou homens de qualquer outra descrição que possam ter essa classe; mas as restrições que eu poderia impor ao uso dos jardins ingleses são outra coisa. Não gosto da ideia de meus arbustos estarem sempre acessíveis; e eu recomendaria à senhorita Elliot ficar alerta em relação ao seu jardim de flores. Estou muito pouco disposto a conceder a um inquilino de Kellynch Hall qualquer favor extraordinário, garanto-lhes, seja ele marinheiro ou soldado.

Após uma breve pausa, o Sr. Shepherd presumiu dizer:

— Em todos esses casos existem usos estabelecidos que tornam tudo claro e fácil entre senhorio e inquilino. Seu interesse, Sir Walter, está em boas mãos. Cabe a mim cuidar para que nenhum inquilino tenha mais do que seus justos direitos. Atrevo-me a sugerir que Sir Walter Elliot não poderia ser tão cuidadoso em relação aos seus bens quanto John Shepherd.

Foi quando Anne falou:

— A marinha, penso eu, que tanto fez por nós, tem pelo menos direitos iguais aos de qualquer outro homem em relação a todos os confortos e privilégios que qualquer casa pode oferecer. Marinheiros trabalham duro o suficiente para seu conforto, todos devemos concordar.

— Muito verdade, muito verdade. O que a Srta. Anne diz é muito verdadeiro — foi a reação do Sr. Shepherd.

— Oh! Certamente — concordou a filha dele.

Mas a observação de Sir Walter veio logo depois:

— A profissão tem sua utilidade, mas eu lamentaria ver algum amigo meu atuando nela.

— É mesmo?! — foi a resposta, colocada com um ar de surpresa.

— Sim, em dois pontos ofensivos para mim; tenho dois fortes motivos de objeção. Primeiro, por ser um meio pelo qual pessoas de origem obscura recebem distinções indevidas, e por elevar alguns homens a honras com as quais seus pais e avós nunca sonhariam; e em segundo lugar, por cortar a juventude e o vigor de um homem da maneira mais horrível; um marinheiro envelhece mais cedo do que qualquer outro homem. Na marinha, mais do que em qualquer outra instituição, um homem corre um grande risco de ser insultado pela promoção de alguém com cujo pai o seu não teria se dignado a falar, tornando-se prematuramente um objeto de nojo. Um dia, na primavera passada, em Londres, estive na companhia de dois homens, exemplos marcantes do que estou falando; Lorde St. Ives, cujo pai todos sabemos ter sido um pároco, sem pão para comer; eu ia dar lugar a Lord St. Ives, e a um certo almirante Baldwin, personagem de aparência deplorável, você pode imaginar; seu rosto da cor de mogno, áspero e robusto ao último grau; todo ele com linhas e rugas, nove fios de cabelo grisalhos de um lado, e nada além de um pouco de pó no topo. "Em nome do céu, quem é aquele velho?", disse eu a um amigo que estava perto (Sir Basil Morley). "Velho!", gritou Sir Basil, "é o almirante Baldwin. Qual idade pensa que ele tem?" "Sessenta", disse eu, "ou talvez sessenta e dois." "Quarenta!", respondeu Sir Basil, "quarenta e não mais". Imaginem o meu espanto; não vou esquecer facilmente o almirante Baldwin. Nunca vi um exemplo tão miserável do que a vida marítima pode fazer. No entanto, até certo ponto, sei que acontece o mesmo com todos eles. São todos derrubados e expostos a todo tipo de condições meteorológicas, até que não estejam mais em condições de serem vistos. É uma pena que não levem uma pancada na cabeça de uma vez, antes de chegarem à idade do almirante Baldwin.

— Não, Sir Walter — exclamou a Sra. Clay —, isso está sendo realmente severo. Tenha um pouco de misericórdia dos pobres homens. Nem todos nasceram para ser bonitos. O mar não é embelezador, certamente; marinheiros envelhecem logo, eu observei isso, eles logo perdem a aparência de jovens. Contudo, não acontece o mesmo com muitas outras profissões, talvez a maioria das outras. Soldados, em serviço ativo, não estão nada melhor. E mesmo nas profissões mais calmas há uma labuta e um labor da mente, senão do corpo, que raramente deixam a aparência de um homem para o efeito natural do tempo. O advogado penoso, bastante desgastado, o médico fica acordado o tempo todo e viajando sob qualquer clima, e até mesmo o clérigo — ela para um momento para considerar o que poderia fazer pelo clérigo... — e até o clérigo, você sabe, é obrigado a entrar em ambientes infectados e a expor sua saúde e aparência a todos os danos de uma atmosfera venenosa. Na verdade, como estou convencida há muito tempo, embora toda profissão seja necessária e honrosa, por sua vez, é só o grupo daqueles que não são obrigados a exercer nenhuma delas, que podem viver de forma regular, no campo, escolhendo seus próprios horários, seguindo suas próprias metas e viver por conta própria, sem o tormento de tentar alcançar mais; é apenas esse grupo, eu digo, que carrega a bênção da saúde e de uma boa aparência ao máximo. Eu não conheço outro grupo de homens que não perdem algo de sua personalidade quando deixam de ser muito jovens.

Parecia que o Sr. Shepherd, naquela ansiedade de demonstrar a boa vontade de Sir Walter para com um oficial da marinha como inquilino, tinha sido dotado do dom de previsão do futuro; já que a primeira proposta para a casa veio do almirante Croft, com quem logo depois se encontrou ao acaso em uma das sessões trimestrais em Taunton; e, de fato, ele havia recebido uma dica do almirante por intermédio de um correspondente de Londres. Conforme o relatório que ele correu para fazer em Kellynch, o almirante Croft era natural de Somersetshire, e tendo adquirido uma boa fortuna, queria se estabelecer em sua própria região, e tinha descido para Taunton a fim de olhar alguns lugares anunciados naquela vizinhança imediata, os quais, no entanto, não lhe haviam agradado. Ao saber, acidentalmente (tal como ele havia predito, o Sr. Shepherd observou, as preocupações de Walter não podiam ser mantidas em segredo), da possibilidade de Kellynch Hall estar para alugar, e ao compreender sua conexão (do Sr. Shepherd) com o proprietário, ele se apresentou a fim de fazer investigações específicas, e durante uma conferência bastante longa expressou uma inclinação tão intensa pela propriedade quanto poderia ter um homem que a conhecesse somente pela descrição, e deu ao Sr. Shepherd, em sua descrição explícita sobre si mesmo, todas as provas de ser um inquilino muito responsável e elegível.

— E quem é o almirante Croft? — indagou Sir Walter com certa frieza, um pouco desconfiado.

O Sr. Shepherd respondeu que sua família descendia de um cavalheiro e fez referência a um lugar. Anne, após uma pequena pausa que se seguiu, acrescentou:

— Ele é um contra-almirante do Esquadrão Branco. Esteve na ação de Trafalgar e, desde então, ficou nas Índias Orientais, permanecendo ali, creio, por vários anos.

— Então, considero natural, observou Sir Walter, que o seu rosto seja tão alaranjado como os punhos e as capas da libré[4] dos meus servos.

O Sr. Shepherd apressou-se em lhe assegurar que o almirante Croft era um homem muito vigoroso, de boa aparência e cordial, um pouco castigado pelo tempo, certamente, mas não muito, e bastante cavalheiro em todos os seus costumes e em seu comportamento. Não aparentava ser uma pessoa que causasse alguma dificuldade acerca dos termos do contrato de aluguel; parecia querer apenas uma casa confortável para morar o mais rápido possível; sabia que deveria pagar por sua conveniência; sabia quanto custaria uma casa mobiliada daquela categoria; não deveria ter ficado surpreso se Sir Walter tivesse pedido mais; perguntou sobre a mansão; ficaria feliz com a delegação, certamente, mas não deu muita importância a isso, disse ele que às vezes portava uma arma, mas nunca matou ninguém, era bastante cavalheiro.

O Sr. Shepherd foi eloquente sobre o assunto, apontando todas as circunstâncias do almirante e de sua família, o que o tornava peculiarmente desejável como inquilino. Era um homem casado e sem filhos: a situação perfeita. "Uma casa nunca foi bem cuidada sem a ajuda de uma senhora", o Sr. Shepherd observou. Ele não sabia se a mobília poderia estar mais em perigo com a ausência de uma senhora sem filhos ou na presença de muitas crianças. Uma senhora sem filhos era a melhor preservadora de móveis do mundo. Ele também tinha visto a Sra. Croft. Ela foi a Taunton com o almirante, e esteve presente durante quase toda a conversa sobre o assunto.

— Ela pareceu ser uma senhora muito educada, refinada e perspicaz — continuou ele. — Fez mais perguntas do que o próprio almirante sobre a casa, os termos e os impostos, e pareceu mais familiarizada com os negócios. Além disso, Sir Walter, descobri que ela está tão ligada a essa região quanto o marido, senão mais. É irmã de um cavalheiro que viveu entre nós, em Monkford, há alguns anos; Minha nossa! Qual era o nome dele? Neste momento não posso lembrar de seu nome, embora o tenha ouvido recentemente. Penelope, minha cara, pode me ajudar com o nome do cavalheiro que morava em Monkford, irmão da Sra. Croft?

Mas a Sra. Clay, no entanto, estava falando tão ansiosamente com a Srta. Elliot, que não ouviu o apelo.

— Não tenho ideia de quem possa ser, Shepherd. Não me lembro de nenhum cavalheiro residente em Monkford desde a época do antigo governador Trent.

— Meu Deus! Que estranho! Vou esquecer meu próprio nome em breve, suponho. Trata-se de um nome que eu conheço muito bem; conhecia o cavalheiro tão bem de vista; cheguei a vê-lo centenas de vezes. Ele veio me consultar uma vez, lembro-me, sobre uma invasão de um de seus vizinhos, um fazendeiro que invadiu seu pomar; destruiu a parede, roubou maçãs, foi pego em flagrante e, depois, ao contrário do meu julgamento, submeteu-se a um acordo amigável. É mesmo muito estranho, na verdade!

4 Uniforme usado por criados de casas nobres. (N. do E.)

Depois de esperar mais um momento...

— Você está se referindo ao Sr. Wentworth, suponho? — disse Anne.

O Sr. Shepherd ficou todo agradecido.

— Wentworth era o nome, isso mesmo! O Sr. Wentworth era o homem. Ele teve a curadoria de Monkford, sabe, Sir Walter, algum tempo atrás, por dois ou três anos. Chegou ali por volta do ano –5, suponho. Você se lembra dele, tenho certeza.

— Wentworth? Oh! sim, Sr. Wentworth, o pároco de Monkford. Você me enganou com o termo "cavalheiro". Achei que você estivesse falando de algum homem de propriedades: o Sr. Wentworth era um qualquer, eu me lembro; bastante desconectado; sem ligações com a família Strafford. É questionável a maneira como os nomes de muitos de nossa nobreza se tornaram tão comuns.

Como o Sr. Shepherd percebeu que essa conexão dos Crofts com Sir Walter não os ajudou em nada, não a mencionou mais e, com muito zelo, voltou a insistir nas circunstâncias mais indiscutivelmente favoráveis a eles: a idade, o número de pessoas na família, a fortuna, a grande ideia que eles formaram de Kellynch Hall e extrema solicitude pela vantagem de poderem alugar a casa, fazendo parecer que eles pretendiam nada além da felicidade de serem os inquilinos de Sir Walter Elliot — certamente uma prova extraordinária, estivessem eles cientes do valor que Sir Walter secretamente estimava cobrar do inquilino.

Foi bem-sucedido, no entanto, e embora Sir Walter sempre olhasse com desconfiança para qualquer um que pretendesse habitar aquela casa, considerando-a infinitamente bem afortunada por conseguir alugar o imóvel nas mais elevadas condições, ele foi convencido a permitir que o Sr. Shepherd prosseguisse com o tratado, autorizou-o a esperar pelo almirante Croft, que ainda permanecia em Taunton, e a marcar um dia para a casa ser vista.

Sir Walter não era muito sábio; mas ainda assim tinha experiência suficiente em relação ao mundo para sentir que seria difícil aparecer um inquilino mais inquestionável, em todos os aspectos essenciais, do que o Almirante Croft parecia ser. Seu entendimento chegava a esse ponto, e sua vaidade fornecia um pouco de calmaria extra, na situação de vida do almirante, que era alta o suficiente. "Aluguei minha casa para o almirante Croft" soaria extremamente bem; muito melhor do que para qualquer mero senhor (salvo, talvez, cerca de meia dúzia na nação), sempre precisaria de uma nota de explicação. Um almirante revelava sua própria importância, ao mesmo tempo que nunca poderia fazer um baronete parecer pequeno. Em todos os seus negócios e relações, Sir Walter Elliot sempre teria a precedência.

Nada poderia ser feito sem uma referência a Elizabeth, mas sua inclinação pela mudança estava crescendo tão intensamente que ela ficou feliz em tê-la acertada e agilizada com um inquilino à mão; por isso não disse nenhuma palavra que pudesse causar a suspensão daquela decisão.

O Sr. Shepherd estava completamente autorizado a agir; e assim que a decisão foi tomada, Anne, que tinha sido uma ouvinte atenta durante toda a discussão, saiu da sala para buscar o conforto do ar fresco para suas bochechas coradas; e enquanto ela caminhava por uma das suas alamedas preferidas, disse, com um suspiro suave:

— Mais alguns meses, e ele, talvez, possa estar caminhando por aqui.

Capítulo 4

Ele não era o Sr. Wentworth, o ex-curador de Monkford, por mais suspeito que se pudesse parecer, mas o capitão Frederick Wentworth, seu irmão, que tendo se tornado comandante em consequência da ação em Santo Domingo, e sem haver recebido um posto imediatamente, chegara a Somersetshire no verão de 1806 e, como não tinha pais vivos, encontrou um lar em Monkford, onde permaneceu durante meio ano. Era, naquela época, um jovem notavelmente belo, muito inteligente, espirituoso e brilhante; e Anne era uma menina extremamente bonita, com gentileza, modéstia, gosto e sentimento. Metade da soma dessas características, em ambos os lados, já bastaria, pois ele não tinha nada para fazer, e ela dificilmente teria alguém para amar; por isso o encontro de tais recomendações pródigas não poderia falhar. Eles foram se familiarizando gradualmente e, quando se conheceram, de fato, apaixonaram-se de maneira rápida e profunda. Seria difícil dizer quem teria visto mais alta perfeição no outro ou quem havia sido mais feliz: se ela, ao receber suas declarações e propostas, ou ele, em vê-las aceitas.

Seguiu-se um curto período de primorosa felicidade, mas um curto período, apenas. Logo surgiram problemas. Sir Walter, ao ser solicitado, sem realmente negar seu consentimento nem dizer que esse evento nunca aconteceria, deu a entender toda a negativa concentrada em sua surpresa, em sua grande frieza, em seu grande silêncio, e professou sua decisão de não fazer nada pela filha. Ele achou aquela aliança muito degradante, e Lady Russell, embora tivesse um orgulho mais moderado e perdoável, a recebeu como uma ideia das mais infelizes.

Anne Elliot, com todas as reivindicações de sua origem, beleza e mente, deixar-se lançar assim aos dezenove anos; envolver-se aos dezenove anos em um noivado com um jovem que não tinha nada além de si mesmo para recomendá-lo, nem tinha esperanças de obter riquezas, exceto nas chances de uma profissão mais do que incerta, e sem conexões para garantir sua ascensão na profissão — seria, de fato, algo que lhe causava desgosto só de pensar! Anne Elliot, tão jovem; tão pouco conhecida, ser arrebatada assim por um estranho sem procedência ou fortuna; ou ainda ser afundada por ele em um estado de dependência desgastante, angustiante, matador de sua juventude! Isso não poderia ser, era algo que deveria ser impedido por qualquer interferência justa de amizade, quaisquer representações de alguém que teve quase um amor de mãe e direitos de mãe.

O capitão Wentworth não tinha fortuna. Ele teve sorte em sua profissão, mas gastando livremente o que ganhara livremente, não havia acumulado nada. No entanto, ele estava confiante de que em breve seria rico: cheio de vida e ardor, ele sabia que logo teria um navio, e logo ocuparia um posto que o levaria a conseguir tudo o que desejava. Ele sempre teve sorte; e sabia que continuaria tendo. Tanta confiança, poderosa em seu próprio calor e fascinante na inteligência com que muitas vezes era expressada, deve ter sido suficiente para Anne; mas Lady Russell a via de forma muito diferente. Seu temperamento otimista e seus pensamentos destemidos eram percebidos de maneira muito diferente por aquela senhora. Ela via nessas características apenas um agravamento do mal, o que só lhe conferia um caráter duvidoso.

Ele era brilhante, mas teimoso. Lady Russell tinha pouco gosto pela sagacidade, e considerava um horror qualquer coisa que se aproximasse da imprudência. Ela rejeitava aquela união em todos os aspectos.

Tal oposição produzida por esses sentimentos era mais do que Anne poderia combater. Ainda que fosse jovem e gentil, era possível resistir à má vontade de seu pai, embora esta não fosse suavizada por uma palavra amável ou olhar afetuoso da irmã; mas Lady Russell, a quem ela sempre amara e confiara, não poderia, com tal firmeza de opinião e tal ternura, estar aconselhando-a em vão. Ela foi persuadida a acreditar que o noivado não passava de um erro: indiscreto, impróprio, com poucas chances de sucesso e não merecido. Mas não foi apenas por causa de um aviso egoísta que Anne colocou um fim naquela história. Se ela não tivesse suposto estar fazendo aquilo pelo bem dele, ainda mais do que o dela, dificilmente poderia ter desistido dele. A crença de ser prudente e abnegada, principalmente para a vantagem dele, foi seu principal consolo sob o sofrimento de uma separação definitiva; e todo consolo foi necessário, pois ela teve que enfrentar toda a dor adicional das opiniões, por sua vez, totalmente não convencidas e inflexíveis, e do sentimento dele de ter sido afetado em virtude de um rompimento tão forçado. Ele havia deixado o país como consequência.

Alguns meses viram o início e o fim daquele relacionamento; no entanto, alguns poucos meses não bastaram para acabar com o sofrimento de Anne. Seu apego e seus arrependimentos seguiram por muito tempo, ofuscando todo o prazer da juventude, e uma perda precoce da alegria de espírito foi seu efeito duradouro.

Mais de sete anos tinham se passado desde que essa pequena história de doloroso enredo chegara ao fim; e o tempo havia suavizado bastante, talvez quase completamente o apego particular que ela tinha por ele, mas ela dependera demais do tempo em si; nenhuma ajuda lhe foi dada, nem mudança de local (exceto em uma visita a Bath logo após a ruptura) ou qualquer novidade ou alargamento de seu círculo social. Ninguém jamais havia entrado no círculo Kellynch que pudesse suportar uma comparação com Frederick Wentworth, tal como ela o mantinha em sua memória. Um segundo relacionamento, que seria a única cura completamente natural, feliz e suficiente em sua idade, não tinha sido possível ao bom tom de sua mente, à meticulosidade de seu gosto, nos pequenos limites da sociedade ao redor deles. Ela foi solicitada, por volta dos vinte e dois anos, a mudar seu nome por intermédio de um jovem que, não muito depois, encontrou mais disposição em sua irmã mais nova. Lady Russell lamentou a recusa de Anne, já que Charles Musgrove era o filho mais velho de um homem cuja propriedade fundiária e importância geral eram secundárias naquela região, ficando atrás apenas de Sir Walter, e ele sustentava bom caráter e boa aparência; e ainda que Lady Russell tivesse pedido algo mais quando Anne tinha dezenove anos, ela teria ficado feliz em vê-la deixar, de modo tão respeitável, as parcialidades e injustiças da casa de seu pai, e de vê-la se estabelecer tão permanentemente perto de si. Mas, nesse caso, Anne não deixou espaço para serem ocupados por conselhos; e embora Lady Russell, tão satisfeita com sua própria discrição, como sempre, nunca tenha desejado que o passado fosse desfeito, ela começou então a sentir a ansiedade que beirava a desesperança de Anne ser tentada, por algum homem de talentos e independência, a entrar em um estado ao qual a senhora a considerava ser peculiarmente apta, dados seus afetos calorosos e hábitos domésticos.

Elas não sabiam a opinião uma da outra, tampouco suas constâncias e inconstâncias sobre o ponto principal da conduta de Anne, pois o assunto nunca havia sido mencionado; mas Anne, aos vinte e sete anos, pensava de forma muito diferente em comparação à maneira com a qual tinha sido levada a pensar aos dezenove. Ela não culpava Lady Russell, nem a si mesma, por ter sido guiada pela amiga; mas sentia que, se qualquer jovem, em circunstâncias semelhantes, tivesse lhe pedido um conselho, jamais teria recebido tanta garantia de infelicidade imediata e tanta incerteza acerca do futuro. Ela estava convencida de que, sob todas as desvantagens da desaprovação da família, e sob todas as expectativas inerentes à profissão do pretendente, todos os seus prováveis medos, atrasos e decepções, ainda assim, ela teria sido uma mulher mais feliz caso tivesse mantido o noivado do que fora ao sacrificá-lo; e nisso ela acreditava plenamente, seja na atitude habitual ou, mais do que isso, no caso de todas as angústias e preocupações terem sido deles, sem contar as reais consequências no caso deles, que, conforme provado, teria lhes ocasionado alguma prosperidade mais cedo do que se poderia ter calculado. Todas as suas expectativas otimistas, toda sua confiança tinha sido justificada. Seu gênio e ardor pareciam prever e comandar seu caminho próspero. Ele tinha, logo após o término do noivado, assumido um novo posto; e tudo o que ele imaginara havia acontecido. Ele havia de destacado, e logo foi promovido a uma patente superior, e então, por capturas sucessivas, devia ter feito uma bela fortuna. Anne tinha apenas as listas da Marinha e os jornais para consultar, mas não podia duvidar de que ele estava rico; e considerando a constância do capitão, ela não tinha razão para acreditar que ele tivesse se casado.

Como Anne Elliot poderia ter sido eloquente! Quão eloquentes, pelo menos, eram seus desejos de um relacionamente caloroso e precoce e a sua confiança alegre no futuro, em oposição à sua cautela excessivamente ansiosa que parece insultar o esforço e desconfiar da Providência! Ela tinha sido forçada à prudência em sua juventude, e aprendeu o romance à medida que crescia: a sequência natural de um começo nada natural.

Com todas essas circunstâncias, lembranças e sentimentos, ela não conseguia ouvir aquele capitão. A irmã de Wentworth provavelmente viveria em Kellynch sem um ressurgimento da dor anterior; e muitos passeios, e muitos suspiros foram necessários para dissipar a agitação da ideia. Ela sempre disse a ela mesma que seria uma loucura, antes que ela pudesse endurecer os nervos o suficiente para sentir a contínua discussão dos Crofts e seus negócios sem importância. Ela foi auxiliada, no entanto, por isso a perfeita indiferença e aparente inconsciência, entre os únicos três de seus próprios amigos no segredo do passado, que parecia quase negar qualquer lembrança dele. Ela poderia fazer justiça à superioridade dos motivos de Lady Russell em relação as de seu pai e Elizabeth; ela poderia honrar todos os melhores sentimentos de sua calma; mas o ar geral do esquecimento entre eles era mais importante do que quer que fosse; e no caso do almirante Croft está realmente tomando Kellynch Hall, ela se alegrou novamente com a convicção de que sempre foi muito grata a ela, do seu passado ser conhecido por aqueles três entre ela ligados, pelos quais nenhuma sílaba, ela acreditava, jamais seria sussurrada, e na confiança que entre os seus, o irmão apenas com quem ele residia, havia recebido qualquer informações de seu noivado de curta duração. Esse irmão há muito havia sido removido do país e sendo um homem sensato, e, além disso, um homem solteiro na época, ela nutria uma forte confiança que nenhuma criatura humana teria ouvido falar a respeito do acontecido.

A irmã, Sra. Croft, tinha estado fora da Inglaterra, acompanhando o marido em uma estação estrangeira, e sua própria irmã, Mary, estavam na escola enquanto tudo ocorria; e nunca foi permitido pelo orgulho de alguns, e a delicadeza de outros, ao menor conhecimento disso após.

Com esses apoios, ela esperava que o conhecimento entre ela e os Crofts, que, com Lady Russell, ainda residente em Kellynch, e Mary instalada a apenas três quilômetros de distância, não precisaria envolver qualquer constrangimento particular.

Capítulo 5

Na manhã marcada para o almirante e a Sra. Croft se encontrarem em Kellynch Hall, Anne achou mais natural fazer sua caminhada quase diária até a casa de Lady Russel e ficar fora do caminho até que tudo acabasse. Depois achou que poderia ter uma atitude aparentemente espontânea lamentar ter perdido a oportunidade de vê-los.

Esse encontro das duas partes revelou-se altamente satisfatório e determinou todo o negócio de uma só vez. Cada senhora estava previamente disposta a um acordo, por isso não viram nada além de boas maneiras uma na outra; e no que diz respeito aos senhores, havia um bom humor tão caloroso, uma liberdade tão aberta e confiável por parte do almirante, que não poderia deixar de influenciar Sir Walter, que além disso fora lisonjeado até alcançar o seu melhor e mais polido comportamento, por garantia do Sr. Shepherd de ser reconhecido pelo almirante, por intermédio de relatos, como modelo de boa educação.

A casa, o terreno e os móveis foram aprovados, os membros da família Croft foram aceitos, os termos, o período, tudo e todos estavam corretos; e os funcionários do Sr. Shepherd começaram a trabalhar sem que houvesse uma única diferença preliminar para modificar este "contrato de trabalho".

Sir Walter, sem hesitação, declarou que o almirante era o marinheiro mais apresentável que ele já havia encontrado, e foi mais longe a ponto de dizer que seu próprio lacaio pudesse ter arrumado aquele cabelo. Ele não sentiria vergonha em ser visto ao seu lado em qualquer lugar; e o almirante, com cordialidade complacente, observou à esposa enquanto cruzavam o parque na volta:

— Penso que em breve chegaremos a um acordo, minha querida, apesar do que nos disseram em Tauton. O baronete nunca fará nada de extraordinário em sua vida, mas parece não haver nenhum mal nele.

Eram elogios recíprocos, que seriam considerados equivalentes.

A família Croft teriam a posse no fim de semana, e como Sir Walter propôs a mudança para Bath no decurso do mês anterior, não havia tempo a perder fazendo arranjos desnecessários.

Lady Russel, convencida de que Anne não teria permissão para ser útil na escolha da casa em que iriam morar, estava muito relutante em deixá-la partir com tanta pressa e tão cedo, e queria tentar fazê-la ficar para trás, até que pudessem ir juntas a Bath depois do Natal. Contudo, ela mesma tinha compromissos que deveriam tirá-la de Kellynch por várias semanas, por isso não teve como fazer um convite tão extenso quanto desejava. Anne, embora temesse as possíveis altas temperaturas de setembro na claridade de Bath e lamentasse renunciar a toda influência tão doce e tão triste dos meses outonais no país, não achava que, considerando tudo isso, desejasse permanecer. Seria mais sábio ir com os outros e, portanto, envolveria menos sofrimento.

Entretanto, algo aconteceu, dando a ela uma tarefa diferente. Mary, que com frequência se sentia indisposta, que sempre pensava muito em suas próprias queixas e tinha o hábito de reclamar para Anne quando qualquer coisa não ia bem, estava indisposta agora; e prevendo que não teria um dia de saúde durante todo o outono, suplicou — ou melhor — exigiu, pois não era nem de longe uma súplica, que a irmã fosse a Uppercross Cottage, e lhe fizesse companhia pelo tempo que quisesse, em vez de ir para Bath.

— Não posso viver sem Anne — foi o raciocínio de Mary.

E a resposta de Elizabeth foi:

— Então estou certa de que é melhor Anne ficar, pois ninguém a quer em Bath.

Ser reivindicada útil, embora de modo inapropriado, era pelo menos melhor do que ser rejeitada como inútil, e Anne, feliz por ter alguma utilidade e por ter uma tarefa a cumprir, certamente não lamentou de ter como cenário o campo, em sua própria região tão estimada, e prontamente concordou em ficar.

Esse convite de Mary removeu todas as dificuldades de Lady Russell, e consequentemente logo se decidiu que Anne não deveria ir para Bath até que Lady Russel a levasse, e que todo o tempo intermediário seria dividido entre Uppercross Cottage e Kellynch Hall.

Até agora, tudo estava dando perfeitamente certo, mas Lady Russell quase se assustou com o erro de uma parte do plano de Kellynch Hall, quando estourou em sua mente a informação de que a Sra. Clay havia se comprometido a ir para Bath com Sir Walter e Elizabeth, sendo considerada uma assistente da mais alta importância e de muito valor para a última a respeito de todas as tarefas que vinham pela frente. Lady Russell lamentou profundamente que tal medida tivesse sido tomada — ficou pasma, aflita e temerosa, e a afronta que isso significava para Anne, que a Sra. Clay tivesse muita utilidade na mesma medida que Anne não tinha nenhuma, foi um agravante muito doloroso.

Pessoalmente, Anne havia se endurecido para tais afrontas, mas sentiu a imprudência do arranjo tão agudamente quanto Lady Russell. Com muita observação silenciosa e algum conhecimento, o qual frequentemente desejava que fosse menor, do caráter do pai, ela sentia que eram mais que possíveis sérias consequências para a família por conta dessa intimidade. Ela não imaginou que seu pai tivesse, no momento, uma ideia desse tipo. A Sra. Clay tinha sardas, um dente saliente, um pulso desajeitado, sobre o qual ele continuamente fazia comentários severos em sua ausência, mas ela era jovem, certamente muito bonita, e apresentava, por meio de sua mente perspicaz e de modos que frequentemente procuravam ser agradáveis, atrativos infinitamente mais perigosos do que qualquer outra qualidade física. Anne ficou tão impressionada com o grau de perigo que não podia se desculpar por tentar torná-la perceptível para sua irmã. Tinha pouca esperança de ser bem-sucedida, mas acreditava que, na concretização desse revés, Elizabeth teria muito mais motivos para lamentar do que ela, e, portanto, jamais teria razões para repreendê-la por não lhe ter dado nenhum aviso.

Ela falou e pareceu apenas ofendê-la. Elizabeth não conseguia conceber como tal suspeita absurda poderia ocorrer a ela, e respondeu indignada que cada parte conhecia perfeitamente sua situação.

— A Sra. Clay — disse ela calorosamente — nunca se esqueceu de quem é, e como estou mais familiarizada com os sentimentos dela que você, posso assegurar-lhe que, sobre o assunto casamento, eles são particularmente inexistentes, e que ela reprova toda desigualdade de condições e posição com mais intensidade que a maior parte das pessoas. Quanto ao meu pai, eu não gostaria realmente de imaginar que, tendo permanecido solteiro por tanto tempo por nossa causa, ele devesse despertar suspeitas logo agora. Se a Sra. Clay fosse uma mulher muito bonita, admito, poderia ser perigoso tê-la tanto tempo em minha companhia; não que nada no mundo, com toda certeza, induziria meu pai a ter uma união degradante, pois ele ficaria infeliz. Mas acho que a pobre da Sra. Clay que, com todos os seus méritos, nunca foi considerada toleravelmente bonita, pode ficar aqui em perfeita segurança. Alguém poderia imaginar que você nunca tinha ouvido meu pai falar dos defeitos dela, mas eu sei que já deve ter ouvido isso cerca de cinquenta vezes. Aquele dente dela e aquelas sardas... sardas não me desagradam tanto quanto a ele. Já vi um rosto com poucas sardas que não ficou desfigurado, mas ele as abomina. Você deve tê-lo ouvido comentar sobre as sardas da Sra. Clay.

— Isso não chega a ser um defeito — respondeu Anne — que não possa ser amenizado aos poucos por modos agradáveis.

— Penso de forma muito diferente — respondeu Elizabeth brevemente — vejo que modos agradáveis podem salientar características belas, mas não podem alterar as insípidas. Contudo, como sou eu que tenho mais a perder nesse sentido que qualquer pessoa, acho desnecessário que você venha me aconselhar.

Anne tinha feito o que precisava fazer, e estava feliz por ter acabado sem perder totalmente a esperança de fazer o bem. Elizabeth, embora se ressentisse da suspeita, pôde ficar mais observadora.

A função derradeira da carruagem de quatro cavalos era deixar Sir Walter, a senhorita Elliot e a senhora Clay em Bath. O grupo partiu com bom humor: Sir Walter saiu acenando com a cabeça de modo cortês para todos os locatários e aldeões que poderiam ter sido aconselhados a aparecer, enquanto Anne caminhava com uma espécie de desoladora tranquilidade em direção à Lodge, onde passaria a primeira semana.

Sua amiga não estava de humor melhor do que ela. Lady Russel sentiu muito esse rompimento da família. A respeitabilidade dos Elliot lhe era tão cara quanto a sua própria, e a relação profunda tinha se tornado preciosa pelo hábito. Era doloroso olhar seus jardins desertos, e ainda pior era imaginar as mãos nas quais eles cairiam, e para escapar da solidão e da melancolia de uma vila tão diferente, e para ficar fora do caminho quando o almirante e a senhora Croft chegassem, ela estava firme a dar início à sua ausência na casa assim que se separasse de Anne. Conforme combinado, elas saíram juntas, e Anne foi estabelecida em Uppercross Cottage, no primeiro estágio da jornada de Lady Russell.

Uppercross era uma aldeia de tamanho médio, que há alguns anos fora formada no antigo estilo inglês, contendo apenas duas casas superiores em aparência mais elevada que as dos fazendeiros e camponeses: a mansão do escudeiro, com seus altos muros, grandes portões e antigas árvores, substanciais e não modernizadas, e o pastorado compacto e restrito, fechado em seu próprio belo jardim, com uma videira e uma pereira adornada em volta das janelas; porém, com o casamento do jovem escudeiro, a vila havia recebido uma melhoria de uma casa de fazenda que virou um chalé para sua residência; e Uppercross Cottage, com sua varanda, janelas francesas e outros encantos, tinha quase a mesma chance de captar o olhar de um viajante quanto ao aspecto e às instalações mais consistentes e consideráveis da Casa Grande, cerca de um quarto de quilômetro mais adiante.

Anne costumava ficar hospedada nesse lugar. Ela conhecia os caminhos de Uppercross, bem como os de Kellynch. As duas famílias se encontravam tão continuamente, e o costume de entrar e sair da casa uns dos outros a qualquer hora era tão grande que foi uma surpresa para ele ver Mary sozinha; mas ficar sozinha, doente e sem ânimo era quase uma questão de normalidade para Mary. Embora estivesse em condições melhores do que a irmã mais velha, Mary não tinha a compreensão nem o temperamento de Anne. Quando estava bem, feliz e devidamente atendida, tinha muito bom humor e excelente espírito, mas qualquer indisposição a afundava completamente. Ela não estava habituada à solidão, e tendo herdado uma parcela considerável da presunção da família Elliot, era muito propensa a adicionar a qualquer outra angústia a ideia de que estava sendo negligenciada ou maltratada. Fisicamente, era inferior às duas irmãs, e mesmo em seu desabrochar de mulher, havia alcançado apenas a dignidade de ser "uma bela moça".

Ela estava agora deitada no sofá desbotado da pequena e bonita sala de estar, a mobília outrora elegante aos poucos se deteriorava sob a influência de quatro verões e duas crianças. Diante da aparição de Anne, Mary a cumprimentou do seguinte modo:

— Então, finalmente chegou! Comecei a pensar que nunca mais a veria. Estou tão doente que quase não posso falar. Não vi uma criatura sequer durante toda a manhã.

— Sinto muito por não encontrá-la bem — respondeu Anne. — Você me fez pensar que se sentia muito bem na quinta!

— Sim, tentei fazer o meu melhor, como sempre faço, mas eu estava longe de me sentir bem naquele dia, e acho que nunca estive tão doente em toda a minha vida quanto tenho me sentido nesta manhã; não estava bem para ser deixada sozinha, com certeza. Suponha que eu fosse acometida por algum mal-estar e não fosse capaz de tocar a campainha! Então, Lady Russell não iria vir. Não me lembro de ela ter estado nesta casa três vezes neste verão.

Anne disse o que era apropriado e perguntou sobre o marido da irmã.

— Oh! Charles está fora caçando. Não o vejo desde às sete horas. Ele se foi, ainda que eu tivesse lhe dito o quão doente eu estava. Ele disse que não deveria ficar fora por muito tempo, mas ainda não voltou, e já é quase uma hora da tarde. Garanto que não vi uma alma sequer durante toda esta manhã.

Capítulo 6

Anne não queria, durante a visita a Uppercross, admitir que a troca de um grupo de pessoas por outro, ainda que a uma distância de apenas três quilômetros, muitas vezes incluísse uma mudança total de conversa, opiniões e ideias. Ela nunca tinha se hospedado lá antes sem ficar impressionada com esse fato ou sem desejar que outros integrantes da família Elliot pudessem obter, assim como ela, a vantagem de perceber como eram desconhecidos ou ignorados os assuntos que em Kellynch Hall eram tratados como de interesse geral. Ainda assim, com toda essa experiência, ela acreditava que deveria, agora, ficar conformada com o fato de que outra lição lhe seria necessária na arte de desvendar nossa própria pequenez fora do nosso círculo íntimo, pois, com certeza, tendo ali chegado com um coração tomado por assuntos que, por semanas, haviam ocupado tão completamente as duas casas em Kellynch, ela esperava muito mais curiosidade e simpatia do que encontrou nas observações bastante distintas, mas bem semelhantes, do Sr. e da Sra. Musgrove: "Então, Srta. Anne, Sir Walter e sua irmã se foram; e em que parte de Bath você acha que eles vão se estabelecer?" — e isso sem esperar ao menos uma resposta; ou ainda um adendo das outras moças ao dizer: "Espero que possamos ir a Bath durante o inverno; mas lembre-se, papai, se formos, devemos estar em um lugar bom: nada daqueles seus Queen Squares para nós", ou no ansioso adendo de Mary: "Certamente eu estarei feliz quando todos vocês forem se divertir em Bath!"

Tudo o que estava ao alcance de Anne se resumia a, no futuro, evitar enganar a si mesma dessa maneira, e pensar com intensificada gratidão na extraordinária bênção que era ter uma amiga tão solidária como Lady Russell.

Os senhores da família Musgrove possuíam seus próprios animais de caça para manter e matar, assim como seus próprios cavalos, cães e jornais para mantê-los distraídos, ao passo que as mulheres ficavam totalmente ocupadas com todos os outros assuntos comuns: governança, vizinhos, vestimentas, dança e música. Ela reconhecia ser algo muito apropriado que cada pequena comunidade social ditasse seus próprios assuntos para conversas; e esperava, em breve, conseguir se tornar um membro digno de alguma consideração naquela comunidade para a qual ela, agora, havia sido transferida. Com a perspectiva de passar pelo menos dois meses em Uppercross, era extremamente importante para ela envolver sua imaginação, sua memória e todas as suas ideias em Uppercross, tanto quanto possível.

Ela não temia, de nenhum modo, esses dois meses. Maria não era tão repulsiva e hostil como Elizabeth, nem tão inacessível a qualquer influência sua; nem havia nada entre os ocupantes do chalé capaz de prejudicar seu conforto. Ela mantinha uma relação amigável com seu cunhado; e quanto aos sobrinhos, que a amavam e a respeitavam mais do que a própria mãe, proporcionavam-lhe diversão e um esforço saudável.

Charles Musgrove era civilizado e agradável. Sua sensatez e seu temperamento eram, sem dúvida, superiores aos de sua esposa, embora não fosse dotado de intelecto, conversa ou graça para fazer do passado e da ligação que tinham uma contemplação perigosa; embora, ao mesmo tempo, Anne acreditasse, assim como Lady Russell, que um casamento mais igualitário poderia tê-lo feito melhorar muito, e que uma mulher de real compreensão poderia ter dado mais robustez ao seu caráter e mais utilidade, racionalidade e elegância para seus hábitos e atividades. Na atual circunstância, ele não fazia nada com muito zelo além de caçar, e seu tempo era desperdiçado sem o benefício dos livros ou de qualquer outra coisa. Ele tinha um bom humor que parecia nunca ser afetado pela baixeza ocasional de sua esposa. Às vezes ficava entediado com a irracionalidade daquela mulher, para a admiração de Anne, e no geral, embora muitas vezes houvesse um pequeno desacordo (dos quais ela às vezes tinha mais participação do que gostaria, sendo solicitada por ambas as partes), os dois podiam passar por um casal feliz. Eles sempre estiveram perfeitamente de acordo quanto à necessidade de ter mais dinheiro e uma forte inclinação para receber um belo presente do pai dele; mas nesse caso, como na maioria dos tópicos, ele mantinha a superioridade, pois enquanto Mary achava uma grande pena o presente não ser dado, ele sempre alegava que seu pai tinha muitos outros fins para seu dinheiro, além do direito de gastá-lo como quisesse.

Quanto à gestão de seus filhos, a teoria de Charles era muito melhor do que a de sua esposa, e sua prática não era de todo ruim. "Eu poderia gerenciá-los muito bem se não fosse pela interferência de Mary", era o que Anne frequentemente o ouvia dizer, e nisso tinha muita fé; mas quando ouvia, por sua vez, a censura de Mary de que "Charles estraga as crianças de tal modo que não consigo impor qualquer ordem a elas", nunca tinha a menor tentação de dizer: "É verdade."

Uma das circunstâncias menos agradáveis de sua estada era o fato de ela ser tratada com muita confiança pelas duas partes, sendo que partilhava de maneira excessiva das reclamações de cada pessoa daquela casa. Conhecida por ter alguma influência sobre sua irmã, ela era continuamente solicitada, ou pelo menos recebia dicas para exercê-la além dos limites do praticável. "Eu gostaria que você pudesse persuadir Mary a não se achar sempre doente", era a conversa de Charles; e quando era tomada por um sentimento infeliz, assim falava Mary: "Eu acredito que, ainda que Charles me visse morrer, não acharia que há algo de errado comigo. Tenho certeza, Anne, de que se você quisesse, seria capaz de convencê-lo de que estou realmente muito doente... muito pior do que jamais imaginei."

A declaração de Mary foi: "Odeio mandar as crianças para a Grande Casa, embora a vovó sempre esteja querendo vê-las, pois ela os mima a tal ponto, e dá-lhes tantas besteiras e coisas doces para comer, que eles sempre voltam enjoados pelo resto do dia." E a Sra. Musgrove aproveitava a primeira oportunidade para estar sozinha com Anne, para dizer: "Oh, senhorita Anne, não posso deixar de desejar que a Sra. Charles tivesse um pouco de seu método com essas crianças. Eles são criaturas bem diferentes com a senhorita! Mas em geral, eles são tão estragados, não há dúvida! É uma pena que a senhorita não pode convencer sua irmã a gerenciar as crianças. Elas são tão boas e saudáveis como nunca se viu, coitadinhas! Mas a Sra. Charles não sabe mais como elas devem ser tratadas. Com o perdão de Deus, como elas são problemáticas às vezes! Garanto-lhe, Srta. Anne, que esse é um impedimento para que eu deseje vê-las em nossa casa tão frequentemente quanto deveria. Acredito que a Sra. Charles não esteja muito satisfeita com o fato de eu não as convidar mais frequentemente; mas a senhorita sabe que é muito ruim ter crianças que precisamos controlar a cada momento com "não faça isso" e "não faça aquilo"; ou que só podem ser mantidas sob uma ordem tolerável com mais bolo do que é necessário para a saúde delas.

Ela teve a seguinte comunicação de Mary: "A Sra. Musgrove considera seus servos de tanta confiança que questionar esse fato seria uma traição incalculável; mas tenho certeza, sem exagero, que sua empregada doméstica e a empregada da lavanderia, em vez de cumprirem seus afazeres, ficam vagando pelo vilarejo o dia todo. Eu as encontro por onde quer que eu vá; e posso dizer que nunca entro duas vezes no espaço reservado para meus meninos sem dar com alguma delas. Se Jemima não fosse a criatura mais confiável e estável do mundo, isso seria o suficiente para mimá-la; pois ela me conta que eles estão sempre tentando-a para dar um passeio."

E do lado da Sra. Musgrove, Anne escutava: "Eu tenho como regra, Srta. Anne, nunca interferir nas preocupações de minha nora, pois sei que não seria adequado; mas à senhorita eu posso dizer, porque a senhorita pode ser capaz de ajustar as coisas. Eu não tenho uma opinião muito boa sobre a criada de quarto da Sra. Charles: ouço coisas estranhas sobre ela, ela vive vagando, e pelo meu próprio conhecimento, posso declarar que ela é uma senhora tão bem-apanhada que é o suficiente para arruinar qualquer servo de quem se aproxime. Sra Charles a tem em alta confiança, mas estou lhe dando apenas essa dica, para que possa ficar alerta; assim, caso perceba algo de errado, não vai precisar ter receio de mencioná-lo."

Mary também protestava que a Sra. Musgrove se sentia inclinada a não lhe permitir todos os privilégios que lhe eram merecidos quando iam todos jantar na Casa Grande junto a outras famílias, e ela não encontrava uma razão sequer para que a consideração dos que lhe eram próximos atingisse o ponto de acarretar na desvalorização de sua posição social. Certa vez, enquanto Anne passeava acompanhada somente das duas irmãs Musgrove, uma delas, após mencionar algo sobre o status social, pessoas de boa reputação e a inveja em relação à posição alheia na sociedade, disse:

— Não me sinto tímida em comentar com a senhorita como existem pessoas cujo comportamento é insensato com relação à própria origem, uma vez que todo mundo sabe o quão indiferente e livre a senhorita se coloca sobre esse assunto. No entanto, gostaria que alguém dissesse a Mary que seria bem melhor se ela não fosse tão insistente, e se não ficasse a todo momento se antecipando para pegar o lugar da mamãe, mas seria íntegro de sua parte não ficar insistindo nesse ponto. Não que mamãe se importe com isso, mas tenho conhecimento de que muitas pessoas já notaram.

Como Anne poderia solucionar todos esses problemas? Tudo o que estava em seu alcance era ouvir pacientemente, amenizar todas as queixas e fazer com que todos se desculpassem, dando a eles todas as dicas de tolerância necessária entre vizinhos próximos, e tornar essas sugestões mais amplas quando chegassem ao conhecimento de sua irmã.

Em todos os outros aspectos, sua visita começou e transcorreu muito bem. Seu próprio ânimo melhorou com a mudança de lugar e assunto, e com o fato de estar a cinco quilômetros de Kellynch; a indisposição de Mary foi diminuída pelo fato de ela ter uma companhia constante, e as relações diárias com o outra família, uma vez que não havia afeto algum no chalé, confidência ou tarefa importante o suficiente para ser interrompido por ela, configuravam uma vantagem. Certamente essa relação foi levada tão longe quanto possível, pois as duas famílias se encontravam todas as manhãs e dificilmente passavam uma noite separadas; mas Anne acreditava que elas não deveriam ter se saído tão bem sem a visão do Sr. e da Sra. Musgrove nos lugares habituais, ou sem o falatório, as risadas e a cantoria de suas filhas.

Anne tocava piano muito melhor do que qualquer uma das irmãs Musgrove, mas sem voz suficiente, tampouco conhecimento da harpa, e nenhum pai afetuoso para se sentar e se dizer encantado, ninguém se atentava às suas apresentações a não ser por civilidade, ou enquanto as outras duas descansavam, e Anne sabia disso.

Ela sabia que, quando tocava, estava dando prazer apenas a si mesma; mas essa não era uma sensação nova. Com exceção de um curto período de sua vida, ela nunca tinha, desde a idade de quatorze anos, desde a perda de sua amada mãe, conhecido a felicidade de ser ouvida ou encorajada por qualquer apreciação justa ou gosto real. Quando o assunto era música, estava acostumada a se sentir sozinha no mundo; e a afetuosa parcialidade do Sr. e da Sra. Musgrove em relação à apresentação das próprias filhas, assim como à completa indiferença à de qualquer outra pessoa, dava-lhe muito mais prazer por causa deles do que sofrimento por si mesma.

As reuniões na Casa Grande, às vezes, eram incrementadas por outras pessoas. O bairro não era grande, mas os Musgrove eram visitados por todos e tinham mais jantares e mais visitantes a convite ou ao acaso do que qualquer outra família. Eram tidos como os mais populares da vizinhança.

As moças gostavam de dançar, e as noites terminavam, ocasionalmente, com um bailinho não premeditado. Havia uma família de primos que moravam em Uppercross, à distância de uma caminhada, que usufruíam de uma condição menos confortável e que dependiam dos Musgrove para todos os seus prazeres: eles costumavam aparecer a qualquer hora e ajudavam a tocar qualquer instrumento, ou dançavam em qualquer lugar; e Anne, mesmo preferindo muito mais o cargo de músico a algum mais ativo, tocava danças country para eles por horas; uma gentileza que sempre fazia notar suas habilidades musicais ao Sr. e Sra. Musgrove mais do que qualquer outra coisa, e muitas vezes recebia o seguinte elogio: "Muito bem, Srta. Anne! Muito bem, mesmo! Deus abençoe! Como voam esses seus dedinhos!"

Assim se passaram as primeiras três semanas. Chegou o dia de São Miguel, e o coração de Anne estava em Kellynch novamente. Uma casa amada entregue para outras pessoas; todos os preciosos quartos, móveis, bosques e paisagens começando a possuir outros olhos e outros membros! Ela não conseguia pensar em muito mais no dia 29 de setembro, e à noite teve um exemplo de simpatia de Mary que, quando levada a notar o dia do mês em que estavam, exclamou:

— Querida, não é hoje o dia em que a família Croft vai se mudar para Kellynch? Estou feliz por não ter pensado nisso antes. Quão deprimida isso me deixa!

Os membros da família Croft tomaram posse da casa com uma verdadeira rapidez naval, e era necessário lhes fazer uma visita. Mary, por sua vez, deplorou essa necessidade. "Ninguém sabia o quanto ela poderia sofrer, ela queria adiar ao máximo a visita". No entanto, não sossegou até convencer Charles a levá-la até lá, certo dia, ainda pela manhã, e ao retornar se encontrava em um estado de agitação ao mesmo tempo animado e agradável. Anne se alegrou sinceramente por não ter havido meio de ir.

Ela desejava, no entanto, conhecer os membros da família Croft, e ficou feliz por estar em casa quando a visita foi retribuída.

Eles foram a Uppercross: o dono da casa não se encontrava, mas as duas irmãs estavam lá; e como Anne ficou responsável por entreter a Sra. Croft enquanto o almirante sentou-se ao lado de Mary, fazendo-se muito agradável com as conversas bem-humoradas sobre os dois filhos dela, teve a oportunidade de observar uma semelhança que, embora não existisse em suas feições, podia ser notada na voz ou na mudança de sentimento e expressão.

A Sra. Croft, embora não fosse alta nem gorda, tinha uma forma quadrada, ereta e vigorosa que lhe conferia um ar de importância. Ela tinha olhos escuros brilhantes, dentes bons e um rosto agradável em todos os aspectos, embora sua tez avermelhada e castigada pelo clima — consequência de ter estado quase tanto tempo no mar quanto seu marido — desse a entender que ela tinha vivido alguns anos a mais no mundo do que seus trinta e oito de fato. Suas maneiras eram espontâneas e decididas, como quem não desconfiava de si mesma e não tinha dúvidas do que fazer; sem nenhum indício de rispidez ou falta de bom humor. Anne expressou gratidão pela demonstração de consideração para com ela em tudo o que se relacionava a Kellynch, e isso a agradou, especialmente, porque ela havia se satisfeito no primeiro minuto, ou mesmo no instante em que as duas foram apresentadas, de que não havia o menor vestígio de conhecimento ou suspeita por parte da Sra. Croft que pudesse torná-la parcial de alguma maneira. Anne estava tranquila com relação a isso, e consequentemente foi dotada de extrema força e coragem, até o momento em que as palavras repentinas da Sra. Croft a eletrizaram como um choque:

— Foi você, e não sua irmã, eu acho, que meu irmão teve o prazer de conhecer quando esteve nesta região.

Anne esperava ter sobrevivido à idade do rubor, mas a idade da emoção ela certamente ainda não tinha superado.

— Talvez você não tenha ficado sabendo que ele é casado — acrescentou a Sra. Croft.

Anne pôde responder como deveria, e quando as próximas palavras da Sra. Croft ressaltaram que era do Sr. Wentworth de quem ela falava, ficou satisfeita ao concluir que nada disse que não pudesse ser aplicado a qualquer um dos irmãos. Ela imediatamente sentiu o quão razoável era que a Sra. Croft estivesse pensando e falando de Edward, e não de Frederick, e com vergonha dela mesma por seu esquecimento, dedicou-se a perguntar sobre o estado atual de seu ex-vizinho com o devido interesse.

O resto transcorreu com tranquilidade até que, quando eles estavam de saída, ela ouviu o almirante dizer para Mary:

— Estamos esperando para breve a visita de um irmão da Sra. Croft. Atrevo-me a dizer que o conhece por nome.

Ele foi interrompido pelos ataques ansiosos dos meninos, que se agarravam a ele como um velho amigo, declarando que não deveria ir. Como ficou muito entretido com a ideia de levar os dois consigo nos bolsos do casaco a ponto de não ter tempo de finalizar ou se lembrar do que havia começado a dizer, Anne teve que se convencer sozinha, da melhor maneira possível, de que se tratava do mesmo irmão. No entanto, não conseguiu ter certeza suficiente para não ficar angustiada por não saber se alguma coisa havia sido dita sobre aquele assunto na outra casa que os membros da família Croft tinham visitado.

O pessoal da Casa Grande deveria passar a noite daquele dia no chalé, e como o ano já estava adiantado para que tais visitas fossem feitas a pé, os ouvidos já estavam treinados esperando a carruagem quando a mais jovem das irmãs Musgrove entrou. A primeira coisa que lhe passou pela mente foi que ela tinha vindo para se desculpar e dizer que elas deveriam jantar sozinhas, e Mary já estava pronta para se sentir afrontada quando Louisa deu um jeito na situação dizendo que ela só tinha vindo a pé para deixar mais espaço para a harpa, que estava vindo na carruagem.

— E vou lhes dizer o nosso motivo — acrescentou ela — contando todos os detalhes. Vim na frente para alertar que papai e mamãe estão contrariados ao extremo esta noite, especialmente mamãe; ela está pensando tanto no pobre Richard! E concordamos que seria melhor trazer a harpa, já que o instrumento parece entretê-la mais do que o piano. Vou lhes dizer por que ela está sem ânimo. Quando os membros da família Croft vieram esta manhã (eles vieram aqui depois, não foi?), por acaso disseram que o irmão dela, o capitão Wentworth, acabou de voltar para a Inglaterra, ou algo assim, e que estava vindo para vê-los imediatamente. Por grande desventura que mamãe se lembrou, depois que eles se foram, que aquele Wentworth, ou um homem muito parecido, era o nome do capitão do pobre Richard em determinado momento; Não sei quando nem onde, mas foi bem antes de ele morrer, coitado! E ao olhar suas cartas e outros pertences, ela descobriu que tinha razão, e está perfeitamente certa de que este é o próprio homem, e não consegue pensar em outra coisa senão no Richard! Portanto, devemos todos nos mostrar contentes o máximo possível, para que ela não fique pensando em tais coisas sombrias.

As verdadeiras circunstâncias dessa situação patética da família eram que os Musgrove tinham tido a má sorte de gerar um filho muito problemático e desesperado, e a sorte de perdê-lo antes de atingir seu vigésimo ano; que ele tinha sido enviado para o mar porque era estúpido e incontrolável em terra; que tinha sido muito pouco cuidado em qualquer momento por sua família, embora ele merecesse; e que raramente era lembrado e quase não fora pranteado quando a notícia de sua morte no exterior chegara a Uppercross, dois anos antes.

Na realidade, embora suas irmãs estivessem fazendo tudo o que podiam por ele, chamando-o "pobre Richard", o rapaz não passava de um Dick cabeça-dura, insensível e imprestável Musgrove, que nunca tinha feito nada para se intitular mais do que a abreviação de seu nome, estando vivo ou morto.

Ele esteve vários anos no mar, e no decurso das remoções às quais todos os aspirantes estão sujeitos, especialmente os aspirantes dos quais todo capitão deseja se ver livre, ele ficou seis meses a bordo da fragata do capitão Frederick Wentworth, o *Laconia*. Sob a influência de seu capitão havia escrito as duas cartas que seu pai e mãe jamais receberam durante toda a sua ausência; quer dizer, as duas únicas cartas desinteressadas, a saber: as demais continham meros pedidos de dinheiro.

Em ambas as cartas ele falara bem de seu capitão, mas, ainda assim, seus pais estavam pouco habituados a cuidar de tais assuntos, e se mostravam tão desatentos e indiferentes em nomes de homens ou navios que tais elogios não causaram nenhum efeito na época; e o fato de a Sra. Musgrove ter sido repentinamente atingida, neste mesmo dia, por uma lembrança do nome de Wentworth como estando ligada ao seu filho, parecia uma daquelas extraordinárias explosões de espírito que às vezes acontecem.

Ela tinha consultado as cartas e encontrou tudo como havia suposto. A releitura delas depois de um intervalo tão longo, seu pobre filho desaparecido para sempre, e toda a força de seus defeitos esquecida haviam afetado seu espírito excessivamente e feito com que ela se lançasse a uma tristeza muito maior do que quando tomara conhecimento da sua morte. O Sr. Musgrove foi afetado em menor grau, e quando eles chegaram ao chalé, estavam evidentemente angustiados, primeiro para serem ouvidos sobre o assunto, e depois para receberem todo o alívio que uma companhia alegre podia lhes proporcionar.

Ouvi-los falar tanto do capitão Wentworth, repetindo seu nome com tanta frequência, relembrar os últimos anos e finalmente concluir que provavelmente ele iria se revelar o mesmo capitão Wentworth que eles se lembravam de ter encontrado, uma ou duas vezes, após sua volta de Clifton — um jovem muito bom —, embora não tivessem certeza se aquilo havia acontecido há sete ou oito anos, tornou-se uma nova espécie de provação para os nervos de Anne. Ela descobriu, no entanto, tratar-se de uma provação com a qual ela deveria se acostumar. Uma vez que ele realmente era esperado ali no campo, ela teria que aprender a ser insensível àqueles assuntos. E não só parecia que ele estava sendo esperado, e o quanto antes, mas a família Musgrove, em sua calorosa gratidão pela gentileza que demonstrara ao pobre Dick, e um grande respeito por seu caráter, pelo pobre Dick ter estado seis meses sob seus cuidados, e mencionando-o de maneira intensa, embora fosse um elogio com erros ortográficos, como "um belo sujeito arrojado, apenas duas *perticulares*", estavam decididos a tentar encontrá-lo tão logo ficassem sabendo de sua chegada.

A decisão de fazer isso ajudou a confortá-los durante aquela noite.

Capítulo 7

Poucos dias depois, ouviu-se que o capitão Wentworth estava em Kellynch. O Sr. Musgrove o visitou e voltou com ainda mais animação motivada pelo compromisso de um jantar com a família Croft, em Uppercross, no próximo final de semana. O Sr. Musgrove ficou muito desapontado por não conseguir marcar para algum outro dia da semana, de tão impaciente que estava para mostrar sua gratidão, recebendo o capitão Wentworth em sua casa e oferecendo o que tinha de melhor e mais forte em suas adegas. Mas era preciso aguardar uma semana, somente uma, pelo que Anne calculou, e os dois se encontrariam, e logo ela começou a desejar conseguir se sentir segura, pelo menos por uma semana.

O capitão Wentworth retribuiu bem cedo a gentileza do Sr. Musgrove, e ela teve que se segurar para não os visitar na mesma meia hora. Ela e Mary estavam se preparando para ir à Casa Grande, onde, como ela soube depois, seria inevitável o encontrarem, quando foram interrompidas pelo filho mais velho, que era carregado para casa devido a uma queda grave. A situação da criança os fez colocar a visita inteiramente de lado, mas Anne não o fez com indiferença por saber o que perdeu, mesmo em meio à séria ansiedade que se assentou.

A clavícula do garoto estava quebrada, e a lesão nas costas parecia tão grave que despertou as ideias mais alarmantes. Foi uma tarde de angústia, e Anne ficou muito ocupada com o que devia ser feito, tudo ao mesmo tempo: chamar o farmacêutico, encontrar e informar o pai, apoiar a mãe e controlar sua histeria, controlar os criados, afastar o filho mais novo e auxiliar e consolar o pobre menino, além de enviar, assim que lembrasse, notícias para a outra casa, o que trouxe mais amigos apavorados e cheios de dúvidas do que assistência.

O retorno de seu cunhado foi o primeiro alívio, pois ele poderia cuidar melhor de sua esposa; o segundo foi a chegada do farmacêutico. Até ele vir examinar a criança, suas preocupações foram piores por não saber o que houve; eles suspeitaram de um grande ferimento, mas não sabiam onde. A clavícula foi colocada no lugar rapidamente, e embora o Sr. Robinson pressionasse, examinasse e parecesse sério, falava baixo tanto com o pai quanto com a tia. Ainda assim, todos receberam esperanças do melhor e foram orientados a se separar e jantar tranquilamente. E então, pouco antes de se separarem, as duas jovens tias conseguiram se afastar da situação do sobrinho, para informar sobre a visita do capitão Wentworth, ficando cinco minutos a mais que seus pais. Elas fizeram questão de expressar o quanto estavam perfeitamente encantadas por estarem com ele, o quanto o consideravam mais bonito e infinitamente mais agradável do que elas tinham pensado, mais do que qualquer outro homem que conheceram, que seria o favorito até o momento. Como elas ficaram felizes por seu pai convidá-lo para ficar e jantar, e o quão desapontadas ficaram quando ele disse que não podia, e o quão felizes se sentiram novamente quando ele prometeu se juntar a eles para o almoço no dia seguinte. E ele havia prometido de forma tão agradável, como se ele entendesse, exatamente como deveria, todo o motivo dessa atenção. Resumindo, ele respondeu e os tratou com tanta graça, que elas certificaram a todos que que ele havia lhes virado a cabeça! Então saíram correndo tão cheias de alegria quanto de amor e, aparentemente, mais emocionadas com o capitão Wentworth do que pelo pequeno Charles.

A mesma história e a mesma agitação se repetiram quando as duas meninas retornaram com seu pai, ao cair da noite, para saber notícias. O Sr. Musgrove, sem a preocupação com o seu filho mais velho, confirmou os elogios e acrescentou que agora não havia mais motivos para a ausência do capitão Wentworth, e apenas lamentava que provavelmente o garoto não poderia comparecer à festa no chalé. "Ah não! Não podemos deixar o garoto!" Tanto o pai quanto a mãe estavam assustados demais para pensar nisso, e Anne, na alegria da fuga, não pôde deixar de adicionar seus calorosos protestos aos deles.

Charles Musgrove mostrou desejar a ir à festa. O garoto já estava bem melhor e ele gostaria tanto de ser apresentado ao capitão Wentworth, que talvez pudesse se juntar a eles à noite. Ele não iria jantar fora, mas poderia ir até lá por meia hora.

Sua esposa, no entanto, protestou veementemente dizendo:

— Ah, não! De verdade, Charles, não aguento nem pensar em ver você saindo. Imagine se algo acontece!

O menino passou bem a noite e estava ainda melhor no dia seguinte. Somente o tempo poderia dizer se não houve alguma lesão na coluna, mas o Sr. Robinson não encontrou nada que causasse maior preocupação, e, por consequência, Charles Musgrove já não via mais necessidade de confinamento. A criança deveria ficar na cama e ser distraída com o máximo de calma possível, mas o que um pai podia fazer? Esse era o trabalho das mulheres, e considerava um absurdo ele, que não serviria para nada em casa, fazer silêncio. Seu pai queria muito que ele conhecesse o capitão Wentworth, e, sem nenhuma razão a se opor, ele estaria lá. Sendo assim, quando retornou da caça, declarou de forma ousada e pública que tinha a intenção de se vestir e ir jantar na outra casa no mesmo instante.

— Nada poderia estar melhor do que o menino — disse ele —, então falei com meu pai, agora há pouco, e disse que eu iria, e ele me deu razão. Como sua irmã lhe faz companhia, meu amor, eu não tenho nenhum escrúpulo. Você detestaria deixá-lo sozinho, mas vê que não sirvo para nada. Se houver algum problema, Anne mandará me buscar.

Maridos e esposas geralmente entendem quando a oposição será em vão. Mary sabia, pela maneira de falar de Charles, que ele estava bastante determinado a ir, e que não adiantaria argumentar contra ele. Ela não disse nada, portanto, até que ele estivesse fora da sala, mas assim que somente Anne estava presente para ouvir, falou:

— Então, nós devemos ser deixadas sozinhas, com esta pobre criança doente, e nenhuma criatura para nos fazer companhia a tarde inteira! Eu sabia que seria assim. Sempre acontece isso. Se há qualquer coisa desagradável acontecendo, os homens fogem, e Charles é tão ruim quanto qualquer um deles. Muito insensível! Ouso dizer que é muito insensível da parte dele fugir da situação de seu pobre menino. Afirma que ele está indo tão bem! Como pode saber? Como sabe que não ocorrerá nenhuma mudança repentina em meia hora? Eu não esperava que Charles fosse tão insensível, e, então, ele vai embora para se divertir, e, como sou a coitada da mãe, não posso protestar. E, além disso, tenho certeza que sou tão imprópria quanto qualquer um para cuidar da criança. Eu ser a mãe é a razão pela qual meus sentimentos não devem ser colocados à prova. Eu não sou desse jeito. Você viu como eu estava histérica ontem.

— Mas isso foi apenas o efeito do susto... do choque. Você não ficará histérica novamente. Atrevo-me a dizer que não teremos nada a nos preocupar. Eu entendo perfeitamente as instruções do Sr. Robinson, e não há nada do que ter medo, e na verdade, Mary, não me surpreendo com a atitude de seu marido. Cuidar de crianças não cabe aos homens, não é para isso que servem. Uma criança doente é sempre a propriedade da mãe, seus próprios sentimentos geralmente causam isso.

— Espero amar tanto meu filho como qualquer outra mãe, mas não me vejo tão útil no quarto do doente quanto Charles, pois não posso ficar sempre repreendendo a pobre criança quando está doente. Você viu, esta manhã, que sempre que eu lhe dizia para ele ficar quieto, ele começava a espernear. Não tenho paciência para isso.

— Mas você se sentiria bem em passar a noite inteira longe do pobre menino?

— Sim, se o pai dele pode, por que eu não poderia? Jemima é muito cuidadosa, e ela poderia mandar recados sobre o estado do menino a cada hora. Eu realmente acho que Charles poderia ter dito a seu pai que todos nós iríamos. Agora, não estou mais tão preocupada com o pequeno Charles quanto ele, estava terrivelmente preocupada ontem, mas o caso é muito diferente hoje.

— Bem, se você não acha que é tarde demais para se expressar, suponho que você possa ir, assim como seu marido. Deixe o pequeno Charles comigo, o Sr. e Sra. Musgrove não julgariam errado eu estar com ele.

— Você está falando sério? — exclamou Mary, com brilho nos olhos. — Maravilha! É uma ótima ideia, realmente ótima! Na verdade, posso muito bem ir ou não, uma vez que não sou útil em casa... sou? E ficar só me entristece. Você, que não tem sentimentos maternos, é a pessoa perfeita para isso. Você consegue que o pequeno Charles faça qualquer coisa, ele sempre a obedece. É muito melhor do que deixá-lo sozinho com Jemima. Ah! Eu irei sim! Tenho certeza de que possuo tanto direito a ir quanto Charles, pois eles querem muito que eu conheça o capitão Wentworth e sei que não se importa em ficar sozinha. Realmente, Anne, excelente ideia. Vou contar a Charles e me arrumar imediatamente. Você pode nos enviar um recado a qualquer momento, você sabe, se algo acontecer, mas ouso dizer que não ocorrerá nada. Eu não iria se não estivesse tranquila quanto ao meu amado filho, pode ter certeza.

No mesmo momento, ela estava batendo à porta do camarim de seu marido, e como Anne a seguiu pela escada, ela chegou a tempo de ouvir toda a conversa, que começou com Mary dizendo, em tom de grande exultação:

— Irei com você, Charles. Sou tão útil em casa quanto você. Mesmo se eu ficasse quieta e aceitasse estar trancafiada com ele para sempre, nunca o convenceria a fazer algo que ele não quisesse. Anne vai ficar, ela se comprometeu a ficar em casa e cuidar dele. Ela mesma se dispôs, então irei com você, o que será muito melhor, pois não jantamos na outra casa desde terça-feira.

— É muita gentileza por parte de Anne — foi a resposta do marido —, e eu ficaria feliz que você viesse, mas parece ser injusto que ela fique em casa sozinha para cuidar do nosso filho doente.

Anne agora estava pronta para assumir sua própria causa e a sinceridade de seus modos foi rápida o suficiente para convencê-lo, até onde era agradável ser convencido. Ele não tinha mais escrúpulos em deixá-la sozinha para jantar, embora insistisse que ela se juntasse a eles à noite, quando a criança já estivesse pronta para dormir, e gentilmente pediu que ela o deixasse vir buscá-la, mas ela não foi convencida, e, sendo assim, ficou muito feliz em vê-los partir juntos e de ótimo humor. Eles saíram, ela esperava que se divertissem, por mais estranha que essa felicidade que construíram pudesse parecer; quanto a ela, estava tão cheia de emoções de conforto quanto, talvez, pudesse sentir. Ela sabia que poderia ajudar a criança, e o que importa se Frederick Wentworth estava a apenas meio quilômetro de distância, sendo agradável para os outros?

Ela gostaria de saber como ele se sentia em relação a um encontro com ela. Talvez indiferente, se pudesse haver qualquer indiferença nessa situação. Ele deveria se sentir indiferente ou não ter interesse em encontrá-la. Se ele quisesse vê-la novamente, não precisaria ter esperado até agora, ele a veria, coisa que ela acreditava que já teria feito muito antes se estivesse em seu lugar, quando os acontecimentos rapidamente deram a ele independência, que era tudo o que faltava.

Seu cunhado e irmã voltaram encantados com seu novo conhecido e sua visita de modo geral. Houve música, cantos, conversas, risos, tudo do mais agradável, o capitão Wentworth apresentou modos encantadores, sem nenhuma timidez ou reserva, todos pareciam se conhecer muito bem, e ele viria na manhã seguinte para caçar com Charles, viria para tomar café da manhã, mas não no chalé, embora fosse essa a proposta inicial. Em vez disso, foi pressionado a vir à Casa Grande, e parecia temer incomodar a Sra. Charles Musgrove por causa do garoto e, portanto, de alguma maneira, sem ninguém saber como, foi combinado que Charles o encontraria para tomar café na casa do seu pai.

Anne entendeu. Ele queria evitar vê-la. Ele perguntou dela, vagamente, como se pergunta de um conhecido distante, parecendo dizer o mesmo que ela, agido, talvez, com o mesmo objetivo de evitar se encontrarem.

As atividades matinais no chalé sempre começavam mais tarde que na outra casa, essa diferença era tão grande que, no dia seguinte, Mary e Anne acabavam de começar o café da manhã quando Charles entrou para dizer que eles estavam saindo, que veio para pegar os cães, e que suas irmãs vinham com o capitão Wentworth. As irmãs dele pretendiam visitar Mary e a criança, e o capitão Wentworth também queria ajudá-la por alguns minutos, se não fosse inconveniente. Embora Charles tivesse dito que o menino não estava mal a ponto de fazer a visita ser um incômodo, o capitão Wentworth se sentiria mal caso ele não fosse na frente para avisar da sua vinda.

Mary, muito agradecida pela atenção, ficou encantada em recebê-lo, enquanto milhares de sentimentos atropelavam Anne, dos quais este foi o mais consolador: de que isso acabaria logo. E logo acabou. Dois minutos após Charles se preparar, os outros apareceram; estavam na sala de estar. Seus olhos encontraram brevemente os do capitão Wentworth, houve uma reverência, ela ouviu sua voz, ele conversou com Mary, disse tudo que era certo, disse algo para as senhoritas Musgrove, o suficiente para mostrar uma boa relação; a sala parecia cheia, cheia de pessoas e de vozes, mas em alguns minutos tudo acabou. Charles apareceu na janela, estavam todos prontos, o visitante fez uma reverência e se foi, as senhoritas Musgrove também se foram ao decidirem, de repente, caminhar até o final da aldeia com eles; a sala esvaziou, e Anne conseguiu terminar seu café da manhã, como pôde.

"Acabou! acabou!", ela repetia para si mesma de novo e de novo, em nervosa gratidão. "O pior já passou!"

Mary estava falando algo, mas ela não prestou atenção. Ela o viu. Eles se encontraram. Eles estiveram novamente na mesma sala.

Mas não demorou muito até que ela começasse a pensar melhor e a tentar se controlar. Oito anos, quase oito anos se passaram desde desistiram de tudo. Era absurdo sentir novamente toda a agitação que todo aquele tempo havia banido à distância e ao oblívio! O que oito anos não fazem? Acontece de tudo, mudanças, alienações, transformações... tudo, tudo é possível nesse tempo, e o esquecimento do passado... o quanto isso é natural, e certo também! Inclui quase um terço de sua própria vida.

Que tristeza! Com todo o seu raciocínio, ela percebeu que, para sentimentos tão fortes, oito anos eram pouco mais do que nada. Agora, como os sentimentos dele deveriam ser entendidos? Ele desejava mesmo evitá-la? E no momento seguinte, ela se odiava pela loucura que tal pergunta havia causado.

Quanto à outra dúvida que, provavelmente, nem mesmo sua maior sabedoria pudesse evitar, ela logo foi poupada de todo suspense. Depois que a Srta. Musgrove voltou e terminou sua visita ao chalé, recebeu a seguinte informação espontânea de Mary:

— O capitão Wentworth não foi muito galante com você, Anne, embora tenha sido tão atencioso comigo. Quando foram embora, Henrietta perguntou a ele o que pensava de você, e ele disse que "estava tão diferente que ele não a reconheceria."

Mary não tinha sentimentos que a fizessem respeitar os da irmã, mas não imaginou que, dizendo isso, estava magoando-a.

— Mais diferente do que jamais pude imaginar. — Anne ouviu, em silêncio, e com uma profunda mágoa. Não tinha dúvidas do que ouvira, e ela não podia revidar, pois o capitão não havia mudado, muito menos para pior. Ela já havia reconhecido isso para si mesma, não tinha como mudar de ideia, não importava o que ele pensava dela. Não, os anos que destruíram sua juventude e o frescor apenas o tornaram mais viril, alegre e com um olhar mais brilhante, e em nada diminuíram suas qualidades. Ela tinha visto o mesmo Frederick Wentworth. "Tão diferente que ele não a reconheceria!" Estas foram as palavras que não teria como esquecer. Mesmo assim, ela logo se alegrou por tê-las ouvido. Elas acalmaram a agitação e, consequentemente, a fizeram mais feliz.

Frederick Wentworth usou essas palavras, ou algo parecido, mas não imaginava que ela as ouviria. Ele viu uma mulher muito diferente e, quando questionado, disse o que ele sentia. Ele não havia perdoado Anne Elliot. Ela o havia maltratado, abandonado e decepcionado. Pior, ela havia mostrado falta de caráter ao fazer isso, algo que seu próprio temperamento decidido e confiante não suportava. Ele havia desistido de si mesmo para agradar outras pessoas. Esse foi o efeito de uma exagerada persuasão. Foi fraqueza e timidez.

Ele teve muito afeto e amor por ela, e nunca encontrou outra mulher que o fizesse sentir o mesmo. Mas, exceto por alguma curiosidade comum, ele não queria encontrá-la novamente. Seu poder sobre ele se foi para sempre.

Agora, seu objetivo era se casar. Ele era rico e, após retornar à terra firme, estava totalmente decidido a se estabelecer assim que fosse devidamente tentado. Na verdade, olhava em volta, pronto para se apaixonar com toda a velocidade que o raciocínio frio e uma rápida decisão pudessem permitir. Seu coração seria de qualquer uma das senhoritas Musgrove, se pudessem conquistá-lo; resumindo, seria de qualquer jovem agradável que cruzasse seu caminho, exceto Anne Elliot. Essa foi sua única exceção secreta, quando ele disse à sua irmã, em resposta às suposições dela:

— Sim, estou aqui, Sophia, pronto para um casamento tolo. Qualquer mulher entre quinze e trinta anos pode ter meu pedido. Um pouco de beleza, alguns sorrisos e alguns elogios para a marinha, e sou um homem perdido. Isso não deveria ser suficiente para um marinheiro que não conviveu com mulheres o bastante para se fazer exigente?

Ela sabia que ele tinha dito isso para que ela discordasse. Seus olhos brilhantes e orgulhosos mostravam claramente que ele era agradável, e Anne

Elliot não estava fora de seus pensamentos quando ele descreveu com mais seriedade à irmã quem ele gostaria de conhecer. “Uma mente forte, com gestos doces”, resumindo a descrição.

— Essa é a mulher que eu quero — disse ele. — É claro que me agradaria com algo um pouco inferior, mas não muito. Se eu for um tolo, serei um tolo completo, pois pensei mais no assunto que a maioria dos homens.

Capítulo 8

Desse momento em diante, o capitão Wentworth e Anne Elliot estiveram repetidamente no mesmo círculo. Eles logo estavam jantando juntos na casa do Sr. Musgrove, pois o estado do menino não forneceria mais à tia um pretexto para se ausentar; e isso era apenas o início de outros jantares e outras reuniões.

Se os sentimentos anteriores seriam renovados, era preciso ser posto à prova, pois o passado, sem dúvida, seria trazido à lembrança de cada um; era impossível não relembrar; o ano de seu noivado não poderia deixar de ser nomeado por ele nas pequenas narrativas ou descrições que a conversa suscitou. Sua profissão o qualificava para falar, e sua disposição o conduzia a fazê-lo: “Isso foi no ano seis” ou “isso aconteceu antes de eu ir para o mar no ano seis” foram as frases ditas no decorrer da primeira noite que passaram juntos: e embora sua voz não tenha vacilado, e embora ela não tenha tido razões para supor que seus olhos estivessem vagando em sua direção enquanto ele falava, Anne sentiu a impossibilidade absoluta, pelo conhecimento que tinha de sua mente, de ele não ser visitado pela lembrança da mesma maneira que ela. Deveria haver a mesma a associação imediata de pensamento, embora ela estivesse muito longe de conceber que a dor fosse a mesma.

Eles não tinham qualquer assunto que não aqueles exigidos pela civilidade obrigatória. Haviam significado tanto um para o outro! Agora nada! Houve um tempo em que, em meio a todas as grandes festas que agora enchiam a sala de estar em Uppercross, eles teriam encontrado dificuldade em deixar de falar um com o outro. Com exceção, talvez, do almirante e da Sra. Croft, que pareciam particularmente ligados e felizes (Anne não teria feito outras exceções, mesmo entre os casais), não poderia haver dois corações tão abertos, nem gostos tão semelhantes, nem sentimentos tão uníssonos, nem comportamentos tão amados. Agora eles eram como estranhos; não, pior do que estranhos, pois nunca poderiam vir a se conhecer. Foi uma perpétua alienação.

Quando ele falava, ela ouvia a mesma voz e reconhecia o mesmo espírito. Havia uma ignorância geral em relação aos assuntos navais; e ele foi muito questionado, especialmente pelas duas irmãs Musgrove, que pareciam dificilmente ter olhos para outra coisa que não para ele, quanto à maneira de viver a bordo, aos regulamentos diários, à alimentação, aos horários etc. E a surpresa com seus relatos, ao saber o grau de acomodação e arranjo que eram praticáveis a bordo provocou nele um divertimento agradável, que lembrou Anne dos dias em que ela também tinha sido ignorante, e em que ela também tinha sido acusada de supor que os marinheiros estivessem morando a bordo sem nada para comer, ou qualquer cozinheiro para preparar as refeições, nem qualquer servo para servir, ou qualquer faca e garfo para usar.

Enquanto ouvia e pensava assim, Anne foi despertada por um sussurro da Sra. Musgrove que, dominada por profundos pesares, não conseguiu deixar de dizer:

— Ah, Srta. Anne, se tivesse agradado aos céus poupar o meu pobre filho, atrevo-me a dizer que ele, a esta altura, teria sido um homem igualzinho.

Anne reprimiu um sorriso e ouviu com gentileza, enquanto a Sra. Musgrove aliviava seu coração um pouco mais; e por alguns minutos, portanto, não conseguiu acompanhar o ritmo da conversa dos outros. Quando pôde deixar sua atenção tomar seu curso natural novamente, encontrou as irmãs Musgrove pegando a lista da Marinha (sua própria lista da Marinha, a primeira em Uppercross), e sentando-se juntas para analisá-la, com a intenção de encontrar os navios que o capitão Wentworth havia comandado.

— O seu primeiro foi o *Asp*, lembro-me. Vamos procurar o *Asp*.

— Vocês não o encontrarão aí. Ele agora está muito desgastado e quebrado. Eu fui o último homem a comamdá-lo. Na época, o navio já não estava apto para o serviço. Foi indicado apenas para serviço costeiro durante um ou dois anos, e por isso fui enviado às Índias Ocidentais.

As meninas pareciam totalmente maravilhadas.

— O Almirantado — continuou ele — entretém-se de vez em quando com o envio de algumas centenas de homens ao mar, em um navio que não serve para nada. Mas eles têm muitos homens para tomar conta; e entre os milhares que podem muito bem ir para o fundo do oceano ou não, é impossível para eles distinguir a tripulação que menos fará falta.

— Ora! Ora! — exclamou o almirante — Que besteiras falam estes jovens! Nunca houve um melhor navio do que o *Asp* em sua época. Para um navio de construção antiga, você não veria igual. Sorte do homem que o comandou! Ele sabe que devia ter havido vinte homens melhores do que ele para assumir o posto. Homem de sorte por conseguir algo tão cedo, sem nada mais para se apoiar do que nos próprios méritos.

— Senti a minha sorte, almirante, garanto-lhe — respondeu o capitão Wentworth, sério. — Fiquei tão satisfeito com a minha nomeação quanto poderia ser desejável. Foi um grande objetivo para mim estar no mar naquela época; uma meta muito grande, eu queria estar fazendo algo.

— Tenho certeza de que sim. O que um jovem como você deveria fazer em terra por meio ano? Se um homem não tem uma mulher, logo quer zarpar novamente.

— Mas, capitão Wentworth — exclamou Louisa —, como deve ter ficado aborrecido ao ver o *Asp* ser tratado como velharia!

— Eu sabia muito bem como ele era antes desse dia — disse ele, sorrindo. — Eu não tinha mais descobertas a fazer do que você teria quanto ao modelo e à força de qualquer peliça velha que você tivesse visto ser emprestada a metade de seus conhecidos, até onde pudesse se lembrar, e que finalmente, em algum dia muito chuvoso, viesse até você. Ah, eu o considerava o querido e velho *Asp*! Fazia tudo o que eu queria. Eu tinha certeza que faria. Eu sabia que deveríamos ir para o fundo juntos ou que ele seria o meu guia para o sucesso, e nunca tive dois dias seguidos de clima ruim durante todo o tempo que estive no mar com ele, e depois de pegar corsários o suficiente para ter uma experiência muito divertida, tive a sorte de, no retorno para casa, no outono seguinte, dar de cara com a fragata francesa que eu queria. Eu a trouxe até o porto de Plymouth; e lá experimentei outro exemplo de sorte.

Não estávamos há seis horas no canal quando veio uma tempestade que durou quatro dias e quatro noites, e que teria sido suficiente para arruinar o pobre e velho *Asp* em metade do tempo, uma vez que a nossa divergência com a Grande Nação[5] não melhorou muito a nossa condição. Vinte e quatro horas depois, eu teria sido apenas um galante capitão Wentworth em um pequeno parágrafo em algum canto dos jornais; e estando perdido a bordo de um saveiro, ninguém teria me notado.

Os tremores de Anne foram sentidos apenas por ela, mas o espanto das irmãs Musgrove se mostrou tão sincero quanto piedoso.

— E então, suponho — disse a Sra. Musgrove em voz baixa, como se estivesse pensando em voz alta — então depois foi para o comando do *Lacônia* e lá se encontrou com nosso pobre menino. Charles, meu querido — chamando o filho para ela —, pergunte ao capitão Wentworth onde ele se encontrou pela primeira vez com seu pobre irmão. Sempre me esqueço.

— Foi em Gibraltar, mãe, disso tenho certeza. Dick tinha ficado doente em Gibraltar, com uma recomendação de seu ex-capitão ao capitão Wentworth.

— Oh! Mas, Charles, diga ao capitão Wentworth que ele não precisa ter medo de falar do pobre Dick na minha frente, pois seria um prazer ouvi-lo falar de uma pessoa tão boa e amiga.

Charles, estando um pouco mais atento às probabilidades de isso acontecer, apenas acenou com a cabeça, em resposta, e se foi.

As meninas agora estavam caçando o *Laconia* na lista; e o capitão Wentworth não conseguiu negar a si mesmo o prazer de tomar o precioso volume em suas próprias mãos para salvá-los do trabalho de, mais uma vez, ler em voz alta as in-

5 O personagem se refere à França. (N. do E.)

formações sobre o nome do navio, bem como sua categoria e classe de suboficiais, observando que aquela embarcação também tinha sido um dos melhores amigos que homem jamais tivera.

— Ah! Foram dias agradáveis quando estive à frente do *Laconia*! Como ganhei dinheiro rápido com ele. Um amigo e eu fizemos um cruzeiro tão adorável juntos, saindo das Ilhas Ocidentais. Pobre Harville, irmã! Você sabe o quanto ele era amante do dinheiro: pior do que eu. Ele tinha uma esposa, era excelente companheiro. Jamais esquecerei sua felicidade. Toda a alegria que experimentou era por ela. Eu desejei estar em sua companhia novamente no verão seguinte, quando ainda tinha a mesma sorte no Mediterrâneo.

— E tenho a certeza — disse a Sra. Musgrove — de que foi um dia de sorte para nós quando você foi nomeado o capitão daquele navio. Jamais esqueceremos o que você fez.

Seus sentimentos a fizeram falar baixo, e o capitão Wentworth, ouvindo apenas essa parte, e de cujos pensamentos Dick Musgrove estava ausente, olhou para ela com um ar de suspense, como se esperasse por mais.

— Meu irmão — sussurrou uma das senhoritas — mamãe está pensando no pobre Richard.

— Pobre rapaz! — continuou a Sra. Musgrove —, ele havia se tornado tão estável, e tão excelente correspondente enquanto esteve sob seus cuidados! Ah! Teria sido uma felicidade se ele nunca o tivesse deixado. Garanto-lhe, capitão Wentworth, lamentamos muito por ele o ter abandonado.

Houve uma expressão momentânea no rosto do capitão Wentworth frente esse discurso, um certo relancear de seus olhos brilhantes, e curvatura de sua bela boca, o que convenceu Anne de que em vez de compartilhar os desejos gentis da Sra. Musgrove quanto ao filho dela, ele provavelmente tinha se esforçado para se livrar dele. Mas a demonstração de diversão íntima foi demasiado sutil para ser percebida por qualquer pessoa que o conhecesse menos do que ela. No dia seguinte ele estava perfeitamente recolhido e sério, e quase imediatamente foi até o sofá em que ela e a Sra. Musgrove estavam sentadas, ocupou um lugar ao lado desta última e começou a conversar com ela, em voz baixa, sobre seu filho, fazendo-o com tanta simpatia e graça naturais que mostravam a mais gentil consideração por tudo o que existia de real e inabalável nos sentimentos da mãe.

Na verdade, eles estavam no mesmo sofá, pois a Sra. Musgrove havia prontamente arranjado espaço para ele; estavam separados por ela, apenas. Na verdade, não era uma barreira insignificante.

A Sra. Musgrove tinha um tamanho substancial, considerável e infinitamente mais adequado pela natureza a expressar bom ânimo e bom humor do que ternura e emoção; e enquanto as agitações da forma esguia e do rosto pensativo de Anne podiam ser consideradas completamente imperceptíveis, o capitão Wentworth deveria ter algum crédito pelo autocontrole com que atendeu aos seus suspiros fartos sobre o destino de um filho a quem ninguém teve a menor consideração, mesmo quando vivo.

O porte físico e a tristeza mental certamente não têm as mesmas proporções. Uma pessoa volumosa tem o mesmo direito de estar em profunda aflição que a mais graciosa criatura. Mas, justo ou não, existem conjunções impróprias que a razão irá patrocinar em vão... que o gosto não pode tolerar... que serão completamente ridículas.

O almirante, depois de dar duas ou três voltas revigorantes pela sala com as mãos atrás dele, para acalmar a mente, e de ter sido chamado à atenção por sua esposa, aproximou-se agora do capitão Wentworth, e sem qualquer consideração pelo que estaria interrompendo, com foco apenas em seus próprios pensamentos, começou com as seguintes palavras:

— Se tivesse estado uma semana mais tarde em Lisboa, na primavera passada, Frederick, teria pedido para transportar Lady Mary Grierson e suas filhas.

— É mesmo? Estou feliz, então, por não ter chegado uma semana mais tarde.

O almirante reprovou essa indelicadeza. Ele se defendeu, apesar de afirmar que nunca admitiria de bom grado qualquer mulher a bordo de um navio seu, exceto para um baile ou uma visita que durassem apenas algumas horas.

— Mas, se bem me conheço — disse ele —, não é por falta de galanteio para com elas, mas por saber como é impossível, com todos os esforços e sacrifícios, proporcionar acomodações a bordo conforme as necessidades das senhoras. Não pode haver falta de galanteio, almirante, em classificar como elevadas as reivindicações das mulheres com relação a todo tipo de conforto, e isso é o que eu faço. Odeio ouvir falar de mulheres a bordo, ou vê-las a bordo; e nenhum navio sob meu comando jamais deverá transportar uma família de senhoras a qualquer lugar, se eu puder evitar.

Isso levou sua irmã a se pronunciar contra ele.

— Oh, Frederick! Não posso acreditar no que está dizendo. Tudo isso não passa de um refinamento sem importância! Mulheres podem estar tão confortáveis a bordo como na melhor casa da Inglaterra. Acredito ter vivido tanto tempo a bordo quanto a maioria das mulheres, e não conheço nada superior às acomodações de um navio de guerra. Declaro que não tenho nenhum conforto ao meu redor, nem mesmo em Kellynch Hall (fez uma reverência gentil para Anne), além do que sempre tive na maioria dos navios onde vivi, e foram cinco ao todo.

— Isso não é completamente diferente — respondeu seu irmão. — Você estava vivendo com seu marido, e era a única mulher a bordo.

— Mas você mesmo trouxe a Sra. Harville, sua irmã, sua prima e três filhos, de Portsmouth para Plymouth. Onde estava esse superfino e extraordinário galanteio seu, então?

— Tudo fundido na minha amizade, Sophia. Eu ajudaria a esposa de qualquer oficial amigo que eu pudesse, e transportaria qualquer coisa de Harville até o fim do mundo, se ele quisesse. Mas não pense que não considerei esse acontecimento como um mal em si.

— Pode ter certeza, elas estavam todas perfeitamente confortáveis.

— Talvez por isso eu não goste muito delas. Mulheres e crianças nessa quantidade não têm o direito de se sentirem confortáveis a bordo.

— Meu caro Frederick, você está falando isso à toa. O que seria de nós, pobres esposas de marinheiros, que muitas vezes precisam ser transportadas de um porto a outro para acompanhar nossos maridos, se todo mundo tivesse pensamentos iguais aos seus?

— Os meus pensamentos, veja, não me impediram de levar a Sra. Harville e toda a sua família para Plymouth.

— Mas eu odeio ouvir você falando como um bom cavalheiro, e como se todas as mulheres fossem frágeis, em vez de criaturas racionais. Nenhuma de nós espera estar em águas calmas durante todos os dias de nossas vidas.

— Ah, minha cara! — disse o almirante. — Quando ele tiver uma esposa, ele vai cantar uma melodia diferente. Quando ele estiver casado, se tivermos a sorte de viver para presenciar outra guerra, o veremos fazer como você, eu, e como muitos outros fazem. Ele será muito grato a qualquer pessoa que lhe traga sua esposa.

— Sim, veremos.

— Para mim já basta —, exclamou o capitão Wentworth. — Quando os casados começam a me atacar com: "Oh, você vai pensar de maneira muito diferente quando for casado", eu só posso dizer: "Não, eu não pensarei", e então eles vão dizer novamente: "Você vai sim", e será o fim da discussão.

Ele se levantou e se afastou.

— Que grande viajante a senhora deve ter sido! — disse a Sra. Musgrove à Sra. Croft.

— Viajei muito, senhora, durante os quinze anos do meu casamento, embora muitas mulheres tenham viajado mais. Já cruzei o Atlântico quatro vezes e fiz uma viagem às Índias Orientais, ida e volta, apenas uma vez, além de ter estado em lugares mais perto de casa: Cork, Lisboa, Gibraltar. Mas eu nunca fui além do estreito, e nunca estive nas Índias Ocidentais. As Bermudas ou as Bahamas, você sabe, não são parte das Índias Ocidentais.

A Sra. Musgrove não tinha uma palavra a dizer em desacordo; ela não podia se acusar de ter chamado aqueles locais de qualquer coisa em todo o curso de sua vida.

— E garanto-lhe, senhora — prosseguiu a Sra. Croft — que nada pode exceder as acomodações de um navio de guerra; falo, você sabe, dos de categoria mais alta. Quando você está em uma fragata, é claro, você está mais confinado, embora qualquer mulher sensata possa ser perfeitamente feliz em uma delas, e posso dizer com segurança que a parte mais feliz da minha vida passei a bordo de um navio. Enquanto estávamos juntos, você sabe, não havia nada para temer. Graças a Deus! Sempre fui abençoada com excelente saúde e clima algum me faz mal. Sempre fiquei um pouco enjoada nas primeiras vinte e quatro horas no mar, mas depois disso nunca mais soube o que era enjoo. A única vez que eu realmente sofri fisicamente ou mentalmente, a única vez que me imaginei doente, ou tive algum sentimento de perigo, foi durante o inverno que passei sozinha em Deal, quando o almirante (então capitão Croft) estava no Mar do Norte. Eu vivia em perpétuo medo naquela época, e tinha todo o tipo de preocupação no meu imaginário por não saber o que fazer e por não saber quando deveria ter notícias dele. Mas enquanto podíamos ficar juntos, nada nunca me afligiu, e eu nunca me encontrei com a menor inconveniência.

— Sim, com certeza. Oh sim, sim, de fato! Eu concordo plenamente com sua opinião, Sra. Croft. — foi a resposta sincera da Sra. Musgrove. — Não há nada tão ruim quanto a separação. Eu sou da mesma opinião sua. Eu sei como é, porque o Sr. Musgrove sempre vai às sessões do tribunal no vilarejo, e fico tão feliz quando acabam, sabendo que ele voltará em segurança.

A noite terminou com dança. Quando foi proposta, Anne ofereceu seus préstimos, como de costume, e embora seus olhos às vezes se enchessem de lágrimas enquanto ela se sentava ao piano, ela ficou extremamente feliz por ter uma ocupação e não desejou nada em troca, a não ser passar despercebida.

Foi uma festa alegre, e ninguém parecia mais animado do que o capitão Wentworth. Anne sentiu que ele tinha tudo para estar contente, coisa que a atenção geral e deferência, especialmente das moças, poderiam lhe proporcionar. As irmãs Hayter, as mulheres da já mencionada família de primos, aparentemente foram admitidas à honra de estarem apaixonadas por ele. Quanto a Henrietta e Louisa, ambas pareciam tão inteiramente obcecadas por ele, que nada além da aparente boa vontade entre elas poderia ter tornado incrível o fato de que elas fossem rivais. Se ele estivesse um pouco lisonjeado por uma admiração tão universal e tão ávida, quem poderia se surpreender?

Esses foram os pensamentos que ocuparam a mente de Anne enquanto seus dedos mecanicamente trabalhavam, prosseguindo por meia hora, sem erros, e sem consciência. Uma vez, somente, ela sentiu que ele a estava olhando, observando, talvez, seus traços alterados, tentando traçar neles as ruínas do rosto que algum dia o encantaram, e uma vez apenas ela soube que ele devia ter falado dela. Mal estava ciente disso, até ela ouvir a resposta; mas então ela teve certeza de que ele perguntou à sua parceira se a Srta. Elliot nunca dançava. A resposta foi: "Oh não, nunca! Ela desistiu de dançar. Ela prefere tocar. Ela nunca se cansa de tocar." Uma vez, também, ele falou com ela. Ela havia deixado o instrumento ao final da dança, e ele se sentou para tentar arriscar uma melodia da qual desejava dar uma ideia às irmãs Musgrove. Sem querer, ela voltou àquela parte da sala, ele a vira, e levantando-se instantaneamente, dissera, com certa polidez:

— Perdão, senhora, este é o seu lugar.

E embora ela tenha recuado imediatamente com uma decidida negativa, ele não se deixou ser convencido a sentar-se novamente.

Anne não desejava mais aqueles olhares e discursos. Sua polidez fria e sua graça cerimoniosa eram piores do que qualquer coisa.

Capítulo 9

O capitão Wentworth veio para Kellynch como se ali fosse a própria casa, para ficar o tempo que quisesse, uma vez que era alvo da bondade fraterna do almirante e de sua esposa. Ele pretendia, ao chegar, prosseguir muito em breve para Shropshire, e visitar o irmão que estava estabelecido naquele condado, mas os atrativos de Uppercross o induziram a adiar a visita. Havia assim tanto de simpatia, lisonja, e tudo de mais fascinante em sua recepção lá; os velhos eram tão hospitaleiros, os jovens tão agradáveis, que ele não podia deixar de permanecer onde estava, depositando sua confiança no charme e na perfeição da esposa de Edward.

Logo, estava indo para Uppercross todos os dias. Os Musgrove dificilmente poderiam estar mais dispostos a convidá-lo do que ele a aceitar os convites, principalmente pela manhã, quando não tinha nenhum companheiro em casa, pois o almirante e a Sra. Croft geralmente saíam juntos para investigar suas novas posses, seus gramados e ovelhas, andando de uma forma tão devagar que não seria suportável para uma terceira pessoa, ou então dirigindo seu cabriolé[6], recentemente adicionado ao seu patrimônio.

Até então, havia apenas uma opinião sobre o capitão Wentworth entre os Musgrove e seus dependentes. Era uma admiração calorosa e invariável em todos os lugares, mas essa íntima base estava estabelecida até quando um certo Charles Hayter voltou ao convívio deles, ficando muito perturbado com isso, considerando que o capitão Wentworth estava por demais atrapalhando.

Charles Hayter era o mais velho de todos os primos. Era um jovem muito amável e agradável, e entre ele e Henrietta, aparentemente, havia um nível de apego anterior à chegada do capitão Wentworth. Ele era um sacerdote ordenado, e por ter uma curadoria na região, onde não necessitava residir, vivia na casa de seu pai, a apenas quatro quilômetros de Uppercross. Uma curta ausência de casa havia deixado sua bela desprotegida de suas atenções naquele período crítico, e quando ele voltou, teve a dor de encontrar muitos dos modos de Henrietta alterados, e de perceber a presença do capitão Wentworth.

A Sra. Musgrove e a Sra. Hayter eram irmãs. Elas tinham dinheiro, mas seus casamentos fizeram uma diferença material em seu grau de prestígio. O Sr. Hayter até teve algumas propriedades, mas eram insignificantes em comparação com as

6 Carruagem de duas rodas puxada por um animal de tiro. (N. do E.)

do Sr. Musgrove, e enquanto os Musgrove estavam na primeira classe social do interior, os jovens Hayter estariam, devido ao modo de vida inferior, isolados e sem refinamento dos pais. Quanto à sua própria educação deficiente, dificilmente estariam em qualquer classe, a menos por sua conexão com Uppercross, com exceção do filho mais velho, claro, que havia escolhido ser um estudioso cavalheiro, e que era muito superior em cultura e modos em relação a todos os demais.

As duas famílias sempre tiveram excelentes relações, não havendo orgulho de um lado, e nem inveja do outro, apenas uma consciência de superioridade pelas senhoritas Musgrove, o suficiente para que quisessem melhorar a situação de seus primos. As atenções de Charles para Henrietta tinham sido observadas por seu pai e sua mãe sem qualquer desaprovação. "Não seria um ótimo par para ela, mas, se Henrietta gosta dele..." E Henrietta parecia gostar mesmo dele.

A própria Henrietta pensava exatamente assim até a chegada do capitão Wentworth, e a partir dessa época, o primo Charles tinha sido esquecido.

Qual das duas irmãs era a preferida pelo capitão Wentworth era ainda bastante duvidoso, até onde Anne conseguia observar. Henrietta era talvez a mais bonita, e Louisa tinha mais ânimo, e ela não sabia agora qual caráter era o mais propenso a atraí-lo — o mais gentil ou o mais animado.

O Sr. e a Sra. Musgrove, ou por terem pouca sensibilidade, ou por uma total confiança na conduta de ambas as filhas e de todos os rapazes que se aproximavam delas, pareciam deixar tudo correr a esmo. Não houve o menor sinal de conselho ou observação sobre eles na mansão. Mas no chalé era diferente: o jovem casal que ali vivia estava mais disposto a especular e questionar, e precisou o capitão Wentworth estar quatro ou cinco vezes na companhia das irmãs Musgrove e Charles Hayter reaparecer, para Anne ter que ouvir as opiniões de seu cunhado e sua irmã quanto qual irmã foi a que o capitão mais gostou. Charles pensou em Louisa, Mary em Henrietta, mas ambos concordavam que um casamento com qualquer uma poderia ser extremamente aprazível.

Charles "nunca tinha visto um homem mais agradável em sua vida, e pelo que ele ouviu uma vez, o próprio capitão Wentworth disse que tinha certeza de que ele não tinha feito menos de vinte mil libras na guerra. Além disso, havia a chance de ele faturar com qualquer guerra futura, e Charles tinha certeza que o capitão Wentworth tinha tanta probabilidade de se tornar um destaque como quanto qualquer outro oficial da Marinha. Oh! seria uma união lucrativa para qualquer uma de suas irmãs!"

— Com a minha palavra, seria — respondeu Mary. — Santo Deus! Imaginem se ele se elevasse a qualquer gande honraria? Se ele algum dia fosse nomeado baronete? "Lady Wentworth" soa muito bem. Que coisa nobre seria, de fato, para Henrietta! Ela iria tomar o meu lugar, então, e Henrietta iria gostar disso. Sir Frederick e Lady Wentworth! Seria apenas um novo título, no entanto, e eu nunca aprecio muito títulos novos.

Convinha mais a Mary pensar que Henrietta fosse a preferida por causa de Charles Hayter, cujas pretensões ela desejava ver acabadas. Ela, muito decididamente, olhou com ar de superioridade sobre os Hayter, e pensava que seria uma grande infelicidade ter renovada a conexão entre as famílias... já achava isso muito triste para ela e seus filhos.

— Sabe — disse ela —, não consigo considerá-lo um bom par para Henrietta, e tendo em vista as alianças que os Musgrove fizeram, ela não tem o direito de desperdiçar seu tempo. Eu não acho que nenhuma jovem tenha o direito de fazer uma escolha que possa ser desagradável e inconveniente para a parte principal de sua família, tendo más conexões com aqueles que não estão acostumados com essas pessoas. E, por favor, quem é Charles Hayter? Nada além de um cura do campo. Um par muito impróprio para a senhorita Musgrove de Uppercross.

Seu marido, entretanto, não concordava com ela nesse aspecto, pois além de ter consideração por seu primo, Charles Hayter era o filho mais velho, e ele próprio via as coisas sob a perspectiva de um primogênito, assim como ele mesmo era.

— Agora você está se enganando, Mary— foi, portanto, a sua resposta —, não seria um ótimo par para Henrietta, mas Charles tem uma grande chance, através dos Spicers, de conseguir algo do bispo no decorrer de um ou dois anos, e você deveria lembrar que ele é o filho mais velho. Quando meu tio morrer, ele terá propriedades muito bonitas. A propriedade em Winthrop não tem menos de duzentos e cinquenta acres, além da fazenda perto de Taunton, cujas terras são as melhores do país. Eu garanto a você que qualquer um deles, menos Charles, seria um casamento chocante para Henrietta, e de fato tal evento não poderia ocorrer. Ele é o único par possível, Charles é um sujeito muito afável e bom, e uma vez que Winthrop cair em suas mãos, ele fará dali um tipo diferente de local, viverá ali de uma maneira muito diferente, e com essa propriedade, ele nunca será um homem desprezível... uma boa propriedade hereditária. Não, não; Henrietta poderia fazer algo pior do que se casar com Charles Hayter, e se ela ficar com ele e Louisa ficar com o capitão Wentworth, eu ficarei muito satisfeito.

— Charles pode dizer o que quiser — exclamou Mary a Anne, assim que ele saiu do quarto —, mas seria chocante que Henrietta se casasse com Charles Hayter; seria uma coisa muito ruim para ela, e ainda pior para mim. Portanto, é muito desejável que, em breve, o capitão Wentworth logo coloque-o totalmente fora da mente dela, e tenho muito pouca dúvida de que isso já aconteceu. Ela quase não deu atenção a Charles Hayter ontem. Eu queria que você estivesse lá para ver seu comportamento. E quanto ao fato de o capitão Wentworth gostar de Louisa, assim como gosta de Henrietta, é uma afirmação absurda, pois ele certamente gosta muito de Henrietta. Mas Charles é tão otimista! Eu gostaria que você estivesse conosco ontem, então você poderia ter decidido qual de nós tem razão; e eu tenho certeza de que você teria pensado como eu, a menos que estivesse determinada a contrariar-me.

Um jantar na casa do Sr. Musgrove foi a ocasião em que todas essas coisas deveriam ter sido vistas por Anne, mas ela tinha ficado em casa, sob a alegação mista de uma dor de cabeça e o retorno da indisposição no pequeno Charles.

Ela tinha pensado apenas em evitar o capitão Wentworth, mas uma fuga de ser escalada como árbitro foi agora adicionada às vantagens de uma noite tranquila.

Quanto à opinião do capitão Wentworth, ela considerou mais importante ele conhecer seus próprios sentimentos cedo o suficiente para não colocar em risco a felicidade de nenhuma das irmãs ou prejudicar sua própria honra do que o fato de preferir Henrietta a Louisa ou Louisa a Henrietta. Qualquer uma delas poderia, em qualquer circunstância, ser para ele uma afetuosa e bem-humorada esposa. No que se refere a Charles Hayter, Anne tinha a delicadeza de se deixar afetar por uma conduta irrefletida de uma mulher com boas intenções, e um coração induzido a simpatizar com qualquer sofrimento que esta causasse; mas se Henrietta se encontrasse enganada quanto a seus sentimentos, já era tempo de essa alteração ser comunicada.

Charles Hayter encontrou em sua prima muitas coisas para inquietá-lo e mortificá-lo. Sua consideração por ele era demasiado antiga para se demonstar tão completamente distante a ponto de, em apenas dois encontros, extinguir todas as esperanças que outrora existiram, e não deixar a ele nada a fazer a não ser ir embora de Uppercross; mas houve uma mudança que se tornou muito alarmante, quando um homem como o capitão Wentworth podia ser considerado a causa mais provável. Charles Hayter esteve ausente apenas dois domingos. Quando eles se separaram, Henrietta demonstrou interesse, fazendo jus até ao maior dos desejos do homem: o de, em breve, abandonar seu curato e obter, em vez disso, o de Uppercross. Seu mais sincero desejo era que o dr. Shirley, o reitor, que por mais de quarenta anos vinha desempenhando zelosamente todas as funções de seu cargo, mas agora estava ficando muito enfermo para assumir muitos deles, estivesse bastante decidido a contratar um cura que pudesse fazer um curado tão bom quanto ele poderia pagar, e que daria a Charles Hayter a promessa disso. A vantagem de ter que ir apenas para Uppercross, em vez de andar mais de nove quilômetros em outra direção de ter, em todos os aspectos, um curato melhor de trabalhar com seu querido dr. Shirley, e de o querido dr. Shirley ser dispensado dos deveres que ele não poderia mais realizar sem a menor fadiga prejudicial, tudo isso tinha sido muito até mesmo para Louisa, mas tinha sido quase tudo para Henrietta. Mas quando ele voltou, ai! Todo o zelo do negócio se foi. Louisa não conseguiu nem ouvir o relato de uma conversa que acabara de ter com o dr. Shirley: ela estava em uma janela, olhando para o capitão Wentworth; e até mesmo Henrietta tinha, na melhor das hipóteses, apenas uma atenção parcial para lhe dar, e parecia ter esquecido todas as dúvidas anteriores e as solicitudes da negociação.

— Bem, estou muito contente mesmo, mas sempre pensei que o senhor fosse conseguir, sempre estive certa disso. Não me parecia que... em suma, você sabe, o dr. Shirley necessita ter um cura, e você já havia obtido sua promessa. Ele está vindo, Louisa?

Uma manhã, logo após o jantar na casa dos Musgrove, do qual Anne não tinha participado, o capitão Wentworth entrou na sala de estar do chalé, onde havia apenas ela mesma e o pequeno e doente Charles, que estava deitado no sofá.

A surpresa de se encontrar quase sozinho com Anne Elliot o privou de suas maneiras de compostura usual: ele se assustou, e só conseguiu dizer: "Achei que as irmãs Musgrove estivessem aqui: o Sr. Musgrove me disse que eu poderia encontrá-las aqui", antes de ir até a janela para se recompor e definir como deveria se comportar.

— Elas estão no andar de cima com minha irmã; elas vão descer em algum momento, acredito eu — tinha sido a resposta de Anne, com toda a confusão que podia ser julgada como natural. Se a criança não a tivesse chamado para que viesse e fizesse algo por ela, Anne teria saído da sala no momento seguinte, liberando o capitão Wentworth, bem como ela própria.

Ele continuou na janela, e depois de dizer calma e educadamente: "Espero que o menino fique melhor", calou-se.

Ela foi obrigada a se ajoelhar ao lado do sofá e ali permanecer para cuidar de seu paciente; assim eles continuaram por alguns minutos quando, para sua grande satisfação, ela ouviu outra pessoa cruzando o pequeno vestíbulo. Ela esperava, ao virar a cabeça, ver o dono da casa, mas a pessoa que apareceu se provou ser muito menos apta a tornar sua situação mais fácil: Charles Hayter, provavelmente tão pouco satisfeito com a presença do capitão Wentworth quanto a visão que o capitão Wentworth teve de Anne.

Ela apenas tentou dizer:

— Como vai? Você não quer se sentar? As outras estarão aqui em breve.

O capitão Wentworth, no entanto, saiu de sua janela, aparentemente não tão mal-intencionado a uma conversa, mas Charles Hayter logo pôs fim às suas tentativas de socializar sentando-se perto da mesa e pegando o jornal; e o capitão Wentworth voltou à janela.

Mais um minuto se passou e mais um visitante apareceu. O menino mais novo, uma robusta e extrovertida criança de dois anos, tendo a porta aberta para ele por alguém do lado de fora, fez a sua determinada irrupção entre eles, e foi direto ao sofá para ver o que estava acontecendo, e reivindicar qualquer coisa boa que pudesse ser dada.

Não havendo nada para comer, ele só poderia brincar um pouco, e como sua tia não deixou que ele provocasse seu irmão doente, ele começou a se agarrar a ela, enquanto ela estava ajoelhada, de tal maneira que, ocupada como estava com Charles, não conseguiu se livrar dele. Ela falou com ele, ordenou, suplicou e insistiu em vão. Uma vez ela conseguiu afastá-lo, mas o menino teve o maior prazer em subir de volta diretamente para ela.

— Walter — disse ela — desça agora. Você está com um comportamento extremamente problemático. Eu estou muito brava com você.

— Walter — exclamou Charles Hayter —, por que não faz o que estão ordenando? Você não ouve sua tia falar? Venha comigo, Walter, venha com o primo Charles.

Mas Walter não se mexeu.

Em outro momento, entretanto, ela se viu liberta da criança: alguém a estava tirando de cima dela, embora o menino tivesse abaixado tanto a sua cabeça, que pôde sentir suas mãos pequenas e fortes soltarem de seu pescoço, e o garoto foi levado embora, antes que ela soubesse que foi o capitão Wentworth que tinha feito isso.

Suas sensações com a descoberta a deixaram totalmente sem reação. Ela não pôde nem mesmo agradecê-lo. Ela só conseguiu pairar sobre o pequeno Charles, com os sentimentos mais desordenados. Sua gentileza em se apresentar para aliviá-la, a maneira e o silêncio com que aquilo havia sido feito, os pequenos detalhes das circunstâncias mesclados à convicção de que ela logo se encontrou forçada a admitir pelo barulho que ele estava deliberadamente fazendo com a criança, que ele pretendia evitar ouvir seus agradecimentos e, em vez disso, procurou demosntrar que uma conversa com ela era o último de seus desejos, produziu tal confusão de sentimentos, tão dolorosos, que ela não conseguiu se recuperar, até que fosse reabilitada pela entrada de Mary e das irmãs Musgrove para entregar seu pequeno paciente aos cuidados delas, e sair da sala. Ela não podia ficar ali. Poderia ter sido uma oportunidade de presenciar os amores e o ciúme dos quatro, agora que estavam todos juntos, mas não pôde ficar para isso. Era evidente que Charles Hayter não gostava muito do capitão Wentworth. Ela teve uma forte impressão de tê-lo escutado dizer, em um tom de voz irritado, após a interferência do capitão Wentworth: "Você deveria ter me obedecido, Walter; eu disse para você não incomodar sua tia", e poderia compreender, com base no seu pesar, que o capitão Wentworth tivesse feito o que ele próprio deveria ter feito. Mas nem os sentimentos de Charles Hayter, nem os de ninguém poderiam interessar a ela, até que ela tivesse organizado os próprios um pouco melhor. Ela tinha vergonha de si mesma, muita vergonha de ter ficado tão nervosa, tão dominada por tal futilidade; mas assim foi, e exigiu-se um longo período de solidão e reflexão para se recuperar.

CAPÍTULO 10

Outras oportunidades de fazer suas observações não poderiam deixar de ocorrer. Anne logo esteve na companhia dos quatro com frequência suficiente para ter uma opinião, embora tenha sido sábia o suficiente para não reconhecer isso em casa, onde sabia que tal julgamento não teria agradado nem ao marido nem à esposa; pois enquanto ela considerava Louisa a favorita, não podia deixar de pensar, tanto quanto podia ousar julgar com base em sua experiência e memória, que o capitão Wentworth não estava apaixonado por nenhuma delas. Elas estavam mais apaixonadas por ele, e ainda assim, não era amor. Era uma pequena febre de admiração, mas poderia terminar em amor para alguns. Charles Hayter parecia estar ciente de ter sido menosprezado, mas Henrietta às vezes parecia estar dividida entre os dois.

Anne ansiava pelo poder de apresentar para eles tudo o que eram, e de apontar alguns dos males aos quais eles estavam se expondo. Ela não atribuiu astúcia para qualquer um deles. Foi a maior satisfação para ela acreditar que o capitão Wentworth não tivesse a menor consciência da dor que estava causando. Não houve triunfo, qualquer triunfo lamentável em suas maneiras. Ele provavelmente nunca tinha ouvido ou pensado em qualquer interesse de Charles Hayter. Ele só estava errado em aceitar as atenções (pois aceitar era o termo correto) de duas mulheres jovens de uma só vez.

Depois de uma curta luta, Charles Hayter parecia abandonar o campo de batalha. Três dias se passaram sem que ele viesse uma vez para Uppercross; era uma mudança notável. Ele até chegou a recusar um convite habitual para jantar, e tendo sido encontrado na ocasião pelo Sr. Musgrove com alguns livros grandes abertos diante dele, o Sr. e a Sra. Musgrove passaram a ter certeza de que nem tudo poderia estar certo, e com os semblantes sérios, comentaram sobre Charles correr o risco de morrer de tanto estudar. Mary acreditava que ele havia recebido uma recusa de Henrietta, e torcia por isso, enquanto seu marido vivia na constante expectativa de vê-lo no dia seguinte. Anne só podia sentir que Charles Hayter era um homem equilibrado.

Certa manhã, mais ou menos nessa hora, quando Charles Musgrove e o capitão Wentworth tinham partido juntos, enquanto as irmãs na casa de campo estavam sentadas em silêncio trabalhando, receberam pela janela a visita das irmãs da Casa Grande.

Era um lindo dia de novembro, e as irmãs vieram ao pequeno jardim, e pararam com o único propósito de dizer que demorariam muito na caminhada, concluindo, portanto, que Mary não gostaria de ir com elas. E quando Mary respondeu imediatamente, com algum ciúme por não ter sido considerada uma boa caminhante: "Oh, sim, eu gostaria muito de acompanhá-las, gosto muito de uma longa caminhada", Anne soube, pelos olhares das duas meninas, que aquilo era justamente o que elas não desejavam, e voltaram a admirar o tipo de necessidade que os hábitos familiares pareciam produzir de que tudo devia ser comunicado, e tudo devia ser feito em conjunto, por mais indesejado e inconveniente que fosse. Ela tentou dissuadir Mary de ir, mas em vão; e sendo esse o caso, achou melhor aceitar o convite muito mais cordial das irmãs Musgrove para ir acompanhá-las, já que ela poderia ser útil para voltar antes com a irmã e diminuir a interferência em qualquer plano das duas.

— Não consigo imaginar por que elas iriam supor que eu não gostaria de uma longa caminhada — disse Mary enquanto subia as escadas. — Todo mundo está sempre supondo que não sou uma boa caminhante, mas não teriam ficado satisfeitas caso eu tivesse me recusado. Quando as pessoas aparecem dessa maneira tão disposta para nos convidar, como se pode dizer não?

No momento em que estavam partindo, os cavalheiros voltaram. Eles tinham levado um cachorro jovem que estragou a caçada e os mandou de volta mais cedo. Portanto, o tempo e a energia de que dispunham os tornavam prontos para aquela caminhada, de maneira que se juntaram a elas com prazer. Se Anne tivesse previsto tal encontro, teria ficado em casa, mas, deixando-se levar por alguns sentimentos de interesse e curiosidade, imaginou ser tarde demais para mudar de ideia, e todos os seis partiram juntos na direção escolhida pelas irmãs Musgrove, que evidentemente consideraram que cabia a elas orientar a caminhada.

O objetivo de Anne era não atrapalhar ninguém; e onde os caminhos estreitos que cruzavam os campos tornavam necessárias muitas separações, pretendia permanecer junto de seu cunhado e de sua irmã. Para ela, o prazer da caminhada deveria surgir do exercício e do dia de sol, da visão do último sorriso do ano sobre as folhas amareladas e as sebes ressequidas, da repetição para si mesma de algumas das milhares de descrições poéticas existentes no outono, daquela sensação peculiar a influência inesgotável sobre as mentes refinadas e delicadas, e que havia atraído de todo poeta digno de ser lido alguma tentativa de descrição ou algumas linhas de sentimento.

Ela ocupou sua mente tanto quanto possível com tais reflexões e citações, mas sempre que estava ao alcance da conversa do capitão Wentworth com qualquer uma das irmãs Musgrove, ficava incapaz de não tentar escutá-la, ainda assim, ela escutou poucas coisas notáveis. Era mera conversa animada, que qualquer jovem que se conhece bem poderia ter. Ele estava mais interessado em Louisa do que em Henrietta. Louisa certamente apresentou mais para o seu interesse do que sua irmã. Essa distinção pareceu aumentar, e houve um discurso de Louisa que chamou a atenção de Anne. Depois de um dos muitos elogios do dia, que vinham sendo continuamente despejados, o capitão Wentworth acrescentou:

— Que tempo glorioso para o almirante e minha irmã! Eles pretendiam fazer uma longa caminhada esta manhã; talvez possamos saudá-los de uma dessas colinas. Eles falaram em vir para estes lados. Eu me pergunto onde eles vão ficar hoje. Oh, acontece com muita frequência, garanto-lhes, mas minha irmã não faz caso disso; para ela tanto faz ser jogada ou não para fora da carruagem.

Ah! Você exagera, eu sei — exclamou Louisa — mas se fosse realmente assim, eu faria o mesmo no lugar dela. Se eu amasse um homem como ela ama o almirante, eu sempre estaria com ele, nada iria nos separar, e eu preferiria ser derrubada por ele do que conduzida em segurança por qualquer outra pessoa.

A frase foi pronunciada com entusiasmo.

— É mesmo? — gritou ele no mesmo tom. — Eu honro você!

E houve silêncio entre eles por um tempo.

Anne não conseguiu dar atenção imediata para alguma citação. As doces cenas de outono foram adiadas por um tempo, a não ser por algum soneto terno repleto da analogia apropriada do ano em declínio com a felicidade e as imagens da juventude, da esperança e da primavera, perdidas todas juntas, que viesse à sua memória. Enquanto eles começaram a tomar um outro caminho, ela se levantou para dizer:

— Não é este um dos caminhos para Winthrop?

Mas ninguém a ouviu, ou, pelo menos, ninguém lhe respondeu.

Winthrop, no entanto, ou os arredores, era seu destino — já que, às vezes, poderia-se encontrar alguns jovens passeando perto de casa; e depois de mais meio quilômetro de subida pelas altas sebes, onde os arados em atividade e o caminho recém-criado eram testemunhas do esforço do fazendeiro para neutralizar a delicadeza do sofrimento poético, eles alcançaram o cume da colina mais considerável, que separava Uppercross e Winthrop, e logo experimentaram uma visão completa deste último lugar, no sopé da colina que ficava do outro lado.

Winthrop, sem beleza ou dignidade, apresentava-se diante deles: uma casa pouco chamativa, baixa e cercada por celeiros e edifícios de um pátio de fazenda.

— Deus me abençoe! — exclamou Mary. — Aqui está Winthrop. Declaro que não fazia ideia! Bem, agora acho que é melhor voltarmos; estou excessivamente cansada.

Henrietta, consciente e envergonhada, e não vendo nenhum primo Charles caminhando em qualquer lugar, ou encostado em qualquer portão, estava pronto para fazer o que Mary desejava. "Mas, não!", disse Charles Musgrove, e Louisa, com ainda mais ansiedade, gritou: "Não, não!", e puxando a irmã de lado, pareceu estar discutindo o assunto calorosamente.

Charles, entretanto, estava decididamente declarando sua decisão de visitar sua tia, agora que ele estava tão perto, e muito evidentemente, embora com mais medo, tentando induzir sua esposa para ir também. Mas esse foi um dos pontos em que a senhora mostrou sua força de decisão; e quando ele recomendou a vantagem de descansar um quarto de hora em Winthrop, uma vez que ela se sentia bem cansada, respondeu resolutamente: "Ah! não, de fato! Subir aquela colina novamente lhe faria mais mal do que qualquer período sentada poderia lhe fazer bem — em resumo, seu olhar e suas maneiras eram claros: ela não iria.

Depois de uma pequena sucessão desse tipo de debate, foi resolvido entre Charles e suas duas irmãs que ele e Henrietta deveriam apenas descer por alguns minutos, para ver a tia e os primos, enquanto o resto do grupo os esperaria no topo da colina. Louisa parecia ser a principal organizadora do plano; e, enquanto ela fez companhia a eles por um curto caminho da descida, ainda conversando com Henrietta, Mary aproveitou a oportunidade para olhar ao redor com desdém e dizer ao capitão Wentworth:

— É muito desagradável ter parentes assim! Mas, garanto a você, eu nunca estive nessa casa mais de duas vezes na minha vida.

Ela não recebeu nenhuma outra resposta senão um sorriso artificial de assentimento, seguido por um olhar de desprezo enquanto ele se virava, atitude que Anne conhecia perfeitamente.

O cume da colina, onde estavam era um local alegre. Louisa voltou e Mary, encontrando um assento confortável para si mesma no degrau de uma escada, ficou muito satisfeita por isso contanto que todos os outros permanecessem ao seu redor. Mas quando Louisa puxou o capitão Wentworth para longe, para tentar colher nozes em uma cerca viva adjacente, e depois de eles desapareceram aos poucos do alcance de sua vista, Mary não ficou mais feliz; reclamou do lugar onde estava sentada, na certeza de que Louisa tinha conseguido um lugar muito melhor, e nada conseguiu impedi-la de sair à procura de outro melhor também. Ela se virou pelo mesmo portão, mas não conseguiu vê-los. Anne encontrou um bom assento para a irmã, em uma margem seca e ensolarada, sob a sebe, da qual ela não tinha dúvidas de que os dois ainda estavam, em algum lugar. Mary sentou-se por um momento, mas não adiantou; ela tinha certeza de que Louisa tinha encontrado algum lugar melhor, e ela iria continuar até encontrá-la.

Anne, ela mesma muito cansada, ficou feliz por se sentar, e logo ouviu o capitão Wentworth e Louisa na cerca viva, atrás dela, como se estivessem voltando ao longo do canal áspero e selvagem, bem no centro. Eles estavam falando enquanto se aproximavam. A voz de Louisa foi a primeira a se destacar. Ela parecia estar no meio de algum ansioso discurso. O que Anne ouviu primeiro foi:

— E então, eu a fiz ir. Eu não poderia suportar que ela ficasse assustada com a visita por tamanha besteira. O quê? Se eu fosse impedida de fazer uma coisa que tivesse determinada a fazer, e que eu soubesse ser certo, por conta da atitude e da interferência de uma pessoa assim, ou de qualquer pessoa? Não, não tenho ideia de ser persuadida tão facilmente. Quando tomo uma decisão, está tomada. Henrietta parecia ter inventado tudo para visitar Winthrop hoje; e, no entanto, ela estava quase desistindo, por uma complacência absurda!

— Ela teria voltado então, se não fosse por você?

— Sim, ela teria. Tenho quase vergonha de dizer isso.

— O quão feliz ela é por ter uma mente como a sua sempre à disposição! Depois das dicas que você acabou de dar, as quais só confirmam minhas próprias observações da última vez que estive na companhia dele, não preciso fingir que não entendo o que está acontecendo. Eu vejo isso mais do que uma mera visita matinal zelosa à sua tia; e ai dele, e dela também, quando se tratar de assuntos urgentes, quando os dois forem colocados em circunstâncias que peçam força de espírito, uma vez que ela não dispõe nem mesmo de força de vontade suficiente para resistir à interferência inútil em tal ninharia como esta. Sua irmã é uma criatura amável, mas vejo que é você que sustenta um caráter decidido e firme. Se você valoriza a conduta ou felicidade de sua irmã, inspire-a o máximo que conseguir com seu próprio espírito. Mas isso, sem dúvida, você sempre fez. O pior mal de um caráter submisso e indeciso é não poder ter confiança em nenhuma influência sobre ele. Nunca se pode estar certo de que uma boa impressão irá durar; todo mundo pode mudá-la. Quem tiver a pretensão de ser feliz deve também ser firme. Aqui está uma noz, por exemplo — disse ele, pegando uma de um ramo alto — uma bela noz brilhante que, abençoada com uma força original, sobreviveu a todas as tempestades do outono. Não possui um único defeito. Esta noz — continuou ele — sustenta toda a felicidade que pode ter uma noz, enquanto tantas de suas irmãs caíram e foram pisoteadas. Em seguida, voltou ao seu antigo tom de voz, mais sério. — Meu primeiro desejo para todos por quem me interesso é a firmeza. Se Louisa Musgrove quiser ser linda e feliz no outono de sua vida, ela deve valorizar todas as suas atuais faculdades mentais.

Ele tinha terminado, e ficou sem resposta. Anne teria se surpreendido se Louisa tivesse respondido prontamente a tal discurso: palavras tão inspiradoras, ditas com tão sério calor! Ela podia imaginar o que Louisa estava sentindo. Ela, por sua vez, temia se mover para não ser vista. Enquanto ela permanecesse onde estava, um arbusto de trepadeira de azevinho a protegia, e eles foram se afastando. Antes de saírem do alcance de sua audição, porém, Louisa falou novamente.

— Mary é bem humorada em muitos aspectos — disse ela; mas às vezes ela me provoca excessivamente com suas bobagens e seu orgulho — o orgulho característico dos Elliot. Ela tem orgulho exagerado dos Elliot. Gostaríamos tanto que Charles tivesse se casado com Anne em vez disso. Suponha que o senhor saiba que ele queria se casar com Anne?

Depois de um momento de pausa, o capitão Wentworth disse:

— Quer dizer que ela o recusou?

— Ah, sim, certamente.

— Quando isso aconteceu?

— Não sei exatamente, pois Henrietta e eu estávamos na escola na época; mas eu acredito que foi cerca de um ano antes de se casar com Mary. Eu gostaria que ela o tivesse aceitado. Todos nós a teríamos estimado bem mais; e papai e mamãe ainda acreditam que, se ela recusou, foi por causa da sua grande amiga Lady Russell. Eles acham que Charles pode não ser erudito e estudioso o suficiente para agradar a Lady Russell e, portanto, ela convenceu Anne a recusá-lo.

Os sons estavam diminuindo e Anne não ouviu mais nada. Suas próprias emoções a mantinham sem reação. Ela tinha muito do que se recuperar antes que pudesse se mover. Anne não havia de suportar o fardo de um indiscreto; ela não tinha ouvido falar nada de negativo de si mesma, mas tinha ouvido uma grande quantidade de informações por demais dolorosas. Ela percebia agora a opinião do capitão Wentworth sobre seu caráter, e a reação dele havia mostrado um grau de sentimento e curiosidade suficientes para causar nela uma séria agitação.

Assim que pôde, ela foi atrás de Mary, e tendo encontrado, e depois de voltar com ela para sua antiga estação, pelo sebe, sentiu algum conforto em todo o seu grupo reunido imediatamente depois, e outra vez a caminho de casa. Seu espírito estava ansioso pela solidão e pelo silêncio que somente um grupo numeroso era capaz de oferecer.

Charles e Henrietta voltaram, trazendo, como se poderia imaginar, Charles Hayter. Anne nem se esforçou para entender os detalhes do que havia se passado; nem mesmo o capitão Wentworth parecia conhecer todos os detalhes; mas não restava dúvidas de que houvera um pedido de desculpas por parte do cavalheiro, e uma nova aproximação por parte da dama, e que eles estavam agora muito felizes por estarem juntos novamente. Charles Hayter estava bem satisfeito, e os dois estavam bem dedicados um ao outro desde o primeiro momento em que saíram todos juntos em direção a Uppercross.

Tudo agora parecia destinar Louisa para o capitão Wentworth; nada poderia ser mais claro; e mesmo nas partes do caminho em que foi necessário se separar em grupos, ou quando isso não foi preciso, eles caminhavam lado a lado quase tanto quanto o outro casal. Em uma longa faixa de terreno campestre, onde havia amplo espaço para todos, foram assim divididos, formando três grupos; e Anne, como era natural, uniu-se ao grupo de três menos animado e complacente. Ela se juntou a Charles e Mary e estava cansada o suficiente para ficar muito feliz em se apoiar no outro braço de Charles; mas Charles, embora estivesse de muito bom humor com ela, estava irritado com a esposa. Mary tinha mostrado desconsideração a ele, e agora colheria as consequências, que consistiam no fato de ele soltar seu braço quase a cada momento para cortar as pontas de algumas urtigas na sebe com o graveto que trazia na mão. E quando Mary começou a reclamar disso e a lamentar por estar sendo maltratada, de acordo com o costume, por estar caminhando ao lado da sebe, enquanto Anne, que estava do outro lado, não era incomodada, ele largou os braços das duas para caçar uma doninha que tinha um visto de relance, e elas mal puderam acompanhá-lo.

Essa longa campina margeava uma estrada cuja trilha eles deviam cruzar no final, e quando todo o grupo havia chegado à saída, a carruagem que avançava na mesma direção, e que já vinha sendo escutada há algum tempo, estava se aproximando, revelando-se o cabriolé do almirante Croft. Ele e sua esposa haviam feito o passeio pretendido e estavam voltando para casa. Tendo tomado conhecimento sobre a longa caminhada que os jovens tinham acabado de fazer, eles gentilmente ofereceram um assento para qualquer senhora que pudesse estar particularmente cansada; isso a pouparia a caminhada de mais de um quilômetro e meio, já que eles, de qualquer modo, haviam de passar por Uppercross. O convite foi feito a todo o grupo, mas todos recusaram. As irmãs Musgrove não estavam nem um pouco cansadas, e Mary ficou ofendida por não ter sido convidada antes de qualquer um dos outros, ou então o que Louisa chamou de orgulho dos Elliot não permitiu que ela fosse a terceira ocupante de um cabriolé.

O grupo já havia caminhado pela estrada e nesse momento atravessava uma sebe logo em frente, e o almirante estava colocando seu cavalo em movimento novamente quando o capitão Wentworth ultrapassou a cerca viva para dizer algo para sua irmã. O que ele disse pôde ser percebido por seus efeitos.

— Senhorita Elliot, tenho a certeza de que está cansada — exclamou a Sra. Croft. —Deixe-nos ter o prazer de levá-la para casa. Este espaço acomoda três pessoas perfeitamente, garanto-lhe. Se fôssemos todos como a senhorita, eu acredito que poderia caber quatro. Aceite, por favor.

Anne ainda estava na estrada; e embora instintivamente tivesse começado a recusar, não foi permitido que insistisse na negativa. A gentileza do almirante veio em apoio à de sua esposa; não foi possível recusar; eles se espremeram no menor espaço possível para reservar a ela um canto do assento, e o capitão Wentworth, sem dizer uma palavra, virou-se para ela e silenciosamente se dispôs a ajudá-la a subir na carruagem.

Sim, ele tinha conseguido. Ela estava na carruagem com a nítida sensação de que ele a tinha posto ali, de que tinha sido pela vontade dele e de suas mãos, de que ela devia isso à percepção dele sobre seu cansaço, e à sua decisão de dar-lhe algum descanso. Ela ficou muito afetada ao perceber a disposição daquele homem para com ela, que todas as atitudes deixavam evidentes. Aquela pequena circunstância parecia a conclusão de tudo o que acontecera antes. Ela o entendia. Aquele homem não era capaz de perdoá-la, mas não poderia ser insensível. Apesar de condená-la pelo passado e cultivar por este um ressentimento injusto, embora fosse perfeitamente descuidado com ela e estivesse começando a se apegar a outra, ainda assim não podia vê-la sofrer sem ter a vontade de dar-lhe algum alívio. Isso fazia parte do sentimento que um dia teve por ela; foi um impulso de amizade, uma prova não confessada de seu próprio coração caloroso e amável, a qual ela não podia contemplar sem emoções tão compostas de prazer e dor, e já não podia saber qual dos dois sentimentos era o mais forte.

Suas respostas à gentileza e às observações de seus companheiros foram dadas inconscientemente. Eles haviam viajado metade do caminho ao longo da estrada acidentada quando ela se atentou ao que o casal dizia. Soube que não estavam falando de "Frederick".

— Ele certamente pretende escolher uma daquelas duas moças, Sophy — disse o almirante. —, mas não há como dizer quem será. Parece, também, que ele já está atrás delas por tempo suficiente para ter tomado sua decisão. Sim, isso tudo é por causa da paz. Se acontecesse uma guerra agora, ele teria resolvido essa questão há muito tempo. Nós, marinheiros, Srta. Elliot, não podemos nos dar ao luxo de namorar por muito tempo em épocas de guerra. Quantos dias se passaram, minha querida, entre a primeira vez que a vi e o dia em que nós nos sentamos juntos em nossos quartos em North Yarmouth?

— É melhor não tocarmos nesse assunto, querido, pois se a Srta. Elliot soubesse o pouco tempo que levamos para tomar coragem, jamais se deixaria convencer de que possamos ser felizes juntos — retrucou a Sra. Croft em um tom gentil. — Mas eu já tinha ciência sobre seu caráter bem antes de conhecê-lo, de fato.

— Bem, eu tinha ouvido falar de você como uma menina muito bonita, e o que deveríamos esperar? Não gosto de gastar tanto tempo em assuntos como esse. Eu gostaria que Frederick tivesse mais pressa, e trouxesse uma dessas jovens senhoras para nos fazer uma visita em Kellynch. Então lá eles estariam sempre acompanhados. Ambas as moças são muito simpáticas; mal consigo separar uma da outra.

— Muito bem-humoradas, meninas bem alegres — disse a Sra. Croft, num tom de elogio mais cauteloso, o que fez Anne suspeitar que sua percepção mais astuta poderia não considerar nenhuma delas totalmente dignas de seu irmão. — É uma família muito respeitável. Não se poderia conectar com pessoas melhores. Meu caro almirante, esse poste! Vamos certamente bater neste poste.

Mas, ao mudar ela mesma, com calma, as rédeas da direção, a Sra. Croft evitou o perigo. Certa vez, por ter estendido a mão no momento exato, ela impediu que caíssem dentro de um buraco e colidissem com uma carroça de esterco. E Anne, divertindo-se com aquele estilo de condução, que imaginava ser o reflexo de como um casal levava sua vida no geral, encontrou-se em segurança depositada por eles no chalé.

Capítulo 11

Aproximava-se a hora do retorno de Lady Russell. O dia estava até marcado e Anne, que havia combinado de ficar com a amiga assim que ela fosse acomodada novamente em Kellynch, estava ansiosa, e começando a pensar como o seu próprio conforto provavelmente seria afetado pela mudança.

Isso a colocaria no mesmo vilarejo que o capitão Wentworth, a menos de um quilômetro de onde morava; e as duas famílias teriam que frequentar a mesma igreja, e haveria contato entre elas. Anne era contra isso, mas por outro lado, ele passava tanto tempo em Uppercross que, ao sair dali, daria para pensar que ela estaria deixando-o para trás mais do que se aproximando dele. E, no geral, nessa interessante questão, ela acreditava que estava saindo no lucro, quase tanto quanto em sua mudança de companhia ao trocar a pobre Mary por Lady Russell.

Anne gostaria que fosse possível evitar ver o capitão Wentworth em Kellynch Hall: aquelas salas testemunharam reuniões anteriores que seriam dolorosas de relembrar. Mas ela estava ainda mais ansiosa pela possibilidade de Lady Russell e o capitão Wentworth se encontrarem em algum lugar. Eles não gostavam um do outro, e um reencontro agora não faria bem algum; e se Lady Russell os visse juntos, poderia pensar que ele tinha muito autocontrole, e Anne muito pouco.

Esses pontos constituíam suas principais razões em antecipar sua saída de Uppercross, onde ela sentia que já havia ficado tempo suficiente. Ter se mostrado útil ao cuidar do pequeno Charles sempre daria alguma doçura à memória de seus dois meses naquela casa, mas o garoto estava ganhando força rapidamente, e Anne não tinha mais motivos para ficar ali.

A conclusão de sua visita, no entanto, tomou um caminho que ela não tinha imaginado. Capitão Wentworth, depois de não ter sido visto ou dado quaisquer notícias em Uppercross por dois dias inteiros, apareceu novamente entre eles para se justificar com um relato do que o havia mantido distante.

Uma carta de seu amigo, o capitão Harville, tendo finalmente descoberto onde ele estava, trouxe informações de que o capitão Harville foi acomodado com sua família em Lyme durante o inverno e, portanto, sem saber, estavam a vinte quilômetros um do outro. Capitão Harville andava com a saúde prejudicada desde um ferimento grave que recebeu dois anos antes, e a ansiedade do capitão Wentworth em vê-lo o determinou a ir imediatamente para Lyme. Esteve lá por vinte e quatro horas. Sua redenção foi completa: sua amizade calorosamente honrada, um intenso interesse por seu amigo foi despertado e sua descrição das belas paisagens ao redor de Lyme foi tão afetuosamente apreciada pelo grupo, que um desejo sincero de ver Lyme com os próprios olhos resultou em um projeto para ir até lá.

Os jovens estavam loucos para ver Lyme. Capitão Wentworth falou em ir lá novamente ele mesmo, ficava a apenas vinte e sete quilômetros de Uppercross. Embora fosse novembro, o clima não era de forma alguma ruim. E, em suma, Louisa, que era a mais ansiosa dos ansiosos, havia resolvido ir, e além do prazer de poder fazer o que quisesse, convencida com a ideia de mérito em tomar as próprias decisões, recusou todas as tentativas de seu pai e mãe para adiar a viagem até o verão. E para Lyme iriam: Charles, Mary, Anne, Henrietta, Louisa e o capitão Wentworth.

O primeiro plano insensato fora ir de manhã e voltar à noite; mas o Sr. Musgrove, por causa de seus cavalos, não consentiu. E, quando isso veio a ser considerado de forma racional, foi concluído que um dia em meados de novembro não seria muito tempo para ver um lugar novo, após deduzir sete horas, conforme a natureza do país exigia, para o trajeto de ida e volta. Eles deveriam, consequentemente, passar a noite ali, e não era de se esperar sua volta até o jantar do dia seguinte. Esta foi considerada uma alternativa aceitável. E, embora todos eles tenham se encontrado na Casa Grande bem cedo, na hora do café da manhã, e partido muito pontualmente, já passava muito do meio-dia quando as duas carruagens — a carruagem do Sr. Musgrove contendo as quatro senhoras, e a carruagem de Charles, na qual ele conduzia o capitão Wentworth — desceram a longa colina em Lyme e, entrando na rua ainda mais íngreme da própria cidade, ficou muito evidente que não teriam muito tempo para olhar ao seu redor antes que a claridade e o clima ameno do dia se fossem.

Depois de garantir a acomodação e pedir um jantar em uma das pousadas, a próxima coisa a fazer era caminhar diretamente para o mar. O ano estava demasiado avançado para que se pudesse aproveitar qualquer diversão ou atração que Lyme tivesse a oferecer: os quartos das pousadas estavam fechados, os hóspedes quase todos foram embora, quase nenhuma família restava, exceto os residentes; e, como não havia nada para admirar nos próprios edifícios, o que os olhos do visitante procurará é a localização notável da cidade, a rua principal quase correndo para a água, a caminhada até o Quebra-mar, contornando a agradável enseada que no verão fica cheia de pessoas e casinhas de banho; é o próprio Quebra-mar, suas antigas maravilhas e novas melhorias, com as linhas de colinas muito bonitas, estendendo-se a leste da cidade; e deve ser um visitante muito estranho aquele que não percebe os encantos nos arredores de Lyme a ponto de se recusar a conhecer melhor o lugar. As cenas em sua vizinhança: Charmouth, com seus terrenos elevados e grandes extensões de bosques, e mais, com sua graciosa e protegida enseada precedida por penhascos escuros, onde fragmentos de rocha baixa entre as areias fazem dela o local mais belo para observar o fluxo da maré e para sentar-se em uma tranquila contemplação; as variedades dos bosques da alegre vila de Up Lyme; e, acima de tudo, Pinny, com seus desfiladeiros verdes entre rochedos românticos, onde as árvores dispersas e pomares de crescimento exuberante da floresta declaram que muitas gerações devem ter passado desde a primeira queda parcial da colina que deixou o terreno em tal estado, onde um cenário tão maravilhoso e tão lindo é exibido, como pode ser mais do que igual a qualquer uma das cenas semelhantes da famosa Ilha de Wight: esses lugares devem ser visitados, e visitados novamente, para fazer o valor de Lyme.

Depois de passar pelos agora desertos e melancólicos aposentos, o grupo de Uppercross, ainda descendo a rua, logo se encontrou na praia; e, prolongando-se ali por um momento, assim como devem fazer todos aqueles que sempre mereceram contemplá-lo, prosseguiram em direção ao Quebra-mar, sendo esse igualmente o objetivo em si tanto quanto por causa do capitão Wentworth, pois em uma pequena casa, próxima do sopé de um antigo cais de data desconhecida, que a família Harville se estabeleceu. O capitão Wentworth foi até lá para visitar o amigo; os outros seguiram em frente, e ele deveria se juntar a eles no Quebra-Mar.

Eles não estavam de maneira alguma cansados de se maravilhar e admirar aquela paisagem; e nem mesmo Louisa parecia sentir que eles tinham se separado do capitão Wentworth por muito tempo, quando o viram vindo atrás deles, com três companheiros, todos já bem conhecidos pela descrição feita, como sendo o capitão Harville, sua esposa e o capitão Benwick, que se encontrava hospedado com eles.

O capitão Benwick fora, há algum tempo, primeiro-tenente do *Laconia*; e o relato que o capitão Wentworth havia dado dele quando retornou de sua primeira visita a Lyme, seus elogios calorosos a ele como um excelente jovem e oficial, a quem ele sempre valorizou altamente, o que deve tê-lo marcado bem na estima de cada ouvinte, foi seguido por um pouco de história de sua vida privada, fato que o tornou perfeitamente interessante aos olhos de todas as senhoras. Ele tinha sido noivo da irmã do capitão Harville, e agora estava lamentando sua perda. Eles estavam há um ou dois anos esperando fortuna e promoção. A fortuna veio, sua remuneração em dinheiro como tenente sendo bem generosa; a promoção também veio, finalmente; mas Fanny Harville não viveu para saber disso. Ela faleceu no verão anterior, enquanto estava no mar. O capitão Wentworth acreditava ser impossível para um homem ser mais apegado à mulher do que o pobre Benwick havia sido em Fanny Harville, ou para estar mais intensamente agoniado pela terrível mudança. Ele considerava que sua personalidade era do tipo que sofre muito, unindo muito sentimentos fortes com modos calmos, sérios e retraídos, e um gosto decidido pela leitura, além de atividades sedentárias. Para finalizar o interesse da história, a amizade entre o capitão Wentworth e Harville parecia, se possível, aumentada pelo evento que encerrou todas as suas visões de aliança familiar, e o capitão Benwick agora vivia integralmente com eles. Capitão Harville alugou sua casa atual por um ano e meio; seu gosto, sua saúde e sua fortuna, tudo direcionando para uma residência barata, e à beira-mar; a grandeza da região, e o isolamento de Lyme no inverno parecia exatamente adaptado ao estado do capitão Benwick. A simpatia e boa vontade para com o capitão Benwick foram muito grandes.

"E, no entanto", pensou Anne consigo enquanto avançavam para se encontrarem com o grupo", talvez ele não tenha um coração mais triste do que o meu. Eu não posso acreditar que suas perspectivas estejam arruinadas para sempre. Ele é mais jovem do que eu; mais jovem em sentimento, se não em anos; mais jovem como um homem. Ele vai se reerguer novamente e ser feliz com outra mulher."

Todos eles se conheceram e foram apresentados. O capitão Harville era um homem alto e moreno, com um semblante sensível e benevolente, um pouco manco e de características fortes e saúde debilitada, parecendo muito mais velho do que o capitão Wentworth. O capitão Benwick parecia — e era — o mais jovem dos três e, em comparação com qualquer um deles, era relativamente baixo. Tinha um rosto agradável e um ar melancólico, como era esperado que tivesse, e evitou se envolver na conversa.

O capitão Harville, embora não se igualasse ao capitão Wentworth em maneiras, era um perfeito cavalheiro, não afetado, caloroso e prestativo. A Sra. Harville, um grau menos refinada do que o marido, parecia, entretanto, ter os mesmos bons sentimentos; e nada poderia ser mais agradável do que seu desejo de considerar todo o grupo como seus amigos por serem amigos do capitão Wentworth, e nada poderia ser mais gentilmente hospitaleiro do que suas súplicas para que todos eles prometessem jantar em sua casa. O jantar já encomendado no hotel fora, embora a contragosto, aceito como desculpa; mas eles pareciam quase tristes pelo fato de o capitão Wentworth ter trazido tal grupo para Lyme, sem considerar óbvio que fossem jantar com eles.

Havia muito apego ao capitão Wentworth no decorrer de toda a conversa, e tão encantador foi o charme de uma hospitalidade tão incomum, tão diferente do estilo usual de dar e receber convites e jantares de formalidade e exibição, que Anne sentiu que seu ânimo provavelmente não seria beneficiado por uma aproximação maior com seus irmãos-oficiais. "Essas pessoas seriam agora todas minhas amigas", pensou ela; e teve que lutar contra uma grande tendência a ficar deprimida.

Ao sair do Quebra-Mar, todos entraram na residência de seus novos amigos e encontraram quartos tão pequenos que somente aqueles que fazem convites de coração poderiam pensar que fossem capazes de acomodar muitas pessoas. A própria Anne ficou perplexa por um momento; mas logo se perdeu nos sentimentos mais agradáveis que surgiram da visão de todos os artifícios engenhosos e bons arranjos que o capitão Harville fizera para transformar o espaço real da melhor forma possível para suprir a deficiência da mobília da pousada, e proteger as janelas e portas contra as tempestades de inverno que eram esperadas. As variedades no arranjo dos quartos, onde os itens comuns fornecidos pelo proprietário, colocados de forma sem graça e indiferente, eram contrastados com alguns poucos artigos de uma espécie rara de madeira, excelentemente trabalhada, e com algo curioso e valioso de todos os países distantes que o capitão Harville já tinha visitado, eram mais do que divertidos para Anne pelo fato de estarem ligados com sua profissão, com o fruto de seu trabalho e com o efeito de sua influência sobre seus hábitos, e a imagem de repouso e felicidade doméstica que isso representava causava nela alguma coisa a mais ou a menos do que gratificação.

O capitão Harville não era um leitor ávido, mas ele providenciou excelentes acomodações, e projetou prateleiras muito bonitas para uma coleção razoável de volumes bem encadernados, pertencentes ao capitão Benwick. O fato de ser manco o impedia de fazer muitos exercícios, mas uma mente útil e engenhosa parecia mantê-lo bem ocupado. Ele desenhava, lustrava, praticava carpintaria e colagens; fazia brinquedos para as crianças; criava novas agulhas e alfinetes; e, quando mais nada havia de fazer, sentava no canto da sala para trabalhar em sua enorme rede de pesca.

Anne sentiu que deixava uma grande felicidade para trás quando saíram da casa; e Louisa, com quem ela se viu caminhando, explodiu em êxtase de admiração e elogios ao caráter dos oficiais da Marinha: sua simpatia, sua fraternidade, sua franqueza, sua retidão, protestando que estava convencida de que os marinheiros eram mais dignos e cordiais do que qualquer outro grupo de homens na Inglaterra, que só eles sabiam como viver, e só eles mereciam ser respeitados e amados.

Eles voltaram à pousada para se vestir e jantar, e os planos correram tão bem que não sentiram falta de nada; embora os fatos estivessem "totalmente fora de época", e "não houvesse muito movimento em Lyme", e "nenhuma expectativa de companhia", o que trouxe muitos pedidos de desculpas dos proprietários da pousada.

A esta altura, Anne se sentia cada vez mais acostumada à companhia do capitão Wentworth do que imaginou ser possível, de maneira que sentar-se à mesma mesa que ele e trocar as civilidades comuns que a situação exigia (e nunca foram além disso) já não significava nada demais.

As noites estavam muito escuras para as senhoras se encontrarem novamente antes que a manhã seguinte chegasse, mas o capitão Harville lhes havia prometido uma visita à noite; e ele veio, trazendo seu amigo, o que foi mais do que se esperava, já que todos concluíam que o capitão Benwick aparentava se sentir oprimido pela presença de tantos estranhos. No entanto, ele se arriscou entre o grupo novamente, embora seu estado de espírito certamente não parecesse adequado para aquela alegria geral.

Enquanto os capitães Wentworth e Harville conduziam a conversa em um lado da sala, e relembrando eventos passados, contavam anedotas em abundância para ocupar e entreter os outros, coube a Anne ficar na companhia do capitão Benwick, um tanto afastada, e um bom impulso de sua natureza a fez buscar conhecê-lo melhor. Ele era tímido e disposto à abstração; mas a envolvente suavidade de seu semblante e a gentileza de suas boas maneiras logo surtiram efeito, e Anne foi bem recompensada pela sua iniciativa. Ele era evidentemente um jovem de considerável gosto para a leitura, embora principalmente para a poesia, e além da persuasão de ter dado a ele pelo menos uma noite de conversa sobre assuntos que não geravam o mínimo interesse em seus companheiros habituais, ela tinha a esperança de ser realmente útil para ele em algumas sugestões sobre o dever e o benefício de lutar contra a melancolia, que havia naturalmente surgido durante a conversa. Embora fosse tímido, o capitão Benwick não dava a impressão de ser reservado: parecia, na verdade, que seus sentimentos estavam felizes de se libertarem de suas usuais prisões. E tendo conversado sobre poesia, a riqueza da época presente, e passado por uma breve comparação de opiniões quanto aos poetas de primeira linha, tentando averiguar se Marmion ou A Senhora do Lago deveriam ser preferidos, e como se classificaram o Giaour e a Noiva de Abydos; e, além disso, como o Giaour deveria ser pronunciado, ele se mostrou intimamente familiarizado com todas as canções mais ternas de um poeta, e todas as apaixonadas descrições da agonia desesperada do outro; ele repetiu, com um sentimento tão trêmulo, a várias linhas que representavam um coração partido, ou uma mente destruída pela miséria, e parecia tanto que queria ser compreendido, que Anne se atreveu a torcer para que ele nem sempre lesse apenas poesia, e para dizer que pensava que era uma desgraça da poesia ser raramente desfrutada com segurança por aqueles que a desfrutaram por completo; e que os sentimentos fortes que eram os únicos capazes de avaliá-la eram os próprios sentimentos que deveriam prová-lo, mas moderadamente.

Seus olhares não lhe mostravam dor, mas satisfação com a alusão à sua situação, e ela foi encorajada a continuar; e sentindo em si mesma o direito de maturidade, Anne se atreveu a recomendar uma maior quantidade de prosa em sua leitura diária; e ao ser solicitada a ser mais específica, mencionou tais obras de nossos melhores moralistas, e as coleções das melhores cartas e memórias de personagens de valor e sofrimento dos quais se lembrou naquele momento como suficientes para despertar e fortalecer a mente pelos preceitos mais elevados, e pelos mais fortes exemplos de resistência moral e religiosa.

O capitão Benwick ouviu com atenção e parecia grato pelo interesse implícito naquelas palavras; e, embora com um aceno de cabeça e suspiros que declararam sua pouca fé na eficácia de quaisquer livros para aliviar um luto como o dele, anotou os nomes daqueles que ela recomendou e prometeu obtê-los e lê-los.

Quando a noite se encerrou, Anne não podia deixar de se divertir com a ideia de ela vir para Lyme para pregar paciência e resignação a um jovem que ela nunca tinha visto antes; nem poderia deixar de temer, em uma reflexão mais séria, que, como muitos outros grandes moralistas e pregadores, ela tinha sido eloquente em um ponto em que sua própria conduta não poderia honrar.

Capítulo 12

Anne e Henrietta, sendo as primeiras do grupo a acordar na manhã seguinte, decidiram caminhar até o mar antes do café da manhã. Elas foram para a areia, para assistir ao fluir da maré que uma fina brisa de sudeste trazia com toda a grandeza que uma costa tão plana permitia. Elas elogiaram a manhã, glorificando o mar, deleitaram-se com a brisa fresca... e ficaram em silêncio até que Henrietta, de repente, disse:

— Ah, sim! Tenho convicção de que, com muitas poucas exceções, o ar do mar sempre faz bem. Não há dúvida de que ele prestou um grande serviço ao dr. Shirley, com sua doença, na primavera passada, há doze meses. Ele diz que ficar em Lyme por um mês fez mais bem a ele do que todos os remédios que tomou, e estar à beira-mar sempre o faz se sentir jovem novamente. Agora, não posso deixar de pensar que é uma pena que ele não viva próximo ao mar. Acho que seria melhor ele deixar Uppercross de uma vez e se fixar em Lyme, você não acha, Anne? Não concorda comigo, que é a melhor coisa que ele poderia fazer, tanto para ele mesmo quanto a Sra. Shirley? Ela tem primos aqui, como sabe, e muitos conhecidos, o que seria agradável para ela, e tenho certeza de que ficaria feliz de viver em um lugar onde poderia ter atendimento médico rápido, caso ele tenha outra convulsão. Na verdade, eu acho que é muito triste pessoas tão excelentes como o doutor e a Sra. Shirley, que fizeram o bem a vida toda, esgotarem seus últimos dias em um lugar como Uppercross, onde, exceto pela nossa família, eles parecem excluídos de todo o mundo. Eu gostaria que seus amigos propusessem isso a ele. Eu realmente acho que deveriam. E não deve ser difícil conseguir uma dispensa, nessa idade e tendo sua personalidade. Minha única dúvida é se qualquer coisa poderia convencê-lo a deixar sua paróquia. Ele é muito rigoroso e escrupuloso em seus conceitos, escrupuloso demais, devo dizer. Não acha, Anne, que ele é escrupuloso demais? Você não acha que é um ponto de vista totalmente equivocado, quando um clérigo sacrifica sua saúde por causa de deveres que outra pessoa poderia fazer? E Lyme fica a apenas dezessete quilômetros de distância, sendo que ele estaria perto o suficiente para ouvir qualquer reclamação.

Anne sorriu mais de uma vez para si mesma durante esse discurso e entrou no assunto, tão interessada nos sentimentos de uma jovem como nos de um jovem, embora o bem fosse de menor importância nesse caso, pois o que poderia fazer além de concordar? Ela disse que tudo era razoável e apropriado, demonstrou os sentimentos condizentes sobre o repouso do dr. Shirley, confirmou o quanto era desejável que ele tivesse algum jovem ativo e respeitável como residente, e foi até considerável o suficiente para sugerir o privilégio desse residente por ser casado.

— Adoraria — disse Henrietta, muito satisfeita com sua narradora —, adoraria que a Lady Russell morasse em Uppercross e fosse íntima do dr. Shirley. Eu sempre ouvi falar de Lady Russell como uma mulher muito influenciadora, e sempre a vi capaz de persuadir uma pessoa a qualquer coisa! Tenho medo dela, como já disse antes, muito medo, porque ela é muito inteligente, mas eu a respeito muito e gostaria que tivéssemos uma vizinha como ela em Uppercross.

Anne se divertiu com a maneira de Henrietta ser grata, e também com a maneira como o curso dos acontecimentos e os novos interesses de Henrietta a tornaram uma pessoa muito querida por qualquer membro da família Musgrove. No entanto, tudo o que teve tempo de fazer foi responder e expressar seu desejo de que uma mulher assim vivesse em Uppercross, antes de todas as questões cessarem repentinamente, ao ver Louisa e o capitão Wentworth vindo em sua direção. Eles também vieram dar um passeio até que o café da manhã estivesse pronto, mas ao Louisa se lembrar, naquele instante, de que ela tinha algo para comprar em uma loja, convidou todos para voltar com ela à cidade. Todos se mostraram dispostos.

No momento em que chegaram à escada, que subia da praia, um senhor que se preparava para descer recuou educadamente e parou para dar passagem. Eles subiram e passaram por ele, e quando passaram, o rosto de Anne chamou sua atenção, e ele olhou para ela com um grau de admiração sincera, o qual ela não poderia ignorar. Ela estava de ótima aparência, seus traços eram muito regulares, muito bonitos, tendo o brilho e o frescor da juventude restaurado pelo vento fino que soprava em sua pele, assim como a animação nos olhos. Era evidente que o cavalheiro (um cavalheiro completo, julgando pelos modos que demonstrava) a admirava excessivamente. Capitão Wentworth olhou imediatamente para ela de uma forma que mostrou sua percepção disso. Lançou em sua direção um olhar momentâneo, brilhante, que parecia dizer: "Esse homem está impressionado com você, e até eu, agora, vejo algo da antiga Anne Elliot."

Depois de acompanharem Louisa em sua compra e passear mais um pouco, eles voltaram para a hospedaria, e Anne, saindo rapidamente de seu quarto para a sala de jantar, quase esbarrou contra o mesmo cavalheiro, quando ele saiu de um quarto próximo. Ela já havia suposto que ele fosse um forasteiro, assim como eles, e determinou que um cavalariço bem apessoado, que estava passeando perto das duas hospedarias enquanto eles voltaram, era seu criado. Os trajes de luto que ambos vestiam ajudou na ideia. Agora estava provado que ele estava na mesma hospedaria que eles, e esse segundo encontro, por mais curto que fosse, também provou pelos olhares que ele ficou muito atraído por ela, e pela prontidão e beleza de suas desculpas, que ele era um homem de maneiras impecáveis. Ele parecia ter cerca de trinta anos e, embora não fosse bonito, tinha uma aparência agradável. Anne gostaria de saber quem ele era.

Eles acabavam de tomar o café da manhã quando o som de uma carruagem (quase o primeiro que eles ouviram desde que chegaram em Lyme) atraiu metade da festa para a janela. Era o *curricle*[7] de um cavalheiro, uma carruagem, mas circulava apenas do pátio do estábulo até a porta da frente; alguém devia estar indo embora. Foi conduzido por um criado de luto.

A palavra *curricle* fez Charles Musgrove pular da cadeira para ir compará-lo ao seu próprio. O criado de luto despertou a curiosidade de Anne e todos os seis foram reunidos para ver o momento em que o dono da carruagem foi visto saindo da porta em meio às mesuras e delicadezas da casa, tomando seu assento para partir.

— Ah! — gritou o capitão Wentworth, no mesmo instante, e com uma olhada de relance para Anne. — É o mesmo cavalheiro por quem passamos.

A Srta. Musgrove concordou com isso, e tendo todos gentilmente observado ele subir a colina até onde conseguiam, voltaram para a mesa do café da manhã. O garçom entrou na sala logo depois.

— Por gentileza, você pode nos dizer o nome do cavalheiro que acabou de partir? — perguntou o capitão Wentworth, imediatamente.

— Sim, senhor, um certo senhor Elliot, um cavalheiro de grande fortuna; veio ontem à noite de Sidmouth. Acredito que ouviu a carruagem, senhor, enquanto jantava, e agora está indo para Crewkherne, a caminho de Bath e Londres.

— Elliot! — Muitos se olharam, e muitos repetiram o nome antes que o garçom terminasse a frase, apesar de sua rapidez e esperteza.

---

7 Carruagem leve de duas rodas puxada por uma junta de cavalos. (N. do R.)

— Por Deus — exclamou Mary! —, deve ser nosso primo, nosso Sr. Elliot, deve, sim! Charles, Anne, não deve? De luto, você vê, assim como nosso Sr. Elliot deve estar. Que extraordinário! Na mesma hospedaria que nós! Anne, não deve ser o nosso Sr. Elliot, herdeiro do meu pai? Por favor, senhor — voltando-se para o garçom —, por acaso não ouviu dizer do seu servo se ele pertencia à família Kellynch?

— Não, senhora, não mencionou nenhuma família em particular, mas ele disse que seu mestre era um cavalheiro muito rico, e que algum dia seria um barão.

— Estão vendo? — disse Mary, admirada. — Foi o que eu disse! O herdeiro de Sir Walter Elliot! Tinha certeza de que essa informação seria revelada, se fosse mesmo verdade. Podem ter certeza, essa é uma circunstância em que seus criados fazem questão de comentar, aonde quer que seja. Mas, Anne, olha só que extraordinário! Eu gostaria de tê-lo visto melhor. Eu queria ter sabido a tempo quem era, e que ele nos fosse apresentado. Que pena não termos sido apresentados! Você acha que ele tinha o semblante comum a um Elliot? Eu quase não olhei para ele, estava olhando para os cavalos, mas acho que ele tinha algo assim. Estranho eu não ter notado no brasão! Ah, o casaco estava pendurado sobre a porta da carruagem e escondia o brasão, foi isso, caso contrário, tenho certeza de que o teria visto, e também a libré, se o servo não estivesse de luto, eu o reconheceria pela libré.

— Devemos considerar todas essas circunstâncias como extraordinárias, o fato de a senhora não ter sido apresentada a seu primo é obra do destino — disse o capitão Wentworth.

Quando ela conseguiu chamar a atenção de Mary, Anne silenciosamente tentou convencê-la de que seu pai e o Sr. Elliot não tinham, por muitos anos, uma relação que tornasse desejável qualquer tentativa de apresentação.

Ao mesmo tempo, no entanto, foi uma gratificação secreta para si mesma ter vista o primo, e saber que o futuro dono de Kellynch era sem dúvida um cavalheiro, e tinha um ar de bom senso. Ela não iria, em hipótese alguma, mencionar que se encontrou com ele pela segunda vez, felizmente Mary não prestou muita atenção ao fato de terem passado perto dele em sua caminhada anterior, mas ela se sentiria muito mal por Anne ter esbarrado nele na passagem, e recebido suas desculpas tão educadas, enquanto ela sequer chegou perto dele; não, aquele pequeno encontro devia permanecer em sigilo completo.

— Certamente — disse Mary —, da próxima vez que mandar uma carta para Bath, mencione que vimos o Sr. Elliot. Acho que meu pai com certeza deveria saber disso, conte tudo sobre ele.

Anne evitou uma resposta direta, mas aquela era uma circunstância que ela considerou não só que não devia ser exposta, como algo que devia ser completamente omitido. Ela sabia da ofensa que havia sido feita a seu pai, muitos anos atrás, desconfiava da responsabilidade que Elizabeth teve no ocorrido, e que o fato de pensar no Sr. Elliot sempre causou estresse em ambos. Mary nunca escreveu para Bath sozinha. Todo o trabalho de manter um ritmo lento e a correspondência insuficiente com Elizabeth recaiu sobre Anne.

O café da manhã não tinha acabado há muito tempo quando eles se juntaram ao Capitão, à Sra. Harville e ao capitão Benwick, com quem haviam combinado dar seu último passeio por Lyme. Eles deveriam estar partindo para Uppercross à uma da tarde, e lá estariam todos juntos, o máximo possível.

Anne viu o capitão Benwick se aproximando dela, assim que todos eles estavam na rua. A conversa da noite anterior não o impediu de procurá-la novamente, e eles caminharam juntos por um tempo, falando sobre como antes do Sr. Scott e Lord Byron, e ainda tão incapaz como antes, e tão incapaz quanto qualquer outro leitor, de pensar exatamente da mesma forma sobre os méritos de qualquer um, até que algo ocasionou uma mudança quase geral entre seu partido, e em vez do capitão Benwick, ela tinha o capitão Harville ao seu lado.

— Srta. Elliot — disse ele, falando bem baixo —, a senhorita teve uma boa ação ao fazer esse pobre rapaz falar tanto. Eu gostaria que ele pudesse ter essa companhia com mais frequência. É ruim para ele ficar isolado como sempre fica, mas o que podemos fazer? Não podemos nos separar.

— Não — disse Anne —, posso facilmente acreditar que é impossível. Mas com o tempo, talvez... saberemos do que o tempo é capaz em caso de aflição, e você deve se lembrar, capitão Harville, que seu amigo ainda pode ser chamado de jovem enlutado... foi no verão passado que tudo aconteceu.

— Sim, é verdade— com um suspiro profundo — aconteceu em junho.

— Talvez ele não tenha ficado sabendo.

— Só na primeira semana de agosto, quando voltou do Cabo como capitão do Grappler. Eu estava em Plymouth com medo de ouvir falar dele, ele mandou cartas, mas o Grappler estava sob ordens para Portsmouth. Lá as notícias devem segui-lo, mas quem iria contá-las? Não eu. Antes ser enforcado no lais de verga[8]. Ninguém poderia fazer isso, além daquele bom rapaz — disse ele, apontando para o capitão Wentworth. — O *Laconia* tinha atracado em Plymouth na semana anterior, sem perigo de ser mandado para o mar novamente. Ele teve sua chance para descansar, pediu uma licença, mas sem esperar o retorno, viajou noite e dia até chegar a Portsmouth, remou para o Grappler naquele instante e não se afastou do pobre rapaz por uma semana. Foi o que ele fez, e ninguém mais poderia ter salvado o pobre James. A senhorita Elliot pode imaginar a estima que temos por ele!

Anne pensou na questão o máximo que podia, e respondeu da melhor forma que os seus sentimentos tornavam possível, ou como o capitão parecia capaz de suportar, pois ele estava muito afetado para retomar o assunto, e quando voltou a falar, era de algo totalmente diferente.

A Sra. Harville expressou sua opinião de que seu marido teria caminhado mais do que deveria quando chegassem em casa. Isso determinou a direção de todo o grupo no que deveria ser sua última caminhada, eles os acompanhariam até a porta, e então retornariam e partiriam cada um para seu destino. Pelo que

8 O extremo de uma peça de madeira (ou metal) na qual a vela de um navio se fixa na parte superior. (N. do R.)

calculavam, só havia tempo para isso, mas quando eles se aproximaram do Quebra-mar, todos desejaram caminhar ao longo dele mais uma vez, todos estavam muito inclinados, e Louisa ficou tão determinada que a diferença de um quarto de hora não parecia ser diferença alguma; assim, com todo o tipo de despedida, e todo o tipo de intercâmbio de convites e promessas possíveis, eles se separaram do capitão e da Sra. Harville em sua própria porta, e ainda acompanhados pelo capitão Benwick, que parecia se agarrar a eles até o fim, foram dar suas adequadas despedidas ao Quebra-mar.

Anne viu que o capitão Benwick se aproximava. O "mar azul-escuro" de Lord Byron não poderia deixar de ser recordado pelo que via em sua frente, e ela alegremente deu a ele toda sua atenção enquanto possível. Logo foi atraída para outro caminho.

Havia muito vento para tornar a parte alta do novo Quebra-mar agradável para as senhoras, e eles concordaram em descer os degraus para a parte inferior, e todos se contentaram em passar silenciosamente e cuidadosamente descendo o íngreme lance de escadas, exceto Louisa, que preferiu pular os degraus com a ajuda do capitão Wentworth. Em todas as caminhadas, ele teve que ajudá-la a pular dos degraus, a sensação era deliciosa para ela. A dureza do pavimento sob seus pés tornava-o menos disposto à ocasião presente, no entanto, ele o fez mesmo assim. Ela estava em segurança, e no mesmo instante, para mostrar a sua alegria, subiu correndo os degraus para pular novamente. Ele a aconselhou contra isso, pensou que o choque seria forte demais, mas não, ele raciocinava e falava em vão, ela sorria e dizia: "Estou decidida, vou pular." Ele estendeu as mãos, ela se adiantou por meio segundo, caiu no pavimento do Quebra-mar e foi socorrida do chão desacordada!

Não havia ferida, nem sangue, nem hematoma visível; mas seus olhos estavam fechados, ela não respirava, seu rosto parecia a morte. O momento foi de terror para todos os que estavam por perto!

O capitão Wentworth, que a havia alcançado, ajoelhou-se com ela em seus braços, olhando-a com um rosto tão pálido quanto o dela, na agonia do silêncio.

— Ela está morta! Ela está morta! — gritou Mary, agarrando seu marido e contribuindo com o próprio horror para paralisá-lo. No instante seguinte, Henrietta, afundando sob essa ideia, também perdeu os sentidos, e teria caído nos degraus, se não fosse o capitão Benwick e Anne, que a pegaram e apoiaram em seus ombros.

— Não há ninguém para me ajudar? — foram as primeiras palavras que explodiram do capitão Wentworth, em tom de desespero, como se todas as suas forças tivessem se esgotado.

— Vá até ele, vá até ele — exclamou Anne —, pelo amor de Deus, vá até ele. Eu posso apoiá-la sozinha. Deixe-me e vá até ele. Esfregue as mãos e as têmporas dela, aqui estão os sais, pegue-os, pegue-os.

O capitão Benwick obedeceu, e Charles, separando-se de sua esposa, também foi ajudar, assim, ambos estavam com ele, e Louisa foi levantada e apoiada com mais firmeza. Tudo o que Anne havia solicitado foi feito, mas em vão, enquanto o capitão Wentworth, cambaleando contra a parede para se apoiar, exclamou na mais amarga agonia:

— Oh meu Deus! O pai e a mãe dela!

— Um médico! — disse Anne.

Ele captou a palavra, pareceu despertar de uma vez, dizendo apenas:

— Verdade, verdade, um médico agora mesmo — saiu correndo, quando Anne avidamente sugeriu:

— Capitão Benwick, não seria melhor se você fosse? Sabe onde um médico pode ser encontrado.

Todos que conseguiam pensar viram a vantagem dessa ideia, e em um momento (era tudo feito em momentos rápidos) o capitão Benwick renunciou à pobre figura semelhante a um cadáver inteiramente aos cuidados do irmão, e partiu para a cidade com a maior rapidez.

Quanto ao grupo arrasado que ali ficou, dificilmente se poderia dizer, dos três que ainda tinham a cabeça no lugar, quem sofria mais: capitão Wentworth, Anne ou Charles que, mostrando ser de fato um irmão muito carinhoso, inclinava-se sobre Louisa com soluços de tristeza, e só podia tirar os olhos de uma irmã para ver a outra que estava desacordada, ou para testemunhar as histéricas agitações de sua esposa, pedindo a ele uma ajuda que não podia dar.

Anne, dedicando toda a força, zelo e raciocínio que o instinto fornecia, para Henrietta, ainda tentava, de tempos em tempos, confortar os outros, tentava acalmar Mary, animar Charles, relaxar os sentimentos do capitão Wentworth. Ambos pareciam olhar para ela à espera de instruções.

— Anne, Anne — exclamou Charles. —, o que devemos fazer agora? Pelo amor de Deus?

Os olhos do capitão Wentworth também se voltaram para ela.

— Não seria melhor ela ser carregada para a hospedaria? Isso, tenho certeza: leve-a com delicadeza para a hospedaria.

— Sim, sim, para a hospedaria — repetiu o capitão Wentworth, parecendo estar mais controlado e ansioso para fazer algo. — Eu mesmo a carregarei. Musgrove, cuide dos outros.

A essa altura, o relato do acidente já havia se espalhado entre os operários e pescadores que estavam no Quebra-mar, e muitos se reuniram próximos ao grupo, para ajudar se fosse necessário, e, de qualquer forma, admirar a visão de uma jovem senhora morta, não, duas jovens senhoras mortas, pois provou ser duas vezes melhor como o primeiro relato. Henrietta foi designada para os que tinham melhor aparência dentre aquela boa gente, pois, embora parcialmente revivida, ela estava completamente desamparada, e desta forma, Anne caminhando ao lado dela, e Charles cuidando de sua esposa, eles seguiram, deixando, com sentimentos indizíveis, o mesmo caminho que haviam passado antes, pouco tempo antes e com o coração tão leve.

Eles ainda não tinham saído do Quebra-Mar quando a família Harville os encontrou. Eles viram o Capitão Benwick passando por sua casa, com um semblante que mostrava que algo estava errado, e partiram imediatamente, informados e orientados sobre o caminho em direção ao grupo. Por mais chocado que estivesse o capitão Harville, ele trouxe equilíbrio e tranquilidade que seriam instantaneamente úteis, e um olhar entre ele e sua esposa decidiu o que deveria ser feito. Ela deve ser levada para sua casa; todos devem ir para a casa deles e aguardar a chegada do médico lá. Ele não deu ouvidos a escrúpulos: foi obedecido; estavam todos sob seu teto, e enquanto Louisa, sob a direção da Sra. Harville, foi levada até o andar de cima e colocada na cama; amparo, bebidas e fortificantes foram fornecidos por seu marido a todos os que necessitavam.

Louisa abriu os olhos uma vez, mas logo os fechou novamente, sem aparente consciência. No entanto, isso foi uma prova de vida para sua irmã, e Henrietta, embora completamente incapaz de estar no mesmo quarto com Louisa, foi auxiliada pela agitação da esperança e do medo, a evitar um novo desmaio. Mary também estava ficando mais calma.

O médico chegou o mais rápido possível. Foram todos consumidos pela apreensão, enquanto o médico a examinava, mas ele não estava aflito. A cabeça havia recebido uma severa contusão, mas ele tinha visto ferimentos maiores serem curados, e de forma alguma se mostrou sem esperanças, falando com uma voz animada.

O médico não considerou a situação um caso perdido ou que tudo estaria acabado em poucas horas, isso excedeu as esperanças da maioria deles, e pode-se imaginar o encanto provocado pela boa notícia, o contentamento silencioso e profundo que se apoderou deles após algumas exclamações de gratidão aos céus.

O tom, o olhar com que "Graças a Deus!" foi dito pelo capitão Wentworth, Anne tinha certeza de que nunca poderia ser esquecido por ela, nem a visão dele depois, quando ele se sentou perto de uma mesa, inclinado sobre ela com os braços cruzados e o rosto escondido, como se dominado pelos vários sentimentos de sua alma, e tentando pela oração e reflexão acalmá-los.

Os membros de Louisa estavam bem. Não houve ferimentos, exceto na cabeça.

Agora era necessário que o grupo decidisse o que era o melhor a se fazer quanto a sua situação geral. Eles agora podiam falar uns com os outros e se consultar. Não havia dúvidas de que Louisa devesse permanecer onde estava, embora fosse angustiante para seus amigos envolverem a família Harville em tal problema. Levá-la de lá era impossível. A família Harville silenciou todos os escrúpulos e, tanto quanto podiam, toda a gratidão. Eles encontraram soluções e providenciaram tudo antes que os outros começassem a refletir. O capitão Benwick cederia seu quarto a eles, e arrumaria uma cama em outro lugar; e tudo estaria resolvido. Eles apenas se preocupavam com o fato de que a casa não poderia acomodar mais pessoas, e ainda, talvez "colocando as crianças no quarto da empregada, ou montando uma cama de armar em algum lugar", eles poderiam encontrar lugar para mais duas ou três pessoas, supondo que eles desejassem ficar; embora, com relação a qualquer atendimento à Srta.

Musgrove, não precisavam se preocupar com nada ao deixá-la inteiramente aos cuidados da Sra. Harville e sua babá, que viveu com ela por muito tempo e andou com ela em todos os lugares. A Sra. Harville era uma enfermeira muito experiente; com as duas, Louisa não teria melhores cuidados, fosse durante o dia ou à noite. E tudo isso foi dito com uma verdade e sinceridade de sentimento irresistíveis.

Charles, Henrietta e o capitão Wentworth estavam conversando, e por um curto tempo, aquela era apenas uma troca de perplexidade e terror. "Uppercross, a necessidade de alguns irem até Uppercross... as notícias a serem transmitidas... como poderia ser dada a notícia ao Sr. e à Sra. Musgrove... a manhã já bem avançada... uma hora já se passou desde que deveríamos ter partido... seria possível chegar lá no horário adequado?". No início, eles não eram capazes de dizer nada mais sobre o ocorrido do que tais exclamações, mas, depois de um tempo, o capitão Wentworth, fazendo um esforço, disse:

— Devemos decidir logo, e sem perder mais um minuto. Cada minuto é valioso. Alguém deve decidir partir para Uppercross agora mesmo. Musgrove, você ou eu devemos ir.

Charles concordou, mas declarou sua decisão de não ir embora. Seria cuidadoso em incomodar o menos possível o capitão e a Sra. Harville; mas deixar sua irmã em tal estado, ele não devia, nem queria. Assim estava decidido; e Henrietta declarou o mesmo. No entanto, logo foi convencida a pensar de forma diferente. Para que ela ficaria? Ela que não podia ficar no quarto de Louisa, nem ver, sem sofrimentos, o que a deixou pior do que desamparada! Ela foi forçada a reconhecer que não tinha qualquer utilidade, mas ainda não estava disposta a ficar longe, até que, movida ao pensar nos pais, ela cedeu; estava ansiosa para chegar em casa.

O plano havia chegado a este ponto quando Anne, descendo silenciosamente do quarto de Louisa, não pôde deixar de ouvir o que se seguiu, pois a porta da sala estava aberta.

— Então está decidido, Musgrove — exclamou o capitão Wentworth. — O senhor fica, e eu levo sua irmã de volta para casa. Mas quanto ao resto, quanto aos outros, se alguém ficar para ajudar a Sra. Harville, acho que uma pessoa basta. A Sra. Charles Musgrove, é claro, deseja voltar para seus filhos; mas se Anne aceitar ficar, ninguém será tão decente nem tão capaz quanto ela.

Ela parou por um momento para se recuperar da emoção ao ouvir falar assim de si mesma. Os outros dois concordaram calorosamente com o que ele disse, e ela então apareceu.

— Vai ficar, tenho certeza; você vai ficar e cuidar dela; — exclamou ele, virando-se para ela e falando com um brilho, e ainda uma gentileza, que parecia quase restaurar o passado. Ela corou profundamente, ele se recompôs e se afastou. Ela se expressou mais disposta, pronta, feliz em permanecer.

Era isso que ela pensava e desejava ser permitida a fazer. Uma cama no chão do quarto de Louisa seria suficiente para ela, se a Sra. Harville concordasse.

Só mais uma coisa e tudo estaria resolvido. Embora fosse esperado que o Sr. e a Sra. Musgrove estivessem preocupados com esse atraso, o tempo necessário para os cavalos de Uppercross levá-los de volta seria uma extensão terrível do suspense; o capitão Wentworth propôs, e Charles Musgrove concordou, que seria muito melhor ele pegar uma carruagem da hospedaria e deixar a carruagem e os cavalos do Sr. Musgrove para serem enviados para casa na manhã seguinte bem cedo, trazendo um relato das condições de Louisa durante a noite.

O capitão Wentworth se apressou para deixar tudo pronto para sair, e logo ser seguido pelas duas senhoras, quando o plano foi revelado a Mary. Isso acabou com toda a paz, ela era tão miserável e tão veemente, reclamava tanto da injustiça em ter que ir embora em vez de Anne, que não era nem mesmo parente de Louisa, enquanto ela era sua cunhada, e tinha o direito de fazer companhia para Henrietta! Por que não poderia ser tão útil quanto Anne? E ir para casa sem Charles também, sem seu marido! Não, era cruel demais. E, em resumo, ela falou mais do que seu marido poderia suportar por muito tempo, e como nenhum dos outros pôde se opor quando ele cedeu, não tinha o que fazer; a troca de Mary por Anne era inevitável.

Anne nunca se submeteu com tanta relutância às alegações de ciúme e mau julgamento de Mary; mas teve que ser assim, e eles partiram para a cidade, Charles cuidando de sua irmã, Henrietta, e o capitão Benwick cuidando de Anne. Por um momento, enquanto eles apressavam o passo, ela se lembrou das circunstâncias que aqueles mesmos lugares haviam testemunhado naquele mesmo dia, mais cedo. Lá ela ouvira os planos de Henrietta para a saída do dr. Shirley de Uppercross; mais adiante, ela viu o Sr. Elliot pela primeira vez; agora, parecia que tudo girava em torno de Louisa, ou dos que estavam preocupados com sua condição.

O capitão Benwick foi muito atencioso com ela, e, unidos como todos pareciam pela angústia do dia, ela sentiu uma grande boa vontade por ele, e um prazer até mesmo em pensar que poderia ser, talvez, a ocasião em que se conheceriam melhor.

O capitão Wentworth os aguardava, com uma carruagem e quatro cavalos à espera, estacionados, para sua conveniência, na parte mais baixa da rua; mas sua surpresa evidente e o aborrecimento pela substituição de Mary por Anne, a mudança de postura, o espanto, as expressões que surgiram e foram reprimidas, com as quais ele escutou as palavras de Charles, foram uma recepção humilhante, ou, ao menos, serviram para convencê-la de que só era valorizada porque poderia ser útil para Louisa.

Ela se esforçou para manter a calma e ser justa. Sem simular os sentimentos de uma Emma para com seu Henry[9], ela teria cuidado de Louisa com um zelo acima das reivindicações comuns de consideração, e esperava que ele não fosse

9 Poema "Henry and Emma" (1709), de Matthew Prior (1664-1721), em que a heroína Emma prova o amor que sente por Henry demonstrando consideração pela mulher que supõe ser sua rival. (N. do R.)

tão injusto a ponto de pensar que ela se retraísse, sem motivo, dos deveres de uma amiga.

Apesar disso, ela embarcou na carruagem. Depois de ajudar as duas a subir, ele se acomodou entre elas, e dessa forma, nessas circunstâncias, cheia de espanto e emoção, Anne deixou Lyme. Era difícil prever como seria a longa viagem, nem como ela afetaria seu comportamento, e qual seria o tipo de conversa entre eles era algo impossível de prever. Era tudo bem natural. Ele era dedicado a Henrietta, sempre se voltando para ela, e quando ele falava, era sempre com o objetivo de sustentar suas esperanças e elevar seu ânimo. De modo geral, sua voz e maneiras eram cuidadosamente calmas. Poupar Henrietta da agitação parecia o princípio governante. Apenas uma vez, quando ela estava de luto pela última caminhada mal julgada e malfadada até o Quebra-Mar, lamentando amargamente que isso já tivesse sido pensado, ele exclamou, como quem perde o controle:

— Não fale nisso, não fale nisso — gritou ele. — Oh Deus! se eu não tivesse cedido ao seu desejo naquele momento fatal! Se eu tivesse feito o que deveria! Mas ela foi tão ansiosa e decidida! Querida, doce Louisa!

Anne se perguntou se em algum momento ele chegou a questionar a justiça de sua opinião anterior quanto à felicidade universal e à vantagem da firmeza de caráter; e se não perceberia que como todas as outras qualidades da mente, ela deveria ter suas proporções e limites. Ela pensou que dificilmente poderia deixar de sentir que um temperamento afável, às vezes, pode ser tão favorável à felicidade quanto um caráter muito resoluto.

Eles seguiram rápido. Anne ficou surpresa ao reconhecer as mesmas colinas e os mesmos objetos tão cedo. Sua velocidade real, aumentada por algum medo da chegada, fez o caminho parecer durar apenas a metade do tempo do dia anterior. O dia já estava bem escuro, no entanto, antes eles estavam na vizinhança de Uppercross, e havia silêncio total entre eles por algum tempo, e Henrietta estava recostada no canto, com um xale cobrindo o rosto, dando a esperança de ela ter chorado até dormir. Enquanto eles estavam subindo sua última colina, Anne viu-se imediatamente abordada pelo capitão Wentworth. Em voz baixa e cautelosa, ele disse:

— Tenho pensado no que seria o melhor a se fazer. Ela não deve aparecer primeiro. Ela pode não aguentar. Estive pensando que seria melhor você permanecer na carruagem com ela, enquanto eu entro e informo o Sr. e a Sra. Musgrove. Você acha que esse é um bom plano?

Ela concordou, ele ficou satisfeito e não disse mais nada. Mas a lembrança do apelo permaneceu um prazer para ela, como uma prova de amizade e de deferência por seu julgamento, um grande prazer, e quando se tornou uma espécie de despedida, seu valor não diminuiu.

Quando a notícia angustiante em Uppercross havia sido dada, e depois de proporcionar tranquilidade ao pai e à mãe, e de perceber que a filha estava ainda melhor por estar com eles, o capitão Wentworth anunciou sua intenção de retornar na mesma carruagem para Lyme; e tão logo os cavalos foram alimentados, ele se foi.

Capítulo 13

O restante do tempo de Anne em Uppercross, compreendendo apenas dois dias, foi gasto inteiramente na Casa Grande; e ela teve a satisfação de se perceber extremamente útil lá, tanto como uma companheira imediata quanto como auxiliar em todos os arranjos para o futuro, coisa que teria sido difícil com o estado de ânimo angustiado do Sr. e Sra. Musgrove.

Receberam um relato de Lyme na manhã seguinte. Louisa estava quase a mesma. Não tinha sintomas piores do que antes. Charles veio algumas horas depois, para trazer um relato posterior e mais particular. Ele estava razoavelmente alegre. Uma cura rápida não deve ser esperada, mas tudo ia bem como admitia a natureza do caso. Ao falar dos Harville, ele parecia incapaz de expressar sua gratidão à bondade do casal, especialmente com a Sra. Harville como enfermeira. "Ela realmente não deixou nada para Mary fazer. Ele e Mary tinham sido convencidos a ir cedo para sua pousada na noite anterior. Mary estava histérica novamente. Quando ele voltasse, ela iria sair com o capitão Benwick, que ele esperava fazer bem a ela. Quase desejou que ela tivesse sido convencida a voltar para casa no dia anterior; mas a verdade é que a Sra. Harville não deixou nada para ninguém fazer."

Charles voltaria para Lyme na mesma tarde, e seu pai, a princípio, pensou em ir com ele, mas as senhoras não puderam consentir. Isso apenas multiplicaria os problemas para os outros, e aumentaria sua própria angústia; de maneira que um plano muito melhor foi seguido. Uma carruagem foi enviada de Crewkherne, e Charles trouxe consigo uma pessoa muito mais útil: era uma ama de leite dos Musgrove que, depois de ter criado todos os filhos da família e visto o último deles, o persistente e protegido Harry, enviado para a escola depois de seus irmãos, agora estava morando no quarto de crianças onde se ocupava remendando meias e fazendo curativos em todas as manchas e hematomas que ela poderia encontrar, e que, consequentemente, ficou muito satisfeita em ter permissão para ir ajudar a querida Srta. Louisa. Vagos desejos de levar Sarah para lá já ocorreram antes com a Sra. Musgrove e Henrietta; mas sem Anne, dificilmente isso teria se resolvido e se tornado praticável tão cedo.

Eles estavam em dívida, no dia seguinte, com Charles Hayter, por todas as informações minuciosas de Louisa, que era tão essencial obter a cada vinte e quatro horas. Ele fez disso uma necessidade para ir a Lyme, e seus relatos que trouxe foram encorajadores. Os intervalos entre lucidez e consciência eram considerados mais fortes. Cada relato constatou que o capitão Wentworth parecia ter fixado a morada em Lyme.

Anne deveria deixá-los no dia seguinte, um acontecimento que todos temiam. "O que fariam sem ela? Eles eram péssimos consoladores uns para os outros". E tanto foi falado dessa forma, que Anne pensava que ela não poderia fazer melhor do que convencer todos a irem para Lyme imediatamente. Ela teve pouca dificuldade nisso; logo ficou determinado que eles iriam no dia seguinte, ficariam na hospedaria ou alugariam um aposento, o que conviesse mais, e ali permaneceriam até que a querida Louisa pudesse ser transportada. Precisavam poupar alguma indisposição às boas pessoas em cuja casa ela estava agora; pelo menos, poderiam poupar a Sra. Harville de cuidar da própria filha; e em suma, eles ficaram tão felizes com a decisão, que Anne ficou encantada com o que tinha feito, e sentiu que ela não poderia passar sua última manhã em Uppercross de forma melhor do que ajudando com os preparativos e enviá-los cedo, embora ela tenha sido deixada sozinha na casa.

Ela foi a última, com exceção dos meninos da casa, a última mesmo, a única remanescente de todos os que encheram e animaram ambas as casas, de todos os que deram a Uppercross seu caráter alegre. Poucos dias, porém, muitas lembranças!

Se Louisa se recuperasse, tudo ficaria bem novamente. Uma felicidade maior que a anterior seria restabelecida. Não poderia haver dúvida, e na mente de Anne não havia nenhuma, do que iria acontecer após a sua recuperação. Dali a algum tempo, aquela sala, agora tão deserta, ocupada apenas por ela, calada e introspectiva, poderia ser preenchida novamente com tudo o que era feliz e alegre, tudo o que brilhava na prosperidade e no amor, tudo o que era muito diferente de Anne Elliot!

Uma hora de completo lazer para reflexões como essas, em um dia escuro dia de novembro, enquanto uma chuva espessa chuva quase borrava os poucos objetos que podiam ser vistos das janelas, foi o suficiente para tornar o som da carruagem de Lady Russell extremamente bem-vindo; contudo, embora desejasse ir embora, ela não podia deixar a Casa Grande, ou dar um olhar de adeus para o Chalé de Uppercross, com sua varanda negra, desconfortável e com goteiras, ou mesmo ver pelos vidros embaçados as últimas casas humildes da vila, sem ter o coração entristecido. Coisas ocorreram em Uppercross que fizeram daquele um lugar precioso. Foi o registro de muitas sensações de dor, algumas vezes severas, mas agora amenizadas; de alguns casos de desânimo, algumas ocasiões de amizade e reconciliação, que nunca mais poderiam ser esperadas, e que nunca deixariam de ser importantes. Ela deixou tudo para trás, exceto a lembrança de que tais coisas tinham ocorrido.

Anne nunca tinha entrado em Kellynch desde que deixara a casa de Lady Russell, em setembro. Não tinha sido necessário, e nas poucas ocasiões em que foi possível ir à sua antiga propriedade, ela encontrou uma forma de escapar. Seu primeiro retorno foi para retomar seu devido lugar nos modernos e elegantes quartos de Kellynch Lodge, e alegrar os olhos da senhora da casa.

Havia alguma ansiedade misturada com a alegria de Lady Russell em revê-la. Ela sabia quem estava frequentando Uppercross. Mas, felizmente, ou Anne havia engordado e ficado mais bonita, ou Lady Russell gostava dela assim; e Anne, ao receber seus elogios na ocasião, ficou alegre em conectá-los com a admiração silenciosa de seu primo, e com a esperança de ser abençoada com uma segunda primavera de juventude e beleza.

Quando elas começaram a conversar, ela logo percebeu uma mudança mental. Os assuntos dos quais seu coração se ocupava ao deixar Kellynch, e que ela sentira desprezados e fora compelida a sufocar entre os Musgrove, agora eram apenas de interesse secundário. Ultimamente, ela havia perdido notícias até do pai, da irmã e de Bath. Suas preocupações haviam sido reprimidas pelas de Uppercross; e quando Lady Russell recomeçou a falar sobre antigas esperanças e medos, falando de sua satisfação na casa em Camden Place, que tinha sido alugada, e seu pesar de que a Sra. Clay ainda deveria estar com eles, Anne teria sentido vergonha se soubessem o quanto mais ela estava pensando em Lyme, Louisa Musgrove, e todos os seus conhecidos lá; quanto mais interessante para ela era a casa e a amizade dos Harville e do capitão Benwick, do que a casa de seu próprio pai em Camden Place, ou a intimidade de sua própria irmã com a Sra. Clay. Ela realmente se esforçou para reagir ao que Lady Russell falava com igual prestatividade em tópicos que, por natureza, deveriam despertar seu interesse em primeiro lugar.

Houve um pouco de embaraço, no início, em sua conversa sobre outro assunto. Era necessário falar do acidente em Lyme. No dia anterior, Lady Russell mal tinha chegado, quando um relato completo de tudo lhe foi feito; mas ainda assim aquilo deveria ser falado, e ela deveria fazer indagações, deveria lamentar a imprudência, lamentar o resultado, e o nome do capitão Wentworth deveria ser mencionado por ambas. Anne estava ciente de não estar fazendo isso tal como Lady Russell. Ela não conseguia falar o nome e olhar a amiga nos olhos, até adotar a estratégia de dizer-lhe brevemente o que ela pensava da ligação entre ele e Louisa. Quando isso foi dito, aquele nome não a perturbou mais.

Lady Russell apenas ouviu com seriedade e desejou-lhes felicidade, mas por dentro seu coração estava zangado e desesperado, ao pensar no homem que, aos vinte e três anos, parecia entender, ao menos um pouco, do valor de uma Anne Elliot, e que estava agora, oito anos depois, encantado com uma moça como Louisa Musgrove.

Os primeiros três ou quatro dias passaram tranquilos, sem nenhuma circunstância digna de ser notada a não ser a chegada de um ou dois recados de Lyme enviados a Anne, ela não sabia como, e que relatavam melhoras animadoras de Louisa. No final desse período, a polidez de Lady Russell não podia mais repousar, e as ameaças mais tênues do passado ganharam um tom mais decidido: "Devo visitar a Sra. Croft; eu realmente devo visitá-la em breve. Anne, você teria coragem de ir comigo e fazer uma visita naquela casa? Será uma provação para nós duas."

Anne não se esquivou disso; pelo contrário, ela realmente foi sincera ao dizer:

— Penso que é muito provável que a senhora sofra mais do que eu; seus sentimentos estão menos conformados com a mudança do que os meus. Ao permanecer na vizinhança, habituei-me a isso.

Ela poderia ter falado mais sobre o assunto; pois ela tinha, de fato, uma opinião elevada sobre os Croft, e considerava seu pai tão afortunado com seus inquilinos, e achava que a paróquia seria um bom exemplo e os pobres da melhor atenção e socorro, que, entretanto, por mais desapontada e envergonhada que estivesse pela necessidade da mudança, ela não podia, em sã consciência, sentir outra sensação que não a de que aqueles que haviam partido não mereciam ficar, e que Kellynch Hall tinha passado para mãos melhores do que as de seus donos. Essas convicções vinham, inquestionavelmente, com sua própria dor que era aguda; mas eles impediam a dor que Lady Russell sofreria ao entrar na casa novamente, e retornar pelos cômodos tão bem conhecidos.

Nesses momentos, Anne não conseguia dizer a si mesma: "Estes quartos deveriam pertencer apenas a nós. Oh, que desgraça para eles! Que ocupação mais indigna! Uma família ancestral ser afastada desse jeito, com estranhos ocupando seu lugar!" Não, isso não acontecia, exceto quando ela pensava em sua mãe, e lembrava-se de onde ela costumava sentar e gerir a casa, ela não tinha nenhum suspiro dessa natureza para dar.

A Sra. Croft sempre a recebeu com muita gentileza, o que lhe deu o prazer de se imaginar como uma favorita, e na ocasião presente, recebendo-a naquela casa, havia uma atenção redobrada.

O triste acidente em Lyme logo foi o tópico predominante, e na comparação de seus últimos relatos sobre a inválida, parecia que cada uma das senhoras havia sido informada na mesma hora da manhã de ontem; que o capitão Wentworth estivera em Kellynch ontem (a primeira vez desde o acidente), e que trouxe a Anne o último recado, do qual ela não tinha sido capaz de rastrear com exatidão a origem; tinha ficado algumas horas e depois voltou novamente para Lyme, sem nenhuma intenção de sair de novo. Ela havia descoberto que ele perguntou por ela: afirmara esperar que a Srta. Elliot não estivesse exausta por seus esforços, aos quais se referiu como intensos. Isso era bonito de se ouvir e dava a ela mais prazer do que quase qualquer outra coisa.

Quanto à triste catástrofe em si, apenas poderia ser discutida com estilo por duas mulheres firmes e sensatas, cujos julgamentos tiveram que trabalhar em função dos acontecimentos reais; e foi perfeitamente decidido que o acidente tinha sido a consequência de muita negligência e muita imprudência; que seus efeitos eram dos mais alarmantes, e que era assustador pensar por quanto tempo a recuperação da Srta. Musgrove ainda poderia durar, e como ela ainda ficaria sofrendo, futuramente, com o choque! O almirante encerrou sumariamente exclamando:

— Sim, uma história terrível. Uma grande novidade, não é, Srta. Elliot? Um rapaz fazer a corte a uma moça quebrando a sua cabeça. É isso que se chama de machucar e assoprar!

Os modos do almirante Croft não eram exatamente do tom que agradasse a Lady Russell, mas deixaram Anne admirada. Sua bondade e simplicidade eram de caráter irresistível.

— Agora, isso deve ser muito ruim para você — disse ele, de repente despertando de um pequeno devaneio —, o fato de estar vindo e nos encontrar aqui nesta casa. Eu não tinha me lembrado disso antes, declaro, mas deve ser muito ruim. Mas agora, não faça cerimônia. Levante-se e examine todos os quartos da casa se assim preferir.

— Outra hora, senhor, agradeço-lhe, agora não.

— Bem, sempre que lhe convier. Você pode entrar pelo lado dos arbustos a qualquer momento; e lá verá que mantemos nossos guarda-chuvas pendurados naquela porta. Um bom lugar, não é? Mas — voltando atrás — você não vai achar que é um bom lugar, pois os seus guarda-chuvas sempre foram guardados no quarto do mordomo. Bem, sempre é assim, eu acredito. Os caminhos de um homem podem ser tão bons quanto os de outro, mas todos nós gostamos mais do nosso. E então você deve julgar por si mesma, se seria melhor para você andar pela casa ou não.

Anne, descobrindo que poderia recusar, acabou por fazê-lo, muito agradecida.

— Fizemos muito poucas alterações também — continuou o almirante, depois de pensar um momento. — Poucas coisas. Falamos sobre a porta da lavanderia, em Uppercross. Isso foi uma melhoria de grande importância. O que assustou foi pensar como qualquer família na Terra conseguiu suportar o inconveniente de uma porta se abrindo daquela maneira! Você vai dizer a Sir Walter o que fizemos, e que o Sr. Shepherd julga ser a maior reforma que a casa já teve. Na verdade, façamos a justiça em dizer que as poucas alterações feitas foram todas para melhor. Minha esposa tem o crédito por todas elas, no entanto. Eu fiz muito pouco além de mandar embora alguns dos grandes espelhos do meu camarim, que eram do seu pai. Um homem muito bom, e muito cavalheiro, tenho certeza, mas na minha opinião, Srta. Elliot — refletindo seriamente —, acho que ele deveria ser um homem bastante vaidoso para a sua idade. Quantos espelhos! Oh, Senhor! Não tinha como fugir de mim mesmo. Então pedi a Sophy para me dar uma mão, e logo mudamos os espelhos de lugar; e agora estou bem confortável com meu pequeno espelho de barbear em um canto, e outro enorme do qual nunca chego perto.

Anne divertia-se, apesar de ter ficado bastante angustiada, e não soube dar uma resposta ao almirante, o qual, temendo que pudesse não ter sido educado o suficiente, retomou o assunto para dizer:

— Da próxima vez que escrever ao seu bom pai, Srta. Elliot, por favor, dê-lhe os meus elogios e os da Sra. Croft, e diga que estamos instalados aqui, e não encontramos defeito algum na casa. A chaminé da sala de café da manhã fumega um pouco, admito a você, mas é só quando o vento está indo para o norte, soprando com força, o que pode acontecer somente três vezes por inverno. E, juntando tudo isso, agora que já entramos na maioria das casas por aqui e podemos julgar, não há nenhuma que gostemos mais do que esta. Por favor, diga isso, com os meus cumprimentos. Ele ficará feliz em saber.

Lady Russell e a Sra. Croft ficaram muito satisfeitas uma com a outra, mas a relação iniciada com essa visita estava fadada a não prosseguir muito no momento; quando o convite foi retribuído, os Croft anunciaram que iriam se ausentar por algumas semanas para visitar seus parentes no norte do condado, e provavelmente não voltariam para a casa novamente antes de Lady Russell partir para um período em Bath.

Assim acabou todo o perigo para Anne de encontrar o capitão Wentworth em Kellynch Hall, ou de vê-lo em companhia de sua amiga. Tudo estava seguro o suficiente, e ela sorriu ao pensar nos muitos sentimentos de ansiedade que desperdiçou com o assunto.

Capítulo 14

Embora Charles e Mary tivessem permanecido em Lyme por muito mais tempo depois da partida do Sr. e da Sra. Musgrove do que Anne gostaria, eles ainda foram os primeiros da família a voltar para casa, e, logo que possível, após o seu regresso a Uppercross, dirigiram-se para o Lodge. Quando haviam partido, Louisa já começava a se sentar, mas a sua cabeça, embora clara, estava extremamente fraca, e os seus nervos estavam no limite mais terno possível, e, embora pudesse se dizer que ela estava indo muito bem, ainda era impossível dizer quando poderia suportar a mudança para casa, e os seus pais, que deviam regressar a tempo de receber os filhos mais novos para as férias de Natal, dificilmente tinham esperança de poder trazê-la com eles.

Tinham estado todos juntos na hospedaria. A Sra. Musgrove afastou os filhos da Sra. Harville tanto quanto podia, todas as provisões possíveis foram fornecidas de Uppercross, buscando aliviar os inconvenientes para a família Harville, enquanto a própria família Harville quis que eles viessem jantar todos os dias; resumindo, parecia ser uma luta para definir quem era mais bondoso e hospitaleiro.

Mary passou por maus momentos, mas num todo, como era evidente pela sua permanência tão longa, ela tinha encontrado mais razões para desfrutar do que para sofrer. Charles Hayter tinha estado mais vezes em Lyme do que ela gostaria, e quando jantaram com a família Harville só havia uma criada prestando serviço. Inicialmente, a Sra. Harville mostrava preferência pela Sra. Musgrove, mas depois, quando descobriu de quem Mary era filha, recebeu um pedido de desculpas muito bonito da sua parte, e houve muita coisa para fazer todos os dias, tantos passeios entre as casas que alugavam e a da família Harville, recebeu tantos livros da biblioteca, e os trocou tantas vezes, que o equilíbrio tinha sido certamente muito favorável a Lyme. Mary também foi levada para Charmouth, onde tomou banho de mar e foi à igreja, e havia muito mais gente para ver na igreja de Lyme do que em Uppercross, e tudo isso, somado ao sentimento de ser tão útil, tornou aquela quinzena realmente agradável.

Depois, Anne perguntou sobre o capitão Benwick e o rosto de Mary se fechou no mesmo instante. Charles riu.

— Ah, o capitão Benwick está muito bem, creio eu, mas é um jovem muito estranho. Nunca sei o que está pensando. Nós o convidamos a vir para casa conosco por um dia ou dois, Charles se comprometeu a levá-lo para caçar, e ele pareceu feliz com o convite, e, da minha parte, pensei que estivesse tudo combinado, quando eis que, na terça-feira à noite, ele deu uma desculpa muito estranha, "ele nunca caçou" e foi "muito incompreendido", e que tinha prometido isso e tinha prometido aquilo, e ao fim disso, descobri que ele não queria vir. Suponho que tivesse ficado entediado aqui, mas, dou minha palavra, imaginei que éramos animados o suficiente para um homem de coração partido como o capitão Benwick.

Charles riu novamente e disse:

— Ora, Mary, sabe muito bem o que realmente aconteceu. Foi tudo culpa sua — voltando-se para Anne. — Ele imaginou que, se fosse conosco, ele a encontraria por perto: imaginou que todos vivessem em Uppercross, e quando descobriu que Lady Russell vivia a três quilômetros de distância, perdeu o ânimo, e não teve coragem de vir. Essa é a verdade, pela minha honra. Mary sabe que assim é.

Mas Mary não cedeu muito graciosamente àquela explicação, talvez por não considerar o capitão Benwick, por conta de sua origem e situação, bom o bastante para estar apaixonado por um Elliot, ou talvez por não querer acreditar que Anne fosse um atrativo maior em Uppercross do que ela mesma, somente adivinhando para saber. A boa vontade de Anne, contudo, não foi diminuída pelo que ela ouviu. Claramente, ela se reconheceu lisonjeada, e continuou as suas perguntas.

— Ah, ele fala de você — exclamou Charles — de uma forma particular... — Mary interrompeu.

— Charles, não o ouvi mencionar o nome de Anne nem mesmo duas vezes durante todo o tempo que estive lá. Declaro, Anne, que ele não fala de você.

— Não — admitiu Charles —, não sei se alguma vez o fez, no geral, mas, no entanto, é muito claro que ele a admira excessivamente. A sua cabeça está cheia de alguns livros que está lendo por sua recomendação, e quer conversar sobre eles contigo, descobriu alguma coisa num deles que ele pensa que... ah, não posso fingir que me lembro, mas foi algo muito bom... eu o ouvi contando tudo a Henrietta, e depois "a Srta. Elliot" foi mencionada nos termos mais elevados!

Agora, Mary, eu declaro que foi assim, eu mesmo ouvi, e você estava na outra sala. "Elegância, doçura, beleza". Ah! Não havia fim para os encantos da Srta. Elliot!

— E tenho certeza — exclamou Mary, fervorosa — que isso não o torna muito bom, se assim fez. A Srta. Harville morreu no último mês de junho. Um coração assim não tem valor, concorda, Lady Russell? Tenho certeza de que concordará comigo.

— Preciso ver o capitão Benwick antes de decidir — disse Lady Russell, sorrindo.

— E é muito provável que o faça muito em breve, eu digo, minha senhora — disse Charles. — Apesar da falta de coragem para vir conosco, e partir de novo depois para vir fazer uma visita formal, um dia virá sozinho até Kellynch, podem ter certeza. Contei-lhe sobre a distância e o caminho, e falei da igreja que vale a pena ver, pois como ele tem um gosto por esse tipo de coisas, pensei que isso seria uma boa desculpa, e ele ouviu com toda a compreensão e alma; tenho a certeza, pelos seus modos, de que em breve virá aqui. Disso, eu a aviso, Lady Russell.

— Qualquer conhecido de Anne será sempre bem-vindo em minha morada. — foi a amável resposta de Lady Russell.

— Ah, quanto a ser conhecido de Anne — disse Mary —, acho que ele é mais meu conhecido, pois o vi todos os dias na última quinzena.

— Bem, como seu conhecido comum, então, ficarei muito feliz em conhecer o capitão Benwick.

— Não vai achar nada de muito agradável nele, eu garanto, minha senhora. Ele é um dos jovens mais chatos que já existiram. Ele caminhou comigo, algumas vezes, de uma à outra da orla, sem dizer uma palavra. Ele não é um jovem muito bem-nascido. Estou certa de que não irá gostar dele.

— Aí discordamos, Mary — disse Anne. — Acho que Lady Russell vai gostar dele. Acho que ela ficaria tão satisfeita com seu jeito, que muito em breve não veria nenhum defeito em suas maneiras.

— Eu concordo, Anne — disse Charles. — Ele é do tipo de Lady Russell. Dê a ele um livro, e ele o lerá o dia inteiro.

— Sim, ele lerá! — exclamou Mary, zombando. — Ele se debruçará sobre o seu livro de tal maneira que não saberá quando uma pessoa fala com ele, ou quando alguém deixa cair uma tesoura ou qualquer coisa que aconteça. Acha que Lady Russell gostaria disso?

Lady Russell não podia deixar de rir.

— Dou minha palavra — disse ela —, não imaginava que a minha opinião sobre qualquer pessoa pudesse levantar suposições tão diferentes, mesmo me considerando uma pessoa firme e decidida. Estou realmente curiosa para conhecer a pessoa que pode dar ocasião a tais noções diretamente opostas. Gostaria que pudessem convencê-lo a nos visitar. E quando o fizer, Mary, pode ter certeza de que vai saber o que penso, mas estou decidida a não julgar precipitadamente.

— Não gostará dele, eu garanto.

Lady Russell começou a falar de outra coisa. Mary falou com animação do seu encontro, ou melhor, seu extraordinário desencontro com o Sr. Elliot.

— Ele é um homem — disse Lady Russell — que não tenho qualquer desejo em conhecer. A sua recusa em fazer as pazes com o chefe da sua família deixou uma impressão muito desagradável comigo.

Esta decisão conteve o ânimo de Mary, e a fez parar o relato bem quando estava se referindo ao porte dos Elliot.

No que diz respeito ao capitão Wentworth, embora Anne não tenha se arriscado com nenhuma pergunta, ouviu o suficiente de forma espontânea. O seu ânimo se recuperava bem recentemente, como era esperado. À medida que Louisa melhorava, ele melhorava, e agora estava bem diferente. Ele não foi ver Louisa, e estava tão receoso de qualquer consequência ruim de um encontro com ela, que não insistiu nisso, pelo contrário, parecia ter um plano de se afastar por uma semana ou dez dias, até que a cabeça dela estivesse mais forte. Falava de ir a Plymouth por uma semana, e queria convencer o capitão Benwick a ir com ele, mas, de acordo com o que Charles dissera, o capitão Benwick parecia muito mais disposto a ir até Kellynch.

Não havia dúvidas de que, a esse ponto, estavam ambas Lady Russell e Anne pensando ocasionalmente no capitão Benwick. Lady Russell não podia ouvir a campainha da porta sem pensar que era o mensageiro, nem Anne podia voltar de qualquer passeio solitário e agradável nos terrenos do seu pai, ou de qualquer visita caridosa na aldeia, sem se perguntar se o veria ou ouviria falar dele. No entanto, o capitão Benwick não apareceu. Ou estava menos disposto a isso do que Charles havia imaginado, ou era tímido demais, e depois de dar a ele uma semana de tolerância, Lady Russell determinou que ele era indigno do interesse que havia começado a despertar nela.

A família Musgrove voltou para receber os seus felizes meninos e meninas de volta da escola, trazendo consigo os filhos pequenos da Sra. Harville, para aumentar o barulho em Uppercross, e diminuir o de Lyme. Henrietta permaneceu com Louisa, mas o resto da família estava novamente onde costumava estar.

Lady Russell e Anne as cumprimentaram, e, nesse momento, Anne não podia deixar de sentir que Uppercross já estava novamente bem viva. Embora nem Henrietta, nem Louisa, nem Charles Hayter, nem o capitão Wentworth estivessem presentes, a sala apresentava um contraste tão forte quanto poderia desejar comparado ao último estado em que ela a viu.

Imediatamente as crianças da família Harville rodearam a Sra. Musgrove, que ela protegia atenciosamente da tirania dos dois meninos do chalé, que vieram com a função de entreter os que haviam acabado de chegar. De um lado estava uma mesa ocupada por algumas meninas tagarelas, cortando papel de seda e papel dourado, e do outro lado estavam os tabuleiros e bandejas, dobrando-se sob o peso de patês e tortas frias, onde os rapazes bagunceiros se divertiam muito, tudo completo por uma fogueira natalina, que parecia determinada a ser ouvida, apesar de todo o barulho dos outros. Charles e Mary também entraram, claro, durante a sua visita, e o Sr. Musgrove fez questão de dar seus cumprimentos à Lady Russell, e sentou-se perto dela durante dez minutos, falando com uma voz muito elevada, mas em vão devido à gritaria das crianças sobre seu colo. Foi uma bela cena de família.

Anne, julgando pelo seu próprio temperamento, teria considerado tal furacão doméstico algo a atrapalhar a restauração dos nervos, que a doença de Louisa tanto tinham abalado. Mas a Sra. Musgrove, que a chamou para perto de propósito para lhe agradecer cordialmente, várias vezes, por todas as suas atenções, concluiu uma breve recapitulação do que ela mesma sofreu, observando, com um olhar feliz ao redor da sala, que depois de tudo o que ela tinha passado, nada lhe fazia tão bem como um pouco de alegria tranquila em casa.

Louisa estava se recuperando rapidamente. Sua mãe até achava que ela podia juntar-se à festa em casa, antes dos seus irmãos e irmãs irem novamente à escola. A família Harville prometeu ir com ela e ficar em Uppercross, assim que ela voltasse. O capitão Wentworth tinha partido, por enquanto, para ver o seu irmão em Shropshire.

— Espero lembrar-me, no futuro — disse Lady Russell, assim que se sentaram novamente na carruagem —, de não telefonar para Uppercross nas férias de Natal.

Todos têm o seu gosto pessoal para o barulho, bem como para outros assuntos, e os sons podem ser muito inofensivos, ou muito angustiantes, pelo tipo, e não pela quantidade. Quando Lady Russell, pouco tempo depois, chegou em Bath numa tarde chuvosa, não fez nenhuma queixa ao percorrer o longo curso das ruas desde a Ponte Velha até Camden Place, em meio ao traço de outras carruagens, ao forte barulho de carroças e carrinhos, aos gritos dos vendedores de jornais, de pão e de leite, e ao incessante tilintar de sapatos. Não, estes eram ruídos que pertenciam aos prazeres do inverno, e o seu ânimo melhorou sob aquelas influências; e assim como a Sra. Musgrove, ela sentia, embora sem dizer, que depois de estar muito tempo no campo, nada poderia ser tão bom para ela quanto um pouco de diversão tranquila.

Anne não partilhava desses sentimentos. Ela mantinha um desgosto obstinado, embora muito silencioso, por Bath, e apanhou a primeira visão turva dos extensos edifícios, fumegando sob a chuva, sem qualquer desejo de os ver melhor; e achou o progresso pelas ruas, por mais desagradável que parecesse, acontecia rápido demais, pois quem ficaria feliz em vê-la quando ela chegasse? E olhou para trás, com grande pesar, para os arbustos de Uppercross e para o isolamento de Kellynch.

A última carta de Elizabeth tinha comunicado uma notícia interessante. O Sr. Elliot estava em Bath. Tinha ido até Camden Place, voltara uma segunda vez, uma terceira vez, e mostrara muita atenção. Se Elizabeth e o seu pai não se enganavam, o homem estava se esforçando muito para fazer as pazes e exaltar o valor desse parentesco, tanto quanto antes se esforçava em mostrar que não ligava para isso. Isso seria maravilhoso demais se fosse verdade, e Lady Russell estava num estado de curiosidade e perplexidade muito agradáveis em relação ao Sr. Elliot, já se retratando pelo sentimento que havia expressado anteriormente a Mary, de que ele era um homem que ela não desejava conhecer. Ela teria grande interesse em conhecê-lo. Caso ele realmente estivesse procurando se reconciliar como um membro obediente da família, devia ser perdoado por ter se partido da árvore paterna.

Anne não estava tão animada com isso, mas sentiu que preferia ver o Sr. Elliot novamente do que não o ver, o que era mais do que podia dizer de muitas outras pessoas em Bath.

Ela foi deixada em Camden Place, e Lady Russell se dirigiu então para suas próprias acomodações, em Rivers Street.

Capítulo 15

Sir Walter tinha alugado uma casa muito boa em Camden Place, um lugar sublime e digno, assim como condizia com um homem de sua importância; e tanto ele como Elizabeth estavam lá instalados, muito a seu contento.

Anne entrou na casa com o coração apertado, antecipando uma prisão de muitos meses, e dizendo ansiosamente a si própria: "Oh, quando é que vou deixar esta casa?". Porém, uma certa cordialidade inesperada no acolhimento que recebeu fez muito bem a ela. O seu pai e a sua irmã ficaram contentes por vê-la, poder lhe mostrar a casa e a mobília, e a trataram com amabilidade. Ela ocupar o quarto lugar quando se sentaram para jantar foi visto como algo bom.

A Sra. Clay era muito agradável e sorridente, mas as suas cortesias e seus sorrisos eram mais uma questão de cordialidade. Anne sempre pensou que fingiria a atitude adequada ao chegar, mas a complacência dos outros não foi algo que havia previsto. Eles permaneciam evidentemente em excelente estado de espírito, e ela estava prestes a descobrir o motivo. Eles não tinham qualquer inclinação para ouvi-la. Depois de tentar fazer alguns elogios de que estavam sentindo sua falta na antiga vizinhança, elogio este que Anne não pôde negar, tiveram apenas algumas perguntas fracas a fazer antes de a conversa deixar de lhe incluir. Uppercross não despertou qualquer interesse, Kellynch muito menos: era tudo sobre Bath.

Eles tiveram o prazer de lhe garantir que Bath tinha correspondido muito bem às suas expectativas, em todos os aspectos. Sua casa era, sem dúvida alguma, a melhor em Camden Place; as salas de desenho mostravam claras vantagens sobre todas as outras que tinham visto ou ouvido falar, e a superioridade não era inferior no estilo da decoração, ou no gosto dos móveis. Sua companhia era sempre requisitada, todos queriam visitá-los. Já haviam recusado muitas apresentações, e continuavam a ter cartões deixados por pessoas de quem nada sabiam.

Aqui havia muita diversão. Será que Anne poderia se perguntar se o seu pai e a sua irmã eram felizes? Ela podia não se perguntar, mas lamentava ver que o seu pai não sentia degradação alguma naquela mudança, não via nada a lamentar sobre os deveres e dignidade perdidas como proprietário de terras, e encontrava tanto motivo para vaidade em uma cidade tão pequena; e ela devia suspirar e sorrir, e perguntar-se também, enquanto Elizabeth abria as portas dobráveis e caminhava com exultação de uma sala de desenho para a outra, vangloriando-se do seu espaço; se havia a possibilidade de aquela mulher, que tinha sido senhora de Kellynch Hall, encontrar motivos para se orgulhar entre duas paredes, talvez a dez metros de distância uma da outra.

Mas isso não era tudo o que eles tinham para fazê-los felizes; eles também tinham o Sr. Elliot. Anne ouviu muito o que falar do Sr. Elliot: ele não só foi perdoado, como ficaram encantados com ele. Estava em Bath há cerca de quinze dias; (tinha passado por Bath em novembro, no seu caminho para Londres, quando a notícia de que Sir Walter havia se mudado naturalmente o alcançou, embora estivesse a apenas vinte e quatro horas no local, mas ele não tinha podido aproveitar-se disso). Mas tinha agora estado quinze dias em Bath, e o seu primeiro objetivo, ao chegar, tinha sido deixar o seu cartão em Camden Place, seguido de esforços assíduos para encontrarem-se, e quando se encontraram, por tamanha franqueza de conduta, tamanha disposição para desculpar-se pelo passado, tanta solicitude para ser recebido como um parente novamente, que o seu antigo bom relacionamento foi completamente restabelecido.

Não encontravam um defeito nele. Sr. Elliot havia explicado toda a aparente negligência de sua parte. Tinha-se originado inteiramente em mal-entendidos. Nunca pensou em se afastar; mas teve receio de que havia sido afastado, mas não sabia o porquê, e por educação se manteve em silêncio. Com a insinuação de ter falado de forma desrespeitosa ou descuidada sobre a família e suas honras, ficou bastante indignado. Ele, que sempre se gabou de ser um Elliot, e cujos sentimentos quanto à ligação familiar eram demasiado rígidos para se adequarem ao tom pouco feudal dos dias de hoje, ficou de fato surpreendido, mas o seu caráter e sua conduta geral deveiriam refutá-lo. Sir Walter poderia perguntar a todos os que o conheciam; e certamente, as dores que ele tinha vindo a suportar, a primeira oportunidade de reconciliação, de ser restabelecido o fundamento de uma relação e possível herdeiro, era uma forte prova das suas opiniões sobre o assunto.

As circunstâncias do seu casamento também foram julgadas compreensíveis. Ele próprio não falava sobre o assunto; mas um amigo muito íntimo seu, chamado coronel Wallis, um homem muito respeitável, perfeitamente cavalheiro (e não era um homem feio, acrescentou Sir Walter), que vivia em muito bom estilo em Marlborough Buildings, e que, a seu pedido particular, tinha sido admitido ao seu círculo através do Sr. Elliot, tinha mencionado uma ou duas coisas relativas ao casamento, o que fez uma grande diferença no descrédito do mesmo.

O coronel Wallis conhecia o Sr. Elliot há muito tempo, também conhecia a sua esposa e tinha compreendido perfeitamente toda a história. Ela não era certamente uma mulher de família tradicional, mas era bem educada, inteligente, rica e demasiadamente apaixonada pelo seu amigo. Houve uma atração. Ela tinha-o procurado. Sem essa atração, nem todo o seu dinheiro teria tentado Elliot, e, além disso, Sir Walter estava certo de que ela tinha sido uma mulher muito bonita. Havia muito para atenuar a situação: uma mulher muito bonita com uma grande fortuna, apaixonada por ele! Sir Walter parecia aceitar isso como um pedido de desculpas completo; e, embora Elizabeth não conseguisse ver a circunstância sob uma luz tão favorável, ela reconheceu que era uma grande atenuação.

O Sr. Elliot os visitou repetidamente e jantou com eles uma vez, evidentemente encantado pela distinção de ser convidado, pois geralmente eles não davam jantares; e encantado, em suma, por todas as demonstrações de atenção por parte dos primos, e colocando toda a sua felicidade no fato de estar em condições de intimidade em Camden Place.

Anne ouvia, mas sem compreender bem. Ela sabia que era preciso tolerância, muita tolerância, para com as ideias dos que falavam. E tudo o que ouvia era muito exagerado. Tudo o que soava extravagante ou irracional no progresso da reconciliação poderia não ter outra origem a não ser a língua dos relatores. No entanto, ela teve a sensação de haver algo mais do que deixava transparecer no fato de o Sr. Elliot, após um intervalo de tantos anos, desejar ser bem recebido por eles. Numa visão mundana, ele não tinha nada a ganhar por estar em boas relações com Sir Walter; e nem nada a arriscar. Muito provavelmente, ele já era o mais rico dos dois, e a propriedade Kellynch tão certamente seria sua dali em diante, assim como o título. Um homem sensato. E ele parecia ser um homem muito sensato, por que razão desejaria tanto aquilo? Ela só conseguia pensar em uma solução; talvez fosse por Elizabeth. Poderia realmente ter existido um sentimento de sua parte, embora a circunstância e o acaso o tivessem atraído para um caminho diferente; e agora que ele podia dar-se ao luxo de agradar a si próprio, poderia querer lhe cortejar. Elizabeth era certamente muito bonita, de boas maneiras e elegante, e o seu caráter poderia nunca ter sido penetrado pelo Sr. Elliot, que a conheceu somente em público, quando ele próprio era muito jovem. A maneira como o temperamento e a compreensão da irmã poderiam suportar uma análise um pouco mais perspicaz de seus olhos era uma outra preocupação, e uma bastante temerosa. Com muita sinceridade, Anne desejava que ele não fosse demasiado simpático, ou demasiado observador se Elizabeth fosse, de fato, o seu objetivo; e um ou dois golpes de vista durante a conversa sobre as constantes vindas do Sr. Elliot foram suficientes para esclarecer que Elizabeth queria acreditar nisso, e que a Sra. Clay, sua amiga, estava apoiando o caso.

Anne mencionou as vezes que o avistara em Lyme, mas sem que recebesse muita atenção. "Ah, sim, talvez tenha sido o Sr. Elliot. Eles não sabiam. Pode ter sido ele, talvez". Não prestaram atenção à descrição que ela tinha feito dele. Eles próprios o estavam a descrever; Sir Walter especialmente. Ele fez justiça à sua aparência de cavalheiro, ao seu ar de elegância e na moda, ao seu rosto bem formado, ao seu olhar sensível; mas, ao mesmo tempo, "lamentou o seu queixo ser muito proeminente, um defeito que o tempo parecia ter agravado; nem podia dizer que dez anos não tinham alterado quase todas as características para pior. O Sr. Elliot parecia pensar que ele (Sir Walter) estava exatamente como quando se viram pela última vez", mas Sir Walter "não tinha sido capaz de devolver inteiramente o elogio, o que o tinha embaraçado. No entanto, ele não pretendia queixar-se. O Sr. Elliot tinha feições mais agradáveis do que a maioria dos homens, e não tinha qualquer objeção a ser visto com ele em qualquer lugar".

O Sr. Elliot e os seus amigos de Marlborough Buildings foram o assunto a noite toda. "O coronel Wallis esteve tão impaciente para lhes ser apresentado! E o Sr. Elliot tão ansioso por isso!" e havia uma tal Sra. Wallis, conhecida apenas por descrição, pois estava na expectativa de uma bebê a qualquer momento; mas o Sr. Elliot falava dela como "uma mulher encantadora, bastante digna de ser conhecida em Camden Place", e assim que ela recuperasse, eles iriam ser apresentados. Sir Walter estimava muito a Sra. Wallis; dizia-se que ela era uma mulher excessivamente bonita, linda. "Ele ansiava por vê-la. Esperava que ela pudesse compensar pelas muitas feições comuns que ele estava a ver continuamente ao passear pelas ruas. O pior de Bath era a quantidade de mulheres comuns. Ele não queria dizer que não havia mulheres bonitas, mas o número das comuns estava fora de qualquer proporção. Ele observou frequentemente, ao caminhar, que um rosto bonito era seguido por trinta, ou trinta e cinco comuns; e uma vez, como tinha estado numa loja na Bond Street, contou oitenta e sete mulheres a passar, uma após outra, sem que houvesse um rosto tolerável entre elas. Tinha sido uma manhã gelada, com certeza, uma geada cortante, que dificilmente uma mulher em cada mil conseguiria suportar. Mas mesmo assim, havia certamente uma horrível multidão de mulheres feias em Bath; e quanto aos homens! Eram infinitamente piores. As ruas estavam cheias de espantalhos! Era evidente como as mulheres estavam pouco habituadas à visão de algo tolerável, por causa do efeito que um homem de aparência decente produzia. Ele nunca tinha andado de braços dados com o coronel Wallis (que era uma bela figura militar, embora tivesse cabelos ruivos) sem observar que os olhos de cada mulher estavam fixos sobre ele; os olhos delas estavam certos de estarem sobre o coronel Wallis". O modesto Sir Walter! No entanto, não lhe foi permitido escapar. A sua filha e a Sra. Clay uniram-se para insinuar que o companheiro do coronel Wallis poderia ser uma figura tão bela quanto o coronel Wallis, e certamente não tinha de cabelos ruivos.

— Como está Mary? — disse Sir Walter, no auge do seu bom humor. — A última vez que a vi, ela estava com o nariz vermelho, mas espero que isso não seja algo frequente.

— Ah, não, isso deve ter sido apenas coincidência. Em geral, ela tem estado de muito boa saúde e com uma aparência muito boa desde a Festa de São Miguel.

— Se eu achasse que isso não a tentaria a sair em dias com ventos fortes, e acabar piorando, eu lhe enviaria um chapéu e casaco novos.

Anne estava considerando se deveria ousar sugerir que uma capa ou um chapéu não seriam passíveis de tal uso indevido, quando uma batida à porta suspendeu tudo. "Uma batida à porta! E tão tarde assim! Eram 22h. Poderia ser o Sr. Elliot? Eles sabiam que ele iria jantar em Lansdown Crescent. Era possível que parasse no seu caminho para casa para lhes perguntar como é que estavam. Eles não conseguiam pensar em mais ninguém. A Sra. Clay tinha certeza de que era a batida do Sr. Elliot". A Sra. Clay estava certa. Com toda a classe que um mordomo e um pajem puderam dar, o Sr. Elliot foi introduzido na sala.

Era o mesmo, o mesmo homem, sem qualquer diferença a não ser de vestuário. Anne ficou um pouco atrás, enquanto os outros receberam os seus cumprimentos, e a sua irmã as suas desculpas por chegar em uma hora tão incomum, mas "ele não podia estar tão perto sem querer saber se nem ela nem a sua amiga tinham se resfriado no dia anterior", e foi tudo tão bem educadamente dito e recebido quanto possível, mas logo veio o momento de sua introdução. Sir Walter falou da sua filha mais nova: "O Sr. Elliot devia lhe dar licença para lhe apresentar à sua filha mais nova" (não havia ocasião para recordar de Mary); e Anne, sorrindo e corando, mostrou muito claramente ao Sr. Elliot as belas feições que ele não tinha de modo algum esquecido, e instantaneamente viu, com um certo divertimento com a sua surpresa, que ele não tinha de todo consciência de quem ela era. Parecia completamente espantado, mas não mais espantado do que satisfeito; os seus olhos brilharam! E, com a mais perfeita alegria, acolheu a introdução, aludindo ao passado, e pediu para ser recebido já como um conhecido. Era tão atrente quanto parecera em Lyme, o seu semblante melhorava ao falar, e os seus modos eram tão exatamente como deveriam ser: tão polidos, tão naturais, tão particularmente agradáveis, que ela podia compará-los em excelência aos modos de apenas uma pessoa. Não eram os mesmos, mas eram, talvez, igualmente bons.

Ele sentou-se, e contribuiu muito para melhorar a conversa. Não podia haver dúvidas de que ele era um homem sensato. Dez minutos foram suficientes para confirmar isso. O seu tom de voz, as suas expressões, a sua escolha de assunto, como sempre sabia quando parar; tudo isso eram as ações de uma mente sensata e perspicaz. Assim que pôde, ele começou a falar-lhe de Lyme, querendo comparar opiniões a respeito do lugar, mas sobretudo querendo falar das circunstâncias do acontecimento de ambos ficarem na mesma estalagem ao mesmo tempo; informando a rota que o levou até lá, compreender qual foi a dela, e lamentar ter perdido tal oportunidade de se apresentar. Ela deu-lhe um breve relato e seu grupo e dos seus assuntos em Lyme. O seu arrependimento aumentou à medida que ele ouvia. Tinha passado toda a sua noite solitária na sala ao lado da deles; tinha ouvido vozes de alegria contínua; pensava que deviam ser um grupo encantador de pessoas, e desejou estar com elas, mas certamente sem a menor suspeita de possuir um resquício do direito de se apresentar. Se ele apenas tivesse perguntado quem eram as pessoas! O nome Musgrove teria sido suficiente. "Bem, serviria para curá-lo de uma mania absurda de nunca fazer perguntas numa estalagem, mania esta que ele tinha adotado quando era bastante jovem, sobre o princípio de que ser muito curioso era pouco educado."

— As noções de um jovem de vinte e um ou vinte e dois anos — disse ele — quanto ao que é necessário em termos de educação para que ele seja alguém, são mais absurdas, creio eu, do que as de qualquer outro grupo de pessoas no mundo.

A loucura das ações que muitas vezes empregam é apenas para ser igualada pela loucura de seus objetivos.

Mas ele não deveria dirigir as suas reflexões apenas a Anne: ele sabia disso; e sem demora foi novamente dividindo a conversa entre os outros, e foi apenas em alguns intervalos que ele pôde fazer comentários sobre Lyme.

Contudo, as suas perguntas produziram um relato da cena em que ela tinha estado envolvida, logo após a sua saída da cidade. Ao ouvir a alusão a "um acidente", ele teve de ouvir o todo. Quando começou a fazer perguntas, Sir Walter e Elizabeth também começaram a questionar, mas a diferença na sua forma de questioná-la não podia ser algo a passar despercebido. Ela só podia comparar o Sr. Elliot com Lady Russell no que se referia ao desejo de compreender realmente o que tinha se passado, e quanto ao grau de preocupação com o quanto ela deveria ter sofrido ao testemunhar o acontecido.

Ele ficou uma hora com eles. O elegante pequeno relógio na peça da lareira tinha tocado "onze com os seus sons de prata", e o vigia começava a ser ouvido à distância a contar a mesma cantilena, antes que o Sr. Elliot ou qualquer um deles parecesse sentir que já estava ali há muito tempo.

Anne não podia ter imaginado que a sua primeira noite em Camden Place pudesse ter sido tão boa!

Capítulo 16

Ao regressar à sua família, houve um ponto que Anne gostaria de verificar, mais até do que se o Sr. Elliot estava apaixonado por Elizabeth: se o seu pai não estava apaixonado pela Sra. Clay; e, ao passar algumas horas em casa, estava pouco tranquila em relação a isso. Ao descer para o café da manhã no dia seguinte, ela percebeu que houve apenas um fingimento por parte da senhora em sua intenção de sair de sua casa. Ela podia imaginar que a Sra. Clay tivesse dito que "agora que a Srta. Anne chegou, ela não poderia supor que sua presença fosse desejada", pois Elizabeth estava a responder numa espécie de sussurro: "não é por essa razão, de fato. Asseguro-lhe que não é esse o motivo. Ela não é nada para mim em comparação à senhora". E ela teve tempo o suficiente para ouvir o seu pai dizer:

— Minha querida senhora, isso não deve acontecer. Até agora não viu nada de Bath. Só esteve aqui nos ajudando. Não deve fugir de nós agora. Tem de ficar para conhecer a Sra. Wallis, a bela Sra. Wallis. Para a sua mente refinada, sei bem que a visão da beleza é uma verdadeira gratificação.

Sua atitude e o modo como falou foi com tanta seriedade, que Anne não ficou surpreendida ao ver a Sra. Clay olhar furtivamente para Elizabeth e a si própria. O seu semblante, talvez, pudesse expressar alguma cautela; mas o elogio à sua mente refinada não parecia despertar uma única desconfiança na irmã. A senhora não pôde deixar de ceder a tais súplicas conjuntas, e prometer ficar.

No decorrer da mesma manhã, Anne e seu pai estavam, por acaso, a sós, e ele começou a elogiá-la por estar com uma aparência melhor; ele achava-a "menos magra de corpo, nas bochechas; a sua pele, a sua tez, muito melhorada; mais clara, mais fresca. Estaria ela usando algo em particular?. Não, nada. Apenas Gowland", supôs ele. "Não, nada mesmo. Ah!", ele ficou surpreso com isso, e acrescentou, "certamente não poderia fazer algo melhor do que continuar como está; não se pode melhorar o que está bom; ou eu recomendaria Gowland, o uso constante de Gowland, durante os meses de primavera. A Sra. Clay tem usado por recomendação minha, e veja o que tem feito por ela. Veja como tem levado as suas sardas".

Se Elizabeth pudesse ter ouvido isso! Tal elogio pessoal poderia tê-la atingido, especialmente porque não pareceu à Anne que as sardas tinham sumido de forma alguma. Mas tudo deve seguir naturalmente. O mal de um casamento seria muito menor se Elizabeth também se casasse. Quanto a si mesma, sempre poderia morar com Lady Russell.

A mente composta e os modos educados de Lady Russell foram submetidos a algumas provações a essa altura, em suas relações com Camden Place. A visão da Sra. Clay nas graças de todos, e de Anne tão ignorada, foi uma perpétua provocação para ela; e irritou-a tanto quando estava fora, quanto era possível para uma pessoa em Bath que bebe a água, recebe todas as novas publicações, e tem um círculo de conhecidos muito grande.

Quando conheceu o Sr. Elliot, ela tornou-se mais caridosa, ou mais indiferente, em relação aos outros. Seus modos foram uma recomendação imediata; e, ao conversar com ele, viu que seu interior estava tão de acordo com o exterior que, a princípio, como disse a Anne, estava quase pronta a exclamar: "Poderia este ser o Sr. Elliot?", e não conseguia imaginar um homem mais agradável ou estimável quanto ele. Possuía todas as qualidades: compreensão, opiniões corretas, conhecimento do mundo e um bom coração. Tinha fortes sentimentos de vínculo e honra familiar, sem orgulho ou fraqueza; vivia com a liberalidade de um homem de fortuna, sem ostentação; julgava por si próprio em tudo o que era essencial, sem desafiar a opinião pública em qualquer assunto do decoro mundano. Era firme, observador, moderado, franco; nunca se deixando levar por impulsos ou egoísmo que se passasse por força; no entanto, possuía sensibilidade para o que era amável e belo, e valorizava todas as alegrias da vida doméstica, algo que personagens de entusiasmo e agitação violenta raramente possuem. Ela tinha a certeza de que ele não tinha sido feliz no casamento. O coronel Wallis disse-o, e Lady Russell viu-o; mas não tinha sido a infelicidade a azedar sua mente, nem (ela começou muito em breve a suspeitar) impedir o seu pensamento de uma segunda escolha. A sua satisfação no Sr. Elliot compensou toda a praga da Sra. Clay.

Passaram já alguns anos desde que Anne tinha começado a aprender que ela e a sua excelente amiga podiam, por vezes, pensar de forma diferente; e, portanto, não a surpreendeu que Lady Russell não visse nada de suspeito ou inconsistente, nada que exigisse mais motivos do que aparentava, no grande desejo do Sr. Elliot de uma reconciliação. Na opinião de Lady Russell, era perfeitamente natural que o Sr. Elliot, num momento maduro da vida, considerasse isso um objetivo muito desejável, e o que, de uma forma muito geral, seria a recomendação dentre todas as pessoas sensatas de que ele estivesse em bons termos com o chefe da sua família; o processo mais simples do mundo do tempo sobre uma mente naturalmente clara, que apenas errou no apogeu da juventude. Anne presumiu, contudo, ainda sorrir sobre o assunto, e finalmente mencionar o nome "Elizabeth". Lady Russell ouviu, olhou, e deu apenas esta resposta cautelosa:

— Elizabeth! Muito bem; somente o tempo poderá dizer.

Foi uma referência ao futuro, à qual Anne, após uma pequena observação, sentiu que devia se submeter. Ela não podia determinar nada no presente. Nessa casa, Elizabeth deve estar em primeiro lugar; e tinha o hábito de ser tratada como "senhorita Elliot", a ponto de qualquer atenção em particular parecer quase impossível. Importante lembrar também que o Sr. Elliot tinha ficado viúvo há aproximadamente sete meses. Uma pequena demora do seu lado poderia ser muito desculpável. De fato, Anne nunca conseguia ver a faixa de tecido preto em volta do seu chapéu, sem temer que fosse ela quem estivesse se comportando de maneira inadequada ao atribuir-lhe tais imaginações; pois, embora o seu casamento não tivesse sido muito feliz, ainda assim tinha existido por tantos anos que ela não conseguia conceber uma recuperação muito rápida da sensação horrível da sua dissolução.

Qualquer que seja o desfecho, ele era sem dúvida o seu conhecido mais agradável em Bath: ela não via ninguém igual a ele; e era um grande prazer falar-lhe de Lyme de vez em quando, que ele parecia ter um desejo tão vivo de ver novamente, tanto quanto ela própria. Recordaram os pormenores do seu primeiro encontro muitas vezes. Ele deu-lhe a entender que tinha olhado para ela com alguma seriedade. Ela sabia-o bem; e ela lembrou-se também do olhar de outra pessoa. Nem sempre pensavam da mesma maneira; ela percebia que o seu valor pela posição e as conexões sociais era maior do que o dela.

Não foi apenas complacência, deve ser um gosto pela causa, o que o fez entrar calorosamente nas solicitações do seu pai e da sua irmã sobre um assunto que ela achava indigno de os entusiasmar. Uma manhã, o jornal Bath anunciou a chegada da viscondessa Dowager Dalrymple, e da sua filha, a honorável Srta. Carteret; e todo o conforto do Nº. —, Camden Place, foi varrido durante muitos dias; pois os Dalrymple (na opinião de Anne, infelizmente) eram primos dos Elliot; e estavam em agonia ao pensar em como se apresentarem adequadamente.

Anne nunca tinha visto o seu pai e a sua irmã em contato com a nobreza, e ela teve de reconhecer-se desapontada. Ela tinha esperado coisas melhores das suas elevadas ideias, da sua própria situação na vida, e foi reduzida a formar um desejo que nunca tinha previsto; um desejo de que tivessem mais orgulho; pois tudo o que ouvia era "as nossas primas, Lady Dalrymple e Srta. Carteret" e "as nossas primas, os Dalrymple", durante todo o dia.

Sir Walter já tinha estado em companhia do falecido visconde, mas nunca tinha visto o resto da família; e as dificuldades da situação surgiram depois de ter havido uma suspensão de todas as cartas formais desde a morte desse falecido visconde, quando, em consequência de uma doença perigosa de Sir Walter ao mesmo tempo, tinha havido uma omissão infortuna em Kellynch. Nenhuma carta de condolências tinha sido enviada à Irlanda. A negligência voltara-se contra o pecador pois, quando a pobre Lady Elliot morreu, nenhuma carta de condolências foi recebida em Kellynch e, consequentemente, havia demasiadas razões para assumir que os Dalrymple consideravam como cortadas as relações entre eles. Agora a questão era como resolver esta angustiante situação e para que fossem aceitos como primos novamente: e aquela era uma questão que, de uma forma mais racional, nem Lady Russell nem o Sr. Elliot consideravam sem importância. "As ligações familiares sempre valiam a pena preservar, a boa companhia valia sempre a pena procurar. Lady Dalrymple tinha alugado uma casa, durante três meses, em Laura Place, e viveria em grande estilo. Ela tinha estado em Bath no ano anterior, e Lady Russell tinha ouvido falar dela como uma mulher encantadora. Era muito desejável que as relações fossem estabelecidas, se fosse possível, sem qualquer perda de dignidade por parte dos Elliot".

Sir Walter, no entanto, escolheria os seus próprios meios, e finalmente escreveria uma carta muito boa com amplas explicações, arrependimento e súplica, à sua honrada prima. Nem Lady Russell nem o Sr. Elliot puderam admirar tal carta; mas ela teve o efeito desejado, ao trazer três linhas de rabiscos da viúva viscondessa. "Ela estava muito honrada, e ficaria feliz de os conhecer". Terminada a parte complicada do assunto, as agradáveis começaram. Eles visitaram Laura Place, fizeram com que as cartas da viúva viscondessa Dalrymple, e da honorável Srta. Carteret, ficassem arranjadas onde fossem mais visíveis; e todos comentavam sobre "as nossas primas em Laura Place" e "as nossas primas, Lady Dalrymple e Srta. Carteret".

Anne ficou envergonhada. Mesmo que Lady Dalrymple e sua filha fossem pessoas demasiado agradáveis, ainda sim teria tido vergonha da agitação que criaram, mas elas não eram. Não havia superioridade alguma em suas maneiras, talentos ou intelecto. Lady Dalrymple tinha conquistado o título de "uma mulher encantadora" porque tinha um sorriso e uma resposta educada para todos. A Srta. Carteret, com ainda menos a dizer, era tão simples e tão embaraçosa, que nunca teria sido tolerada em Camden Place se não fosse pelo seu nascimento.

Lady Russell confessou que esperava algo melhor; mas, mesmo assim, "era uma companhia que valia a pena ter"; e quando Anne se aventurou a dizer a sua opinião sobre elas ao Sr. Elliot, ele concordou que elas não eram nada em si, mas mesmo assim sustentou que, como uma ligação familiar, como uma boa companhia, como aqueles que colecionavam boas companhias à sua volta, elas tinham o seu valor. Anne sorriu e disse:

— A minha ideia de boa companhia, Sr. Elliot, é a companhia de pessoas inteligentes e bem informadas, que têm muito o que conversar; isso é o que eu chamo boa companhia.

— Está enganada — disse ele gentilmente —, isso não é boa companhia; isso é a melhor. Boa companhia requer apenas nascimento, educação e maneiras, e no que diz respeito à educação, não é muito exigente. Nascimento e boas maneiras são essenciais; mas um pouco de aprendizagem não é, de modo algum, uma coisa perigosa em boa companhia; pelo contrário, vai fazer muito bem. A minha prima Anne abana a cabeça. Ela não está satisfeita. Ela é exigente. Minha cara prima — sentou-se ao lado dela —, tem mais direito a ser exigente do que quase qualquer outra mulher que conheço; mas será que vai adiantar alguma coisa? Será que a fará feliz? Não seria mais sensato aceitar a sociedade daquelas boas senhoras de Laura Place, e desfrutar, tanto quanto possível, de todas as vantagens desse parentesco? Pode ter certeza de que elas frequentarão o melhor da sociedade de Bath neste inverno e, como a posição social é importante, você ser conhecida por estar relacionada a elas será útil para garantir que a sua família (a nossa família, devo dizer) naquele grau de consideração que todos nós devemos ansiar.

— Sim — suspirou Anne —, de fato seremos conhecidos por sermos seus parentes! — lembrando-se depois, e não querendo ouvir a resposta, acrescentou: — Penso certamente que houve demasiados problemas para estabelecer relações. Suponho — sorrindo. — Tenho mais orgulho do que qualquer um de vocês; mas confesso que isso me irrita, que deveríamos ser tão solícitos em ter o parentesco reconhecido, o que podemos ter a certeza de que é uma questão perfeitamente indiferente para eles.

— Perdoe-me, cara prima, está sendo injusta com suas próprias pretensões. Em Londres, talvez, no seu atual estilo de vida tranquilo, possa ser como diz; mas em Bath, Sir Walter Elliot e a sua família valerá sempre a pena conhecer: sempre aceitável como companhia.

— Bem — disse Anne —, certamente sou orgulhosa, demasiado orgulhosa para desfrutar de um acolhimento que depende inteiramente de sua posição social.

— Adoro a sua indignação — disse ele —, é muito natural. Mas agora está aqui, em Bath, e o objetivo é se estabelecer aqui com todo o crédito e dignidade que deveria pertencer a Sir Walter Elliot. A senhorita diz que é orgulhosa; chamam-me orgulhoso, eu sei, e não desejo acreditar em mim próprio de forma diferente; pois o nosso orgulho, se analisarmos bem, tem o mesmo objetivo, não tenho dúvidas, embora possam parecer um pouco diferentes. Num ponto estou certo, minha cara prima — ele continuou falando mais baixo, embora não houvesse mais ninguém na sala —, num ponto estou certo de que nós pensamos da mesma forma. Pensamos que cada adição ao círculo de seu pai, entre os seus iguais ou superiores, pode ser útil para desviar os seus pensamentos daqueles que estão abaixo dele.

Ele olhou, enquanto falava, para o lugar que a sra. Clay ocupava ultimamente: uma explicação suficiente do que ele em particular queria dizer; e embora Anne não pudesse acreditar que eles tivessem o mesmo tipo de orgulho, ela estava satisfeita com ele por não gostar da sra. Clay; e a sua consciência admitiu que o seu desejo de expandir o círculo social de seu pai era mais do que desculpável diante da perspectiva de derrotá-la.

CAPÍTULO 17

Enquanto Sir Walter e Elizabeth se empenhavam assiduamente em promover uma considerável fortuna em Laura Place, Anne renovava uma relação de uma natureza muito diferente.

Ela tinha visitado sua antiga tutora, que lhe dissera que havia uma antiga colega de escola em Bath que tinha dois grandes motivos para que se recordasse dela: sua bondade no passado e seu sofrimento no presente. A Srta. Hamilton, agora Sra. Smith, tinha demonstrado a sua gentileza em um dos períodos da sua vida em que esta tinha sido mais valiosa. Anne tinha chegado à escola com tristeza, de luto pela perda de uma mãe que amava muito, abalada com o afastamento de casa e sofrendo tanto quanto uma menina de catorze anos, de forte sensibilidade e pouco animada poderia sofrer em tal momento; e a Srta. Hamilton, três anos mais velha do que ela, mas na carência de parentes próximos e de uma residência fixa, permanecendo mais um ano na escola, tinha sido útil e boa para ela de uma forma que tinha diminuído consideravelmente a sua miséria, e nunca poderia ser lembrada com indiferença.

A Srta. Hamilton tinha deixado a escola e casou-se pouco tempo depois. Dizia-se que tinha casado com um homem rico, e isso era tudo o que Anne sabia dela até o momento em que a sua tutora lhe contou a situação em que sua colega estava, de uma forma mais objetiva, mas muito diferente.

Ela estava viúva e pobre. Seu marido tinha sido extravagante e, na sua morte, cerca de dois anos antes, tinha deixado seus assuntos em um estado terrível. Ela teve dificuldades de todo tipo para enfrentar e, além destas aflições, tinha sido atingida por uma febre reumática severa, que acabou por instalar-se nas suas pernas e a deixou temporariamente paralisada. Tinha vindo para Bath por esse motivo, e morava agora em um alojamento perto das termas, vivendo de uma forma muito humilde, incapaz de se dar sequer o conforto de ter uma criada, e, claro, quase esquecida na sociedade.

A sua amiga em comum respondeu pela satisfação que uma visita da Srta. Elliot daria à Sra. Smith, e Anne não perdeu tempo em ir. Ela não mencionou nada em casa do que tinha ouvido ou de suas intenções. Não surgiria ali qualquer interesse. Ela apenas consultou Lady Russell, que compartilhou profundamente dos seus sentimentos, e ficou muito feliz por a levá-la tão perto dos alojamentos da Sra. Smith em Westgate Buildings, assim como Anne ficou por ser levada.

A visita foi feita, a amizade restabelecida e o interesse de uma pela outra mais do que intensificado. Os primeiros dez minutos tiveram o seu embaraço e sua emoção. Passaram-se doze anos desde que se viram pela última vez, e cada uma estava bem diferente do que a outra tinha imaginado. Doze anos tinham mudado Anne da adolescente silenciosa e imatura de quinze anos para a elegante mulher de vinte e sete anos, dotada de todos os atributos da beleza, exceto o viço da juventude, e com modos tão conscientemente corretos como invariavelmente gentis; e doze anos tinham transformado a bela e bem cuidada Srta. Hamilton, com tamanho brilho de saúde e confiança de superioridade, em uma viúva pobre, enferma e indefesa, recebendo a visita da sua antiga protegida como um favor; mas tudo o que era desconfortável naquele encontro logo desapareceu e deixou apenas o interessante encanto de recordar as antigas amizades e de falar sobre os velhos tempos.

Anne encontrou na Sra. Smith o bom senso e as boas maneiras agradáveis que quase ousou considerar como certos, e uma disposição para conversar e ser alegre que foram muito além das suas expectativas. Nem as dissipações do passado — e ela tinha preferido uma vida mundana — nem as limitações do presente, nem a doença ou a tristeza pareciam ter enclausurado seu coração ou arruinado o seu espírito.

Durante uma segunda visita, a Sra. Smith falou com grande sinceridade, e o assombro de Anne se agravou. Ela dificilmente poderia imaginar uma situação mais triste do que a da Sra. Smith. Ela tinha gostado muito de seu marido: e tinha-o enterrado. Esteve habituada à riqueza: e esta havia desaparecido. Não tinha nenhum filho para a ligá-la novamente à vida e à felicidade, nenhuma relação para ajudar na organização de assuntos confusos, nenhuma saúde para tornar todo o resto suportável. O seu alojamento estava limitado a uma sala barulhenta e um quarto escuro logo atrás, sem a possibilidade de se locomover de um cômodo para o outro sem a ajuda da única criada da casa, e nunca saía da casa a não ser que fosse para ir às termas. No entanto, apesar de tudo isso, Anne tinha razões para acreditar que ela experimentasse somente alguns momentos de apatia e depressão em comparação às horas de ocupação e prazer. Como seria possível? Ela olhou, observou, refletiu e finalmente chegou à conclusão de que não se tratava apenas de um caso de coragem ou de resignação. Um espírito submisso poderia ser paciente, uma forte compreensão forneceria decisão, mas aqui estava algo mais; aqui estava aquela elasticidade da mente, aquela disposição para ser consolada, aquele poder de passar prontamente do mal para o bem, e de encontrar uma ocupação que a levava para fora de si mesma, que vinham apenas da natureza. Foi a melhor dádiva do céu; e Anne via a sua amiga como um daqueles casos em que, por uma nomeação misericordiosa, parecia ter sido destinada a equilibrar quase todas as outras vontades.

Houve um momento, disse-lhe a Sra. Smith, em que ela quase perdeu as esperanças. Ela não podia agora considerar-se inválida em comparação com o seu estado quando chegou a Bath. Antes disso, era realmente alguém de se ter pena; pois tinha apanhado um resfriado na viagem, e mal se tinha apoderado dos seus novos aposentos antes de ser novamente confinada à sua cama e a sofrer com uma dor severa e constante; e tudo isso entre estranhos, com a necessidade absoluta de ter uma enfermeira constantemente consigo, e suas finanças naquele momento eram particularmente impróprias para custear qualquer despesa extraordinária. No entanto, ela tinha resistido a esse momento difícil, e podia dizer com certeza que isso lhe fizera bem. Aumentara seu conforto ao sentir que estava em boas mãos. Tinha visto coisas demais do mundo para esperar uma conexão súbita ou desinteressada em qualquer lugar, mas a sua doença lhe tinha provado que a sua senhoria tinha um bom carácter e não a trataria mal; e tinha sido particularmente sortuda por ter sua enfermeira, uma vez que a irmã de sua senhoria, uma enfermeira profissional que sempre habitava aquela casa quando estava desempregada, estava presente justamente quando a Sra. Smith mais precisou.

— E ela — disse a Sra. Smith —, além de cuidar de mim muito admiravelmente, provou realmente ser uma conhecida de valor inestimável. Assim que pude usar as minhas mãos, ela me ensinou a tricotar, o que tem sido um grande divertimento; e colocou-me no caminho de fazer estas pequenas caixas de fios, almofadas de alfinetes e cartões, sobre os quais me encontram sempre tão ocupada, e que me fornecem os meios de fazer um pouco de bem a uma ou duas famílias muito pobres deste bairro. Ela conhece muita gente, claro que profissionalmente, com recursos para comprar, e vende as minhas produções. Sempre sabe o momento certo para vendê-las. Sabe, todos os que recentemente se livraram de uma profunda dor trazem o coração aberto, ou estão recuperando a bênção da saúde, e a enfermeira Rooke compreende bem quando deve falar. Ela é uma mulher esperta, sábia e equilibrada. A sua profissão lhe permite ver a natureza humana, e ela tem um fundo de bom senso e observação, o que, como companheira, a torna infinitamente superior a milhares daqueles que apenas receberam "a melhor educação do mundo", não sabem nada que valha a pena ter interesse. Chame isso de fofoca, se quiser, mas quando a enfermeira Rooke tem meia hora de lazer para me dar, ela tem certamente algo a relatar que é divertido e interessante: algo que nos faz conhecer melhor a nossa própria espécie. Todos gostam de ouvir o que se passa atualmente, de estar *au fait*[10] quanto aos mais novos modos de ser trivial e tolo. Para mim, que vivo tão só, garanto-lhe que a sua conversa é um deleite.

Anne, longe de desejar se opor àquele prazer, respondeu:

— Posso facilmente acreditar nisso. As mulheres dessa classe têm grandes oportunidades e, se forem inteligentes, pode valer muito a pena ouvi-las. Tantas

10 "A par", em francês, no original. (N. do R.)

variedades da natureza humana que elas têm o hábito de testemunhar! E não é apenas nas suas loucuras que elas são observadas, pois acabam percebendo-a em todas as circunstâncias que podem ser mais interessantes ou comoventes. Que momentos devem passar diante delas: de apego ardente, desinteressado, egoísta, de heroísmo, coragem, paciência, resignação; de todos os conflitos e de todos os sacrifícios que mais nos honram. Um quarto de hospital pode, muitas vezes, ter tanto valor quanto os livros.

— Sim — disse a Sra. Smith mais hesitante —, por vezes pode, embora receie que as suas lições não estejam muitas vezes no estilo elevado que descreve. Aqui e ali, a natureza humana pode ser grandiosa em tempos de provação; mas em geral, é a sua fraqueza, e não a sua força, que aparece em um quarto de hospital: é o egoísmo e a impaciência, e não a generosidade e a coragem, de que se ouve falar. Há tão pouca amizade real no mundo! E infelizmente — falando agora em um tom baixo e triste — há tantos de quem se esquecem de pensar com seriedade até ser quase tarde demais.

Anne percebeu a miséria de tais sentimentos. O marido não tinha sido o que deveria, e a esposa tinha sido conduzida a ter contato com a parte da humanidade que a fez pensar no mundo de maneira pior do que ela esperava que este merecesse. Mas foi apenas uma emoção passageira com a Sra. Smith; ela a espantou, e logo acrescentou num tom diferente:

— Suponho que a situação em que a minha amiga Sra. Rooke se encontra atualmente não vai me interessar muito ou me edificar. Ela está apenas a cuidar da Sra. Wallis, em Marlborough Buildings; uma mulher bonita, boba, cara e elegante, creio eu; e, claro, não terá nada para relatar além de renda e vestidos. No entanto, pretendo lucrar com a Sra. Wallis. Ela tem muito dinheiro, e eu pretendo que ela compre todas as coisas de alto preço que tenho em mãos agora.

Anne já tinha feito diversas visitas à sua amiga antes de a existência de tal pessoa ser conhecida em Camden Place. Finalmente, tornou-se necessário falar dela. Sir Walter, Elizabeth e a Sra. Clay regressaram uma manhã de Laura Place com um súbito convite de Lady Dalrymple para a mesma noite, e Anne já havia se comprometido a passar a noite em Westgate Buildings. Ela não estava arrependida de ter essa desculpa. Aquele convite só tinha sido feito (ela tinha certeza) porque Lady Dalrymple estava sendo mantida em casa devido a um mau resfriado, e estava contente por poder fazer uso da relação pela qual tinha sofrido tanta pressão; e então Anne recusou o convite por sua própria conta, e com grande entusiasmo: "Estava comprometida a passar a noite com uma velha colega de escola". Não estavam muito interessados em nada relativo a Anne, mas ainda assim foram feitas perguntas suficientes para que fosse entendido quem era esta velha colega de escola; Elizabeth foi desdenhosa; e Sir Walter, severo.

— Westgate Buildings! — disse ele — E quem a Srta. Anne Elliot vai visitar em Westgate Buildings? Uma tal de Sra. Smith, uma viúva. E quem era o seu marido? Um dos cinco mil Smith, cujo sobrenome deve ser encontrado por todo lado. E quais são seus atrativos? O fato de ela ser velha e doente. Com a minha palavra,

Sra. Anne Elliot, a senhora tem o gosto mais extraordinário! Tudo o que revolta outras pessoas, má companhia, salas miseráveis, ar nojento, associações nojentas, são para ela convidativas. Mas certamente poderá adiar o encontro até amanhã; ela não está tão perto do seu fim, eu presumo, ao ponto de não conseguir esperar para vê-la outro dia. Qual é a idade dela? Quarenta?

— Não, senhor, ela não tem trinta e um anos; mas penso que não posso adiar o meu compromisso porque é a única noite que convém tanto a ela quanto a mim. Ela vai para as termas amanhã, e durante o resto da semana, o senhor sabe, temos compromissos.

— Mas o que pensa Lady Russell dessa conhecida? — perguntou Elizabeth.

— Ela não vê nada de mal nisso — respondeu Anne. — Pelo contrário, ela aprova; e geralmente têm me levado quando eu vou à Sra. Smith.

— As construções de Westgate Buildings devem ter ficado bastante surpresos com o aparecimento de uma carruagem desenhada perto da sua calçada — observou Sir Walter. — A viúva de Sir Henry Russell, de fato, não tem qualquer honra para distinguir seu brasão, mas mesmo assim é uma carruagem bonita, e sem dúvida é bem conhecida por transportar uma Srta. Elliot. Uma viúva Sra. Smith alojada em Westgate Buildings! Uma viúva pobre, que mal tem com o que viver, entre os trinta e quarenta anos; uma mera Sra. Smith, uma Sra. Smith comum dentre todas as pessoas e de todos os nomes do mundo, para ser a amiga escolhida da Srta. Anne Elliot, e para ser preferida por ela às suas próprias familiares entre a nobreza da Inglaterra e da Irlanda! A Sra. Smith! Que nome!

A Sra. Clay, que tinha estado presente enquanto tudo isso acontecia, agora achava aconselhável deixar a sala, e Anne poderia ter dito muitas coisas e ansiava por dizer o pouco que fosse em defesa da situação de sua amiga, que não era muito diferente da deles, mas o seu senso de respeito pessoal para com o seu pai a impediu. Anne não deu qualquer resposta. Deixou a si própria a lembrança de que a Sra. Smith não era a única viúva em Bath que tinha entre trinta e quarenta anos, com pouco para viver e sem sobrenome digno.

Anne manteve o seu compromisso; os outros mantiveram os deles, e claro que ouviu na manhã seguinte que eles tinham tido uma noite encantadora. Ela tinha sido a única do grupo que estava ausente, pois Sir Walter e Elizabeth não só tinham estado ao dispor de Lady Dalrymple, como tinham ficado contentes por terem se dado ao trabalho de convidar tanto Lady Russell como Sr. Elliot para juntar-se a eles, a pedido da senhora da casa; e Sr. Elliot tinha feito questão de deixar o coronel Wallis mais cedo, e Lady Russell tinha arranjado de novo todos os seus compromissos noturnos a fim de ir à sua casa. Anne ouviu de Lady Russell toda a história de tudo o que uma tal noite poderia oferecer. Para ela, seu maior interesse sobre aquela noite era ter sido o assunto de conversa entre sua amiga e o Sr. Elliot; em ter sido desejada ali, ter sua ausência lamentada e, ao mesmo tempo, ter sido respeitada pelo fato de ter se ausentado por um motivo tão nobre. As suas amáveis e compassivas visitas a esta antiga colega de escola, doente e abatida, pareciam ter encantado bastante o Sr. Elliot. Ele achava-a uma jovem mulher extraordinária; no seu temperamento, modos, mente, um modelo de excelência feminina. Ele podia até se igualar a Lady Russell numa discussão sobre os seus méritos; e Anne não podia ser levada a entender tanto pela sua amiga, não podia saber que era tão bem avaliada por um homem sensato, sem deixar vir à tona muitas daquelas sensações agradáveis que a sua amiga pretendia criar.

Lady Russell estava agora perfeitamente decidida em sua opinião sobre o Sr. Elliot. Ela estava tão convencida de suas intenções em conquistar Anne quanto de que ela o merecia, e começava a calcular o número de semanas que o libertaria de todas as restrições remanescentes da viuvez, e o deixaria livre para exercer mais abertamente suas gentilezas. Ela não falaria com Anne com metade da certeza que sentia sobre o assunto, apenas arriscava um pouco mais do que algumas pistas quanto ao que poderia acontecer no futuro, de um possível afeto de sua parte, da vontade em estabelecer uma aliança, supondo que tal afeto fosse real e recíproco. Anne ouviu-a, e não fez exclamações violentas; apenas sorriu, corou e abanou suavemente a cabeça.

— Não sou nenhuma casamenteira, como bem sabe — disse Lady Russell —, estando bem ciente da incerteza de todos os acontecimentos e cálculos humanos. Só quero dizer que, se o Sr. Elliot lhe cortejasse daqui a algum tempo, e se estivesse disposta a aceitá-la, penso que haveria todas as possibilidades de serem felizes juntos. Uma união mais adequada que todos poderiam considerar, mas penso que poderia ser uma muito feliz.

— O Sr. Elliot é um homem extremamente agradável, e penso nele em muitos aspectos — disse Anne — mas não nos daríamos bem.

Lady Russell não deu atenção ao comentário, e apenas disse:

— Devo admitir que poder vê-la como a futura senhora de Kellynch, a futura Lady Elliot, olhar em frente e vê-la ocupar o lugar de sua querida mãe, herdando todos os seus direitos, e toda a sua popularidade, bem como todas as suas virtudes, seria a maior gratificação possível para mim. Você já tem o rosto e a disposição de sua mãe; e se me permitissem imaginá-la como ela era, tanto em posição como no sobrenome, presidindo e abençoando a mesma casa, e superior a ela somente por despertar mais simpatia! Minha querida Anne, isso me daria mais prazer do que muitas coisas nessa etapa de minha vida!

Anne se viu obrigada a desviar o olhar, a levantar-se, a caminhar para uma mesa distante e, inclinada ali fingindo entreter-se com algo, tentou subjugar os sentimentos que essa possibilidade causava. Durante alguns momentos, a sua imaginação e o seu coração ficaram enfeitiçados. A ideia de se tornar aquilo que a sua mãe tinha sido; de ter o precioso nome de "Lady Elliot" reavivado pela primeira vez em si mesma; de voltar a morar em Kellynch, chamando-lhe novamente de seu lar, o seu lar para sempre, foi um encanto ao qual Anne não conseguiu resistir de imediato. Lady Russell não disse mais uma palavra, disposta a deixar o assunto seguir seu curso naturalmente; e acreditando que poderia o Sr. Elliot, naquele momento, com propriedade, dizer o que sentia!

Em suma, ela acreditava no que Anne não acreditava. A mesma imagem do Sr. Elliot falando por si próprio levou Anne à compostura de novo. O encanto de Kellynch e de "Lady Elliot" desvaneceu-se por completo. Ela nunca poderia aceitá-lo. E não era só porque seus sentimentos ainda resistiam a qualquer homem exceto um; o seu julgamento, avaliando seriamente as possibilidades de uma tal situação, era contra o Sr. Elliot.

Embora já tivessem se conhecido há um mês, Anne não estava convencida de que realmente conhecia o seu caráter. Que ele era um homem sensato, um homem agradável, que falava bem, professava boas opiniões, parecia julgar corretamente e era um homem de princípios, tudo isso estava suficientemente claro. Ele certamente sabia o que era certo, e ela não poderia apontar para qualquer conduta moral que ele tivesse claramente transgredido; mas mesmo assim ela teria receio de responder pela sua conduta. Ela desconfiava do passado, quando não do presente. Os nomes de antigos companheiros que ocasionalmente mencionava, as alusões a antigas práticas e ocupações, sugeriam suspeitas pouco favoráveis do que ele havia sido. Anne podia ver que existiram maus hábitos; que viajar aos domingos tinha sido algo comum para ele; que houve um período em sua vida (e provavelmente não foi curto) em que Sr. Elliot tinha sido, pelo menos, descuidado em relação a todos os assuntos sérios; e, embora ele pudesse pensar de forma muito diferente agora, quem poderia responder pelos verdadeiros sentimentos de um homem inteligente e cauteloso, com idade suficiente para apreciar um caráter justo? Como poderia algum dia ter a certeza de que a sua mente estava verdadeiramente purificada?

O Sr. Elliot era racional, discreto, polido, mas não era franco. Nunca teve qualquer explosão de sentimento, qualquer calor de indignação ou deleite diante da maldade ou bondade dos outros. Isso, para Anne, era uma imperfeição clara. As suas primeiras impressões eram irreversíveis. Ela valorizava a franqueza, a sinceridade e a avidez acima de tudo. Uma personalidade calorosa e entusiasmada ainda a cativavam. Ela sentia que podia depender muito mais da sinceridade daqueles que por vezes olhavam ou diziam uma coisa imprudente ou precipitada, do que daqueles cuja presença de espírito nunca variava, cuja língua nunca escorregava.

O Sr. Elliot era, de um modo geral, demasiado simpático. Por mais variados que fossem os temperamentos na casa do seu pai, ele agradou a todos. Foi muito paciente, e se deu muito bem com todos. Falara com ela em um certo grau de franqueza sobre Sra. Clay; parecera entender completamente quais eram as suas intenções, e parecera desprezá-la por isso; e, no entanto, a Sra. Clay achou-o tão agradável como os outros.

Talvez Lady Russell estivesse vendo a menos ou a mais do que a sua jovem amiga, pois nada ali lhe despertava desconfiança. Ela não podia imaginar um homem mais exatamente como deveria ser do que o sr. Elliot; nem jamais desfrutou de uma sensação mais doce do que a esperança de o ver receber a mão da sua amada Anne na igreja de Kellynch, no decorrer do outono seguinte.

Capítulo 18

Era o início de fevereiro, e Anne, tendo estado um mês em Bath, estava ficando muito ansiosa por notícias de Uppercross e Lyme. Ela queria ouvir muito mais do que Mary comunicava. Passaram-se três semanas desde que ela tinha ouvido as últimas notícias. Ela só sabia que Henrietta estava novamente em casa, e que Louisa, embora estivesse tendo uma recuperação rápida, ainda estava em Lyme; e, certa noite, ela estava pensando muito em todos quando lhe foi entregue, de Mary, uma carta mais grossa do que o habitual; e, para fomentar ainda mais seu prazer e surpresa, com os cumprimentos do almirante e da Sra. Croft.

Os Croft devem estar em Bath! Tal circunstância a interessava. Eles eram pessoas pelas quais o seu coração se atraía muito naturalmente.

— O que é isto? — exclamou Sir Walter. — Os Croft chegaram a Bath? Os Croft que alugam Kellynch? O que é que eles lhe trouxeram?

— Uma carta de Uppercross Cottage, senhor.

— Oh, essas cartas são passaportes muito convenientes. Elas asseguram uma introdução. Deveria eu, no entanto, ter visitado o almirante Croft, em todo o caso. Eu sei o que devo ao meu inquilino.

Anne já não podia ouvir; nem sequer podia ter dito os comentários que seu pai fez à tez do pobre almirante. A carta a tinha fascinado. Tinha sido escrita há vários dias.

1º de fevereiro

Minha querida Anne,

Não peço desculpas pelo meu silêncio porque sei como as pessoas pouco pensam em cartas num lugar como Bath. Você deve estar demasiadamente feliz para pensar em Uppercross, que, como bem sabe, pouco nos dá o que escrever. Tivemos um Natal muito monótono: o Sr. e a Sra. Musgrove não deram sequer um jantar em todo o período de festas. Não creio que os Hayter sejam dignos de convite. As festas, no entanto, acabaram, finalmente; acredito que nenhuma criança alguma vez teve férias tão longas. Tenho a certeza de que eu, ao menos, não tive. A casa ficou vazia ontem, com exceção dos pequenos Harville; mas você ficará surpresa ao saber que nunca voltaram para casa. A Sra. Harville deve ser uma mãe estranha para se separar deles por tanto tempo. Não a compreendo. Na minha opinião, não são boas crianças, mas a Sra. Musgrove parece gostar muito daqueles pequenos, se não mais do que dos seus netos. Que tempos horríveis tivemos! Pode não se sentir isso em Bath, com as suas belas calçadas, mas no interior isso tem certa importância. Desde a segunda semana de janeiro que não temos tido uma visita de qualquer pessoa, exceto de Charles Hayter, que tem aparecido muito mais vezes do que é bem-vindo. Cá entre nós, acho uma grande pena que Henrietta não tenha permanecido em Lyme tanto tempo quanto Louisa, pois ela teria se mantido um pouco fora do caminho dele. Hoje a carruagem partiu hoje para trazer de volta, amanhã, Louisa e os Harville. Não fomos convidados a jantar com eles, só no dia seguinte, pois a Sra. Musgrove tem medo de que a filha esteja fatigada pela viagem, o que não é muito provável, tendo em conta os cuidados que lhe serão oferecidos, e seria muito mais conveniente para mim jantar lá amanhã. Estou contente por você achar o Sr. Elliot tão agradável, e gostaria de poder conhecê-lo também, mas tenho a minha sorte de costume: estou sempre fora do caminho quando algo aprazível se passa; sempre a última da família a ser notada. Que tempo imenso a Sra. Clay tem estado com Elizabeth! Será que ela nunca irá embora? Mas, mesmo que ela deixasse o quarto vago, talvez ainda não fôssemos convidados. Diga-me o que pensam sobre isso. Não espero que os meus filhos sejam convidados, você sabe. Posso deixá-los muito bem na Casa Grande, seja durante um mês ou seis semanas. Soube que os Croft estão partindo para Bath imediatamente: eles acreditam que o almirante esteja com gota. Charles ouviu a novidade por acaso, pois eles não tiveram a civilidade de me avisar, nem de se oferecerem para levar qualquer coisa. Não creio que estejam melhorando em nada como vizinhos. Não os vemos nunca, e este é realmente um exemplo de desatenção grosseira. Charles, junto a mim, enviamos nosso amor, e tudo mais.

Afetuosamente,
Mary M.

Lamento dizer que estou muito longe de estar bem; e Jemima acaba de me contar que o açougueiro diz que há uma dor de garganta se espalhando por aqui. Atrevo-me a dizer que a vou contraí-la; e as minhas dores de garganta, você sabe, são sempre piores do que as de qualquer outra pessoa.

Mantive a minha carta aberta, para poder enviar a você a notícia de como Louisa passou sua viagem, e agora estou extremamente feliz por o ter feito, já que agora tenho muito a acrescentar. Em primeiro lugar, recebi ontem um recado da Sra. Croft, oferecendo-se para lhe enviar qualquer coisa; um recado muito amável, realmente amigável, dirigido a mim tal como deveria; poderei, portanto, fazer a minha carta com a extensão que me convém. O almirante não parece muito doente, e espero sinceramente que Bath lhe faça todo o bem que ele espera. Terei todo o prazer em tê-los de volta. A nossa vizinhança não pode dispensar uma família tão agradável. Mas agora, sobre Louisa. Tenho algo a comunicar que a surpreenderá, e não será pouco. Ela e os Harville vieram na terça-feira, com muita segurança, e à noite fomos perguntar-lhe como estava, quando ficamos bastante surpreendidos por não encontrarmos o capitão Benwick no grupo, pois ele tinha sido convidado, bem como os Harville; e qual foi, na sua opinião, a razão disso? Nem mais nem menos do que o seu amor por Louisa, e não ter escolhido aventurar-se em Uppercross até ter uma resposta do Sr. Musgrove; pois estava tudo resolvido entre ele e ela antes de ela partir, e ele tinha escrito ao pai dela por intermédio do capitão Harville. Juro pela minha honra! Isso não lhe deixa surpreendida? Ficarei surpreendida, pelo menos, se alguma vez receber uma indicação, pois eu nunca recebi. A Sra. Musgrove afirma solenemente não saber nada sobre o assunto. No entanto, estamos todos muito satisfeitos, pois embora não seja igual ao seu casamento com o capitão Wentworth, é infinitamente melhor do que um casamento com Charles Hayter; e o Sr. Musgrove escreveu dando seu consentimento, e espera-se que o capitão Benwick seja aguardado ainda hoje. A Sra. Harville diz que o seu marido se sente mal por conta de sua pobre irmã; mas, no entanto, Louisa é a grande favorita para ambos. De fato, a Sra. Harville e eu concordamos bastante que a estimamos ainda mais por a termos ajudado em sua recuperação. Charles pergunta-se o que dirá o capitão Wentworth; mas, se bem se lembra, nunca pensei que ele estivesse ligado à Louisa; nunca consegui ver nada disso. E este é o fim, como vê, da teoria de o capitão Benwick ser um suposto admirador seu. Como Charles pôde imaginar tal coisa sempre foi incompreensível para mim. Espero que agora ele seja mais equilibrado. Certamente não é um grande partido para Louisa Musgrove, mas é um milhão de vezes melhor do que casar com um dos Hayter.

Mary não precisava ter receado que sua irmã estivesse em qualquer grau preparada para aquelas notícias. Ela nunca na sua vida tinha ficado tão espantada. Capitão Benwick e Louisa Musgrove! Foi quase maravilhoso demais para acreditar, e foi somente com um enorme esforço que ela pôde permanecer na sala, preservar um ar de calma e responder às perguntas comuns da ocasião. Felizmente para ela, não foram muitas. Sir Walter queria saber se os Croft viajavam com quatro cavalos, e se estariam situados numa parte de Bath que conviesse à Srta. Elliot e a ele próprio visitá-los; mas tinha pouca curiosidade para além disso.

— Como está Mary? — indagou Elizabeth sem esperar por uma resposta. — E o que traz os Croft a Bath?

— Eles vêm por causa do almirante. Acreditam que ele está com gota.

— Gota e decrepitude! — disse Sir Walter. — Pobre velho cavalheiro!

— Eles têm algum conhecido aqui? — perguntou Elizabeth.

— Não sei, mas dificilmente posso supor que, a esta altura da vida do almirante Croft, e devido a sua profissão, ele não deve ter muitos conhecidos num lugar como este.

— Suspeito — disse Sir Walter friamente — que o almirante Croft será mais conhecido em Bath como o locatário de Kellynch Hall. Elizabeth, podemos atrever-nos a apresentar ele e sua esposa em Laura Place?

— Oh, não! Penso que não. Como estamos posicionados junto de Lady Dalrymple como primos, devemos ter muito cuidado para não a embaraçar com um conhecido que ela possa não aprovar. Se não fôssemos parentes, isso não significaria nada; mas como primos, ela teria escrúpulos em relação a qualquer proposta nossa. É melhor deixarmos os Croft encontrarem pessoas do seu próprio nível. Há vários homens de aparência estranha andando por aqui, que, segundo me dizem, são marinheiros. Os Croft podem se relacionar com eles!

Esse foi o nível de interesse que tiveram Sir Walter e Elizabeth na carta; depois de a Sra. Clay honrá-la, com maior atenção, num questionamento sobre a Sra. Charles Musgrove e seus amáveis menininhos, Anne estava em liberdade.

Em seu quarto, ela tentou compreender o que ocorria. Charles estava bem certo em se perguntar como se sentia o capitão Wentworth! Talvez ele tivesse desistido do campo de batalha, desistido de Louisa, deixado de amá-la, ou ainda, talvez, tivesse descoberto que não a amava. Ela não podia suportar a ideia de traição ou leviandade, ou qualquer coisa semelhante a um mau comportamento entre ele e o seu amigo. Ela não podia suportar que uma amizade como a deles fosse terminada de forma injusta.

Capitão Benwick e Louisa Musgrove! A espirituosa e alegre Louisa Musgrove, e o desalentado, pensativo, emotivo e amante da leitura capitão Benwick, pareciam, cada um deles, representar tudo o que não se adequava ao outro. As suas mentes eram muito díspares! O que teria causado a atração? A resposta logo se apresentou. Tinha sido a situação. Ambos tinham sido obrigados a ficarem juntos durante várias semanas; tinham vivido no mesmo pequeno grupo familiar: desde que Henrietta foi embora, deviam depender quase inteiramente um do outro, e Louisa, recém-recuperada da doença, tinha ficado num estado interessante, e o capitão Benwick não estava inconsolável. Esse era um ponto do qual Anne não conseguiu não levantar suspeitas antes; e em vez de tirar a mesma conclusão que Mary, a julgar o presente curso dos acontecimentos, estes serviram apenas para confirmar a ideia de ele ter sentido algum despertar de afeição para com ela própria. Ela não pretendia, contudo, tirar muito mais proveito disso para gratificar a sua vaidade, além do que Mary poderia ter permitido. Ela estava certa de que qualquer jovem toleravelmente agradável que o tivesse ouvido e parecesse se identificar com ele teria recebido a mesma honra. Ele tinha um coração afetuoso. Ele necessitava amar alguém.

Anne não via qualquer razão para eles não encontrarem a felicidade juntos. Louisa tinha, para começar, um grande interesse por assuntos navais, e logo os dois ficariam mais parecidos. Ele se tornaria mais alegre, e ela se tornaria uma entusiasta de Scott e Lorde Byron; não, isso provavelmente já tinha acontecido; é claro que tinham se apaixonado através da poesia. A ideia de Louisa Musgrove transformada numa pessoa de gosto literário e reflexão sentimental era divertida, mas ela não tinha dúvidas de que assim era. O dia em Lyme e a queda no Quebra-Mar poderiam influenciar a sua saúde, os seus nervos, a sua coragem e o seu comportamento até ao fim da sua vida, tão profundamente como pareciam ter influenciado o seu destino.

A conclusão de tudo foi que, se a mulher que tinha sido sensível quanto aos méritos do capitão Wentworth podia ter a autorização de preferir outro homem, não havia nada no noivado que causasse um temor duradouro; e, se o capitão Wentworth não perdeu nenhum amigo por isso, certamente não havia nada a lamentar. Não, não foi a pena que fez o coração de Anne bater contra seu desejo, e deu cor para as suas bochechas quando ela pensou no capitão Wentworth sem impedimentos. Ela sustentava alguns sentimentos que tinha vergonha de explorar. Eram semelhantes à alegria, alegria sem sentido!

Ela ansiava por ver os Croft, mas quando o encontro aconteceu, era evidente que a notícia não lhes tinha chegado, por hora. A visita de cerimônia foi realizada e retribuída, e Louisa Musgrove e o Capitão Benwick foram mencionados sem sequer um meio sorriso.

Os Croft tinham se acomodado em alojamentos na Gay Street, perfeitamente a contento de Sir Walter. Ele não tinha vergonha nenhuma da relação, e de fato, pensou e falou muito mais sobre o almirante do que o almirante alguma vez pensou ou falou sobre ele.

Os Croft conheciam tantas pessoas em Bath quanto desejavam, e consideravam as suas relações com os Elliot uma mera formalidade, e não era plausível pensar que isso lhes desse qualquer prazer. Trouxeram consigo o hábito do campo de andarem quase sempre juntos. Foi ordenado ao almirante que caminhasse para se prevenir da gota, e a Sra. Croft parecia acompanhá-lo a todo momento, e caminharia o quanto fosse preciso pela saúde do esposo. Anne os via para onde quer que fosse. Lady Russell a levava na sua carruagem quase todas as manhãs, e ela nunca deixou de pensar neles, e nunca deixou de os ver. Conhecendo os sentimentos dos dois, como só ela os conhecia, aquilo para ela era uma imagem de felicidade muito atraente. Ela observava-os sempre que podia, e ficava encantada em imaginar do que poderiam estar falando, enquanto caminhavam em feliz independência, ou igualmente encantada de ver o caloroso aperto de mão do almirante quando encontrava um velho amigo, e observava a sua ânsia de conversar quando ocasionalmente se formava um pequeno grupo da Marinha, no qual a Sra. Croft parecia tão inteligente e perspicaz como qualquer um dos oficiais à sua volta.

Anne estava demasiada envolvida em compromissos com Lady Russell para caminhar sozinha; mas aconteceu que uma manhã, cerca de uma semana ou dez dias após a chegada dos Croft, pareceu-lhe melhor deixar a sua amiga, melhor dizendo, a carruagem da sua amiga, na parte baixa da cidade, e regressar sozinha a Camden Place, e ao subir a Milsom Street teve a boa sorte de se encontrar com o almirante. Ele estava sozinho à janela de uma loja de gravuras, com as mãos atrás de si, numa séria contemplação a alguma gravura, e ela não só poderia ter passado por ele sem ser vista, como foi obrigada a tocá-lo e a dirigir-se a ele antes de conseguir a sua atenção. Quando ele a notou e reconheceu, no entanto, foi com toda a sua habitual franqueza e bom humor.

— Ah, é a senhorita? Obrigado, obrigado. Isso sim é tratar-me como um amigo. Aqui estou eu, veja, a olhar para uma ilustração. Nunca consigo passar por esta loja sem parar. Mas que coisa, veja o tipo de barco que desenharam aqui! Olhe para ele. Alguma vez viu algo do gênero? Que estranhos devem ser os seus pintores, para pensar que alguém se aventuraria a viver numa velha casca de berbigão tão deformada como esta! E, no entanto, aqui estão dois cavalheiros presos nela parecendo-me à vontade, e a olhar para os rochedos e as montanhas, como se não fossem virar no momento seguinte, o que certamente deverá ocorrer. Pergunto-me onde teria sido construído este barco! — disse rindo com vontade — Não me aventuraria dentro dele nem para atravessar uma poça! Bem — virando-se a Anne —, para onde está indo? Quer que eu vá a algum lugar para a senhorita ou que eu lhe faça companhia? Posso lhe ser útil para algo?

— Não, agradeço-lhe, a não ser que me dê o prazer da sua companhia no pequeno trecho que nossos caminhos se encontram. Vou para casa.

— Irei, com todo o meu coração, e iria até mais longe, também. Sim, sim, teremos um agradável passeio juntos, e tenho algo para lhe dizer à medida que formos avançando. Aqui, segure no meu braço; isso mesmo; não me sinto confortável se não estiver com uma mulher. Senhor, que barco é este! — disse dando um último olhar para a imagem, à medida que começavam a se movimentar.

— Disse que tinha algo a me dizer, senhor?

— Sim, tenho, e o farei em breve. Mas aí vem um amigo meu em nossa direção, o capitão Brigden; só direi, no entanto, um "como é que está?" quando passamos por ele. Não vou parar. "Como é que está?" Brigden fica surpreso ao me ver com qualquer pessoa que não seja a minha mulher. Ela, pobre alma, está com os calcanhares amarrados. Ela tem uma bolha num dos seus calcanhares tão grande quanto uma moeda de três xelins. Se olhar para o outro lado da rua, verá o almirante Brand a descê-la junto de seu irmão. Ambos uns mesquinhos! Ainda bem que eles não estão deste lado da rua. A Sophy mal os pode suportar. Uma vez, pregaram-me uma peça lamentável: foram embora com alguns dos meus melhores homens. Conto-lhe a história toda em outro momento. Lá vem o velho Sir Archibald Drew e o seu neto. Olha, ele nos viu; está beijando a mão em sua direção; acha que a senhorita é minha mulher. Ah, a paz chegou demasiadamente cedo para esse jovem. Coitado do velho Sir Archibald! O que acha de Bath, Srta. Elliot? A cidade nos cai muito bem. Encontramos sempre com um amigo ou outro; as ruas ficam cheias deles todas as manhãs; sempre temos muito o que conversar; e depois nos afastamos de todos eles, e nos trancamos em nossos alojamentos, puxamos nossas cadeiras e ficamos aconchegados como se estivéssemos em Kellynch, sim, ou como se estivéssemos até mesmo em North Yarmouth ou Deal. Gostávamos tanto desses lugares quanto de nossos alojamentos aqui, posso dizer-lhe, por nos lembrarem daqueles primeiros aposentos que tivemos em North Yarmouth. O vento sopra através de um dos armários da mesma maneira.

Quando eles foram um pouco mais longe, Anne aventurou-se a perguntar, mais uma vez, o que ele tinha a lhe comunicar. Ela esperava que quando saíssem da Rua Milsom, sua curiosidade seria gratificada; mas ainda era obrigada a esperar, pois o almirante tinha decidido não falar até que tivessem ganho o mais sossegado espaço de Belmont; e como ela não era a Sra. Croft, teve de deixá-lo fazer como bem queria. Assim que eles estavam perto de subir Belmont, ele começou:

— Bem, agora ouvirá algo que irá surpreendê-la. Mas, antes de mais nada, terá que me recordar o nome da jovem de quem vou falar. Aquela jovem, sabe, que tem nos deixado tão preocupados. A menina Musgrove, que tudo aquilo sofreu. O seu nome de batismo... sempre esqueço o seu nome de batismo.

Anne teve vergonha de ter compreendido tão depressa como o fez; mas agora podia sugerir com segurança o nome de "Louisa".

— Sim, sim, Srta. Louisa Musgrove, esse é o nome. Quem me dera que as jovens não tivessem um número tão grande de belos nomes de batismo. Nunca deveria me esquecer se fossem todas Sophys, ou algo do tipo. Bem, essa Srta. Louisa, todos pensávamos, você sabe, que iria se casar com Frederick. Ele estava a cortejando semana após semana. A única dúvida era o que esperavam, até que ocorreu a infelicidade em Lyme; depois, era claro que tinham de esperar até que seu ferimento estivesse melhor. Mas mesmo assim, havia algo de estranho no proceder deles. Em vez de ficar em Lyme, ele foi para Plymouth, e depois foi ver Edward. Quando regressamos de Minehead, ele já tinha ido para a casa de Edward, e lá permaneceu desde então. Não temos visto ele desde novembro. Até a Sophy não conseguiu compreender isso. Mas agora, o assunto tomou um rumo ainda mais estranho; pois essa jovem, essa mesma Srta. Musgrove, em vez de se casar com Frederick, vai casar com James Benwick. Conhece James Benwick?

— Um pouco. Conheço um pouco o capitão Benwick.

— Bem, ela vai se casar com ele. Não, muito provavelmente já estão casados, pois não sei por que esperariam.

— Achei o capitão Benwick um jovem muito agradável — disse Anne —, e pelo que compreendo, ele tem um excelente caráter.

— Oh, sim, sim, não há uma palavra a ser dita contra James Benwick. Ele é apenas um comandante de fragata, é verdade, promovido no verão passado, e estes não são bons tempos para evoluir de patente, mas ele não tem nenhuma outra falha, que eu saiba. É um excelente jovem de bom coração, garanto-lhe; um oficial muito ativo e zeloso também, o que é mais do que se pensa, talvez, pois esse tipo de modos não lhe faz justiça.

— De fato, o senhor aí está enganado; nunca deveria assegurar falta de energia nos modos do capitão Benwick. Achei-os particularmente agradáveis, e eu lhe garanto que eles agradariam a todos.

— Bem, bem, as damas fazem melhores julgamentos, mas James Benwick é demasiado piano para mim; e, embora seja muito provável que sejamos parciais, Sophy e eu não podemos deixar de pensar que os modos de Frederick são melhores do que os dele. Há algo no Frederick que é mais ao nosso gosto.

Anne estava em um beco sem saída. Ela pretendia apenas opor-se à ideia, bem comum, de que energia e afabilidade são incompatíveis uma com a outra, não apresentar os modos do capitão Benwick como os melhores que poderiam existir; e, após uma pequena hesitação, ela estava começando a dizer: "Não estava entrando em qualquer comparação entre os dois amigos...", mas o Almirante a interrompeu com:

— Isso certamente é verdade. Não é mera fofoca. Foi o próprio Frederick quem nos disse. A Sophy recebeu uma carta dele ontem com a notícia, e ele tinha acabado de tomar conhecimento por meio de uma carta de Harville, escrita na hora, de Uppercross. Penso que todos eles estejam lá.

Anne não conseguiu resistir à oportunidade; por isso disse:

— Espero, almirante, espero que não haja nada no estilo da carta do capitão Wentworth que deixe o Sr. e a Sra. Croft particularmente inquietos. Parecia, no outono passado, haver um apego entre ele e Louisa Musgrove; mas espero que se possa entender que essa relação se desgastou, dos dois lados, igualmente, e sem violência. Espero que a sua carta não tenha o tom de um homem maltratado.

— De modo algum, de modo algum, não há uma condenação ou murmúrio do princípio ao fim.

Anne olhou para baixo para esconder o seu sorriso.

— Não, não; Frederick não é um homem de lamentar e reclamar; ele tem demasiada energia para isso. Se a jovem gosta mais de outro homem, é apropriado que fique com ele.

— Certamente. Mas o que quero dizer é que espero que não haja nada na maneira de escrever do capitão Wentworth que lhe faça supor que ele tenha sido maltratado pelo seu amigo, o que poderia parecer, o senhor sabe, sem que isso fosse propriamente dito. Eu lamentaria muito se uma amizade como a que existiu entre ele e o capitão Benwick fosse destruída, ou mesmo abalada, por uma circunstância desse tipo.

— Sim, sim, eu compreendo. Mas não há absolutamente nada dessa natureza na carta. Ele não faz um mínimo ataque a Benwick; nem sequer diz: "Pergunto-me se tenho algum motivo para me espantar sobre isso." Não, não é possível adivinhar, pela sua forma de escrever, que ele alguma vez pensou nesta senhorita (qual é o nome dela mesmo?) como dele. Ele espera que sejam felizes juntos, e não há mágoa nisso.

Anne não sentiu a convicção absoluta que o almirante pretendia transmitir, mas teria sido inútil pressioná-lo. Ela satisfazia-se, portanto, com observações comuns ou em ouvi-lo atenta e silenciosamente, e o almirante continuava a conversa à sua maneira.

— Pobre Frederick! — disse ele finalmente. — Agora tem de recomeçar tudo de novo com outra pessoa. Penso que devemos chamá-lo para vir até Bath. Sophy tem de escrever e implorar-lhe que venha. Aqui há moças bonitas o suficiente, tenho certeza. De nada serviria ir novamente a Uppercross, pois a outra Srta. Musgrove, eu imagino, está comprometida com seu primo, o jovem cura. Não acha, Srta. Elliot, que é melhor tentarmos trazê-lo a Bath?

Capítulo 19

Enquanto o almirante Croft fazia sua caminhada com Anne e expressava o seu desejo de levar o capitão Wentworth para Bath, este já estava a caminho de lá.

Antes de a Sra. Croft ter lhe escrito, ele já tinha chegado, e na vez seguinte em que Anne saiu de casa, ela o viu.

O Sr. Elliot estava acompanhando as suas duas primas e a Sra. Clay. Eles estavam em Milsom Street. Começou a chover, não muito, mas o suficiente para que um abrigo viesse a ser desejável para as mulheres o suficiente para tornar muito desejável que a Srta. Elliot fosse transportada para casa na carruagem de Lady Dalrymple, que foi vista esperando a pouca distância; então, ela, Anne e a Sra. Clay, portanto, seguiram para a Molland's, enquanto o Sr. Elliot se dirigia a Lady Dalrymple para pedir a sua ajuda. Ele juntou-se a elas de novo, com sucesso, claro; Lady Dalrymple ficaria muito feliz em levá-las para casa, e chegaria dentro de poucos minutos.

A carruagem de Lady Dalrymple era uma barouche que não acomodava mais de quatro pessoas confortavelmente. A Sra. Carteret estava com a sua mãe; consequentemente, não era razoável acomodar as três senhoras de Camden Place no veículo. Não havia dúvidas quanto à Srta. Elliot. Quem quer que viesse a sofrer inconveniências, com certeza não seria ela, mas levou algum tempo para que as outras duas chegassem a um acordo. A chuva foi uma mera trivialidade, e Anne foi muito sincera ao preferir um retorno a pé com o Sr. Elliot. Mas a chuva era também uma mera trivialidade para a Sra. Clay; ela não sentia uma gota cair do céu, e as suas botas eram bem grossas, muito mais espessas do que as da Srta. Anne! Em suma, a sua civilidade tornou-a tão ansiosa para que a deixassem andar com o Sr. Elliot quanto Anne, e a questão foi discutida entre elas com tamanha generosidade e educação, que os outros se viram obrigados a resolver o assunto no lugar delas; a Srta. Elliot sustentando que a Sra. Clay já estava um pouco resfriada, e o Sr. Elliot, opinando sobre o assunto, disse que as botas da sua prima Anne eram ligeiramente mais espessas.

Foi acertado que a Sra. Clay deveria retornar de carruagem; e tinham acabado de chegar a este consenso quando Anne, sentada perto da janela, avistou de forma decidida e distinta o capitão Wentworth caminhando pela rua.

Apenas ela própria havia reparado em seu espanto, mas ela também sentiu no mesmo instante que era a pessoa mais tola do mundo, a mais confusa e absurda! Durante alguns minutos não conseguiu ver nada diante dela: tudo estava uma confusão. Ela estava perdida, e quando repreendeu os seus próprios sentidos, encontrou os outros ainda à espera da carruagem, e o Sr. Elliot (sempre prestativo) partia para a Union Street, onde haveria uma comissão da Sra. Clay.

Anne sentia agora uma forte inclinação para ir à porta; ela queria ver se chovia forte. Por que razão poderia-se suspeitar de outro motivo? O capitão Wentworth já deveria estar fora de vista. Ela levantou decidida a ir até lá; uma metade dela não era sempre muito mais sábia do que a outra metade, e suspeitava sempre que a outra fosse pior do que era de fato. Ela iria ver se chovia. Contudo, foi obrigada a voltar pela entrada do próprio capitão Wentworth, junto de um grupo de senhores e senhoras, evidentemente seus conhecidos, nos quais devem ter se juntado um pouco depois da Milsom Street. Ele ficou obviamente impressionado e confuso ao avistá-la, mais do que qualquer vez que ela tivesse observado antes; ele ficou bastante vermelho. Pela primeira vez, desde que passaram a se encontrar novamente, ela sentiu que estava sendo a menos sensível dos dois. Ela teve a vantagem de se preparar emocionalmente momentos antes. Todos os efeitos de surpresa desconcertantes já haviam acabado para ela. No entanto, ela ainda tinha muito o que sentir! Era agitação, dor, prazer, e uma alguma coisa entre o deleite e a melancolia.

O capitão a cumprimentou, e depois virou-se. O embaraço foi a coisa mais notável em seus modos. Ela não poderia ter considerado seu comportamento nem frio nem amigável, ou qualquer outra coisa mais segura ou embaraçosa.

Após um breve intervalo, porém, ele aproximou-se dela e voltou a falar. Trocaram perguntas mútuas sobre assuntos comuns: nenhum deles, provavelmente, saiu sabendo muito mais do outro pelo que ouviu, e Anne continuava plenamente consciente de que ele estava menos à vontade do que antes. Por terem se habituado a estarem juntos, conseguiam falar um com o outro com uma porção considerável de aparente indiferença e calma; mas ele não conseguia agir assim agora. O tempo, ou talvez Louisa, o tinham mudado. Havia nele uma consciência totalmente nova. Ele parecia muito bem, não era como se estivesse sofrendo de males na saúde ou no espírito, e falou de Uppercross, dos Musgrove e até de Louisa, e chegou até adotar, momentaneamente, um ar de malícia ao citar seu nome; mas mesmo assim o capitão Wentworth não estava confortável, tampouco à vontade, e foi incapaz de fingir que assim estava.

Anna não se surpreendeu, mas lamentou-se ao observar que Elizabeth não o cumprimentava. percebeu que ele tinha visto Elizabeth, e que Elizabeth o tinha visto, e que havia um reconhecimento interno completo de cada lado; estava convencida de que ele estava prestes a ser tratado como um conhecido, chegou a esperar por isso, e ela teve a dor de ver a sua irmã afastar-se com uma inabalável frieza.

A carruagem da Sra. Dalrymple, cuja demora já estava deixando a Srta. Elliot muito impaciente, finalmente havia chegado; o criado veio anunciá-la. Estava começando a chover de novo, e houve um pequeno atraso, uma confusão e uma conversa que fez aquela pequena multidão presente na loja compreender que Lady Dalrymple chamava a Srta. Elliot. Finalmente a Srta. Elliot e a sua amiga, acompanhadas somente pelo criado (pois nenhum primo havia voltado), estavam de saída, e o capitão Wentworth, observando-as, voltou-se para Anne e, com modos em vez de palavras, ofereceu-lhe os seus serviços.

— Estou muito agradecida — foi a resposta dela —, mas não vou com vocês. A carruagem não vai acomodar tantos. Eu vou a pé, prefiro assim.

— Mas chove.

— Ah, muito pouco! Nada considerável.

Após uma pausa, ele disse:

— Embora tenha chegado ainda ontem, já estou devidamente equipado para Bath — apontando para o novo guarda-chuva. — Gostaria que fizesse uso dele, se estiver determinada a caminhar; embora penso que seria mais prudente deixar-me arranjar-lhe uma liteira.

Ela estava muito agradecida, mas recusou, repetindo sua convicção de que a chuva não tardaria em acabar, e acrescentando: — Estou apenas à espera do Sr. Elliot. Ele estará aqui dentro de pouco tempo, tenho a certeza.

Mal tinha proferido tais palavras quando o Sr. Elliot entrou. O capitão Wentworth se lembrava perfeitamente dele. Não havia diferença alguma entre ele e o homem que tinha estado nos degraus de Lyme, admirando Anne enquanto ela passava, exceto na atitude e no aspecto, tal como suas maneiras em relação a um privilegiado amigo. Chegou com avidez, pareceu ter olhos e pensamentos apenas para ela, e pediu desculpa pela sua demora, lamentou tê-la feito esperar, e se mostrou ansioso para levá-la embora sem mais perda de tempo e antes que a chuva aumentasse; e em pouco tempo saíram juntos, de braços dados. Um olhar gentil e embaraçoso, e um "Bom dia para você!" foi tudo o que ela teve tempo para oferecer enquanto saía.

Assim que se perderam de vista, as senhoras do grupo do capitão Wentworth começaram a falar deles.

— O Sr. Elliot gosta da sua prima, não?

— Oh, não, isso está suficientemente claro. Pode-se adivinhar o que vai acontecer ali. Ele está sempre com ela; praticamente vive com a família, creio eu. Que homem bem afeiçoado!

— Sim, e a Srta. Atkinson, que jantou com ele uma vez na casa dos Wallis, diz que ele é o homem mais agradável com quem ela já esteve em companhia.

— Anne é bonita, penso eu; muito bonita quando se olha atentamente para ela. Não é comum dizê-lo, mas confesso que a admiro mais do que à irmã.

— Oh, eu também.

— E eu também. Não há comparação. Mas os homens são todos sedentos pela menina Elliot. Anne é demasiadamente delicada para eles.

Anne teria ficado particularmente grata ao seu primo, se ele tivesse caminhado ao seu lado até Camden Place sem dizer uma palavra. Ela nunca o tinha achado tão difícil de ouvir, embora nada pudesse exceder a sua solicitude e cuidado, e embora os seus tópicos fossem principalmente de um tipo que eram sempre interessantes: elogios, calorosos, justos e sensatos a Lady Russell, e insinuações altamente racionais contra a Sra. Clay. Mas agora ela só conseguia pensar no Capitão Wentworth. Ela não conseguia compreender os seus sentimentos atuais, nem sabia se ele estava realmente sofrendo muito com a desilusão ou não; e até esse assunto estar resolvido, ela não podia ser ela própria.

Ela esperava ser sensata e razoável com o tempo; mas, infelizmente, devia confessar a si mesma que ainda não era muito sensata.

Outra circunstância essencial para ela era saber quanto tempo ele pretendia passar em Bath; ou ele não o tinha mencionado, ou ela não se lembrava. Ele poderia estar apenas de passagem. Mas era mais provável que ele viesse para ficar. Nesse caso, era possível que todo mundo se encontrasse em Bath, e Lady Russell iria, muito provavelmente, vê-lo em algum lugar. Será que ela se lembraria dele? Como seria tudo isso?

Ela já tinha sido obrigada a dizer a Lady Russell que Louisa Musgrove iria casar com o capitão Benwick. Tinha-lhe custado um pouco ver a surpresa de Lady Russell; e agora, se por acaso ela estivesse em companhia do capitão Wentworth, o seu conhecimento imperfeito do assunto poderia acrescentar outro tom de preconceito contra ele.

Na manhã seguinte, Anne saiu com a sua amiga, e durante a primeira hora, ficou numa espécie de vigilância incessante e temerosa para vê-lo, em vão; mas finalmente, ao regressar pela Pulteney Street, ela avistou-o na calçada da direita, a uma distância tal que o tinha em vista na maior parte da rua. Havia muitos outros homens entre ele, muitos grupos caminhavam pela mesma passagem, mas não havia como confundi-lo. Ela olhou instintivamente para Lady Russell, mas não pela ideia absurda de a amiga o reconhecer tão prontamente quanto ela própria havia feito. Não, não era provável que Lady Russell o notasse até estarem quase do mesmo lado da rua. Anne, contudo, olhava para a amiga de vez em quando, ansiosamente, e quando se aproximava o momento em que os dois se veriam, embora não ousasse olhar novamente (pois sabia que o jeito em que se encontrava não estava apto a ser visto), teve o perfeito conhecimento de que os olhos de Lady Russell estavam virados exatamente na direção dele — em suma, a amiga o observava atentamente. Ela podia compreender perfeitamente o tipo de fascínio que ele devia possuir sobre a mente de Lady Russell, a dificuldade que lhe devia ser retirar os olhos dele, e o espanto que devia estar sentindo ao perceber que ele havia envelhecido oito ou nove anos, e além do mais, em climas estrangeiros e no serviço ativo, sem perder sua graça pessoal!

Finalmente, Lady Russell virou sua cabeça. "E agora, como será que ela vai falar nele?"

— Você deve estar se perguntando — disse ela — o que me prendeu o olhar por tanto tempo; eu estava vendo algumas cortinas de janela das quais Lady Alicia e Sra. Frankland me falaram ontem à noite. Elas descreveram as cortinas da janela de uma das casas deste lado da calçada, como sendo as mais bonitas de todas as casas de Bath, mas não consegui me lembrar do número exato, e eu tentava descobrir qual poderia ser. Mas confesso que não vejo aqui cortinas que respondam à descrição.

Anne suspirou, corou e sorriu, com pena e desdém, quer pela amiga quer por ela própria. A parte que mais a incomodou foi que em todo aquele desperdício de premeditação e prudência, ela deveria ter perdido o momento certo para reparar se ele as viu.

Passou-se um ou dois dias sem nenhuma informação. O teatro ou os salões, onde ele provavelmente estaria, não estavam com prestígio suficiente para os Elliot, cujas diversões noturnas se resumiam apenas na elegante estupidez das festas privadas, nas quais estavam cada vez mais presentes; e Anne, cansada de tal estado de estagnação, farta de não saber nada, e de se imaginar mais forte porque a sua força não havia sido testada, estava bastante impaciente pela noite do concerto. Foi um concerto em benefício de uma pessoa patrocinada por Lady Dalrymple. Era claro que deveriam comparecer. Era realmente esperado que fosse um bom concerto, e o capitão Wentworth gostava muito de música. Se ela pudesse ter apenas alguns minutos de conversa com ele novamente, ficaria satisfeita; e quanto a conseguir se dirigir a ele, ela sentia total coragem se a oportunidade aparecesse. Elizabeth tinha se desviado dele, Lady Russell ignorava-o; Ela se fortalecia por essas circunstâncias; sentiu que lhe devia atenção.

Anne meio que havia prometido à Sra. Smith passar a noite com ela, mas numa breve e apressada visita, desculpou-se e adiou o encontro, com a promessa mais decidida de uma visita mais longa no dia seguinte. A Sra. Smith deu uma resposta muito bem-humorada.

— Sem problema algum — disse ela — só me diga tudo a respeito, quando vier. Quem vai contigo à festa?

Anne nomeou-os todos que estariam presentes. A Sra. Smith não respondeu, mas enquanto ia embora, disse, com uma expressão meio séria e meio maliciosa:

— Bem, desejo sinceramente que o vosso concerto possa lhe satisfazer; e não falhe comigo amanhã, se conseguir vir, pois começo a ter um pressentimento de que posso não ter mais tantas visitas suas.

CAPÍTULO 20

Sir Walter, as suas duas filhas e a Sra. Clay foram os primeiros a chegar à sua festa no salão à noite, e, como teriam que aguardar a Senhora Dalrymple, sentaram-se próximos da lareira na Sala Octogonal. Mal haviam se instalado quando a porta se abriu novamente e o capitão Wentworth entrou sozinho. Anne estava mais próxima a ele, e com um breve avanço em sua direção, dirigiu-lhe a palavra. Ele se preparou apenas para se curvar e passar adiante, mas o seu gentil "Como vai?" tirou-o da linha reta para aproximar-se dela e corresponder o gesto, apesar da presença do seu pai e da irmã logo atrás. A presença deles ali foi um apoio para

Anne, ela não sabia que expressão facial eles tinham, e sentia-se segura para agir como achasse correto.

Enquanto conversavam, chegou aos seus ouvidos um sussurro entre o seu pai e Elizabeth. Ela não havia entendido, mas poderia adivinhar o assunto, e com o breve cumprimento do capitão Wentworth, ela compreendeu que seu pai o tinha julgado tão bem que aceitou aquele simples reconhecimento, e, virando o olhar levemente, chegou a ver um ligeiro gesto de reverência da própria Eliza beth. Isso, embora tardio, relutante e indelicado, foi o bastante para melhorar seu humor.

Porém, depois de falarem sobre o tempo, Bath e sobre o concerto, começaram a perder o assunto, e fez-se um silêncio a ponto de ela esperar que ele fosse ocupar-se com outra pessoa, mas não foi o que ocorreu; ele não parecia estar com pressa de deixá-la, e com uma onda de coragem, um pequeno sorriso e um brilho no olhar, disse:

— Mal a vi desde o nosso encontro em Lyme. Temo que deve ter sofrido com o choque, principal mente por não permitir que este dominasse naquela situação.

Ela assegurou-lhe que não era o caso.

— Foi um momento assustador — disse ele — um dia assustador! —, e passou a mão através dos olhos, como se a recordação ainda fosse muito dolorosa, mas num instante, novamente com um sorriso, voltou a falar. — Tal dia, no entanto, revelou coisas, trouxe algumas verdades que considero o completo oposto do terror. Quando apresentou a bravura de espírito para sugerir que Benwick seria a pessoa mais adequada para buscar um cirurgião, não tinha a menor ideia de que ele acabaria sendo um dos mais preocupados com sua melhoria.

— Certamente não poderia ter ideia alguma. Mas parece que... espero que sejam muito felizes. Ambos apresentam bons princípios e bom caráter.

— Concordo — disse ele, com olhar vago —, mas aí, acredito, termina a semelhança.

— Com toda a minha alma, desejo a eles felicidade, e me alegro por tudo que os faça bem. Não há dificuldades para que eles enfrentem em casa, não há oposição, nem mesmo caprichos ou motivos para atrasos. A família Musgrove age como sempre, com muita honra e gentileza, apenas são nervosos, como pais seriam, preocupados com o conforto de sua filha. Tudo isso é muito, muito favorável à sua felicidade, talvez mais do que...

Ele parou. Uma repentina lembrança parecia chegar e deu-lhe o sabor daquela emoção que avermelhava o rosto de Anne e prendia os seus olhos ao chão. Depois de limpar a garganta, assim continuou:

— Confesso que vejo uma diferença, uma grande diferença, num ponto igualmente essencial ao temperamento. Considero Louisa Musgrove uma senhorita muito amável, de temperamento doce, não uma ingênua, mas Benwick é algo mais. Ele é um homem culto, letrado, e confesso que me surpreendo com seu apreço por ela. Se isso se devesse à gratidão, se ele começasse a amá-la por acreditar que ela o estivesse preferindo, teria sido diferente. Mas não tenho razões para supor que seja isso. Pe lo contrário, parece ter sido um sentimento totalmente espontâneo e impulsivo de sua parte, o que me surpreende. Um homem como ele, nessa situação! Com um coração partido, magoado, quase despedaçado! Fanny Harville era uma criatura muito superior, e o seu apego a ela era, realmente, amor. Um homem não se recupera depois de dedicar tal devoção a uma mulher. Sequer deve, muito menos consegue.

Porém, devido ao conhecimento de que o seu amigo havia se recuperado, ou de outra coisa, ele se interrompeu, e Anne, que apesar de toda a conversa, de todo o barulho da sala, o bater quase incessan te de portas e do zumbido constante das pessoas que passavam, tinha compreendido cada palavra, tinha sido tocada, presenteada, confusa, tinha sua respiração ofegante e sentia uma centena de coisas ao mesmo tempo. Era impossível para ela entrar naquele assunto e, no entanto, após uma pausa, sentindo a necessidade de falar, e sem interesse de evitá-lo, ela apenas desconversou ao dizer:

— Ficou um bom tempo em Lyme, eu imagino...

— Cerca de duas semanas. Não poderia ir embora até que Louisa mostrasse melhora. Fiquei muito preocupado com essa situação para me acalmar tão rápido. Fui eu o culpado, apenas eu. Ela não teria sido teimosa se eu não tivesse sido fraco. O campo de Lyme é maravilhoso. Caminhei e cavalguei muito, e quanto mais via, mais me encantava.

— Adoraria voltar a Lyme algum dia — disse Anne.

— É mesmo? Não imaginei que pudesse encontrar algo em Lyme que inspirasse tal sentimento. O terror e a tensão em que estava envolvida, a exaustão, o desgaste mental! Imaginei que as suas últi mas impressões de Lyme trariam muito arrependimento.

— As últimas horas foram certamente muito dolorosas — respondeu Anne —, mas quando a dor acaba, a sua recordação se torna quase sempre prazerosa. Não se ama menos um lugar por ter sofrido nele, a menos que tenha trazido apenas sofrimento, nada além disso, o que não foi o caso em Lyme, de maneira alguma. Apenas passamos medo e angústia durante as últimas duas horas, e anteriormente houve muito prazer. Tanta novidade e beleza! Viajei tão pouco, que cada lugar fresco se ria interessante para mim, mas há verdadeira beleza em Lyme, e com tudo isso — disse com um ligeiro rubor e algumas recordações — o que sinto sobre o lugar é muito agradável.

Ao terminar, a porta de entrada abriu-se novamente, e o grupo de pessoas que aguardavam surgiu. "Lady Dalrymple, Lady Dalrymple" foi o som de deleite, e com todo o entusiasmo compatível à ansiosa elegância, Sir Walter e as suas duas senhoras deram um passo à frente para a cumprimentar. Lady Dalrymple e Srta. Carteret, escoltadas pelo Sr. Elliot e pelo Coronel Wallis, que por acaso tinham chegado quase no mesmo instante, seguiram para a sala. As outras juntaram-se a elas, e foi um grupo em que Anne se viu, também necessariamente, incluída. Ela foi separada do capitão Wentworth. A sua conver sa interessante, interessante até demais, teve de ser interrompida durante algum tempo, mas a tristeza se tornou imperceptível se comparada com a felicidade que a trouxe! Ela aprendeu, nos últimos dez minutos, mais sobre os sentimentos dele por Louisa, mais sobre todos os seus sentimentos do que poderia imaginar, e entregou-se àquelas sensações de deleite e ao mesmo tempo agitadas, e acabou cedendo às demandas do grupo e às civilidades que a situação pedia. Pareceu bem-humorada a todos, sendo afável e gentil pelo simples motivo de sentir pena deles, por serem menos felizes que ela.

Tais emoções incríveis foram um tanto ofuscadas quando se afastou do grupo para se unir novamente ao capitão Wentworth e viu que ele havia deixado o lugar. Chegou apenas a tempo de vê-lo entrar na Sala de Concertos. Ele tinha desaparecido. Ela sentiu um momento de pesar, mas eles se encontrariam novamente. Ele a procuraria, a encontraria antes do fim da noite e, talvez nesse momento, fosse melhor que se desencontrassem. Ela precisou de um curto intervalo para se lembrar disso.

Assim que Lady Russell chegou, todos se reuniram e seguiram para a Sala de Concertos, e, no cami nho, mostraram seu poder, atraíram todos os olhares, tornaram-se o assunto e perturbaram o máximo de pessoas possível.

Tanto Elizabeth quanto Anne Elliot estavam muito, muito felizes quando entraram na sala. Elizabeth, de bra ço dado com a Srta. Carteret, e olhando para as costas largas da Viscondessa Dalrymple, não tinha nada a desejar que não parecesse estar ao seu alcance, e Anne... porém, seria um insulto a qualquer tipo de felicidade de Anne fazer qualquer comparação que fosse entre a esta e a de sua irmã; uma nascera com vaidade e egoísmo, a outra, com carinho e afeto verdadeiros.

Anne não conseguia enxergar o brilho e a elegância daquela sala. Sua felicidade era interna. Os seus olhos brilhavam e as suas bochechas reluziam com essa alegria, mas ela não sabia nada disso. Todos os seus pensamentos estavam na última meia hora que havia se passado, e enquanto todos tomavam seus lugares, a sua mente repetia cada detalhe. Os assuntos que o capitão Wentworth escolhera, suas expressões e, ainda mais, sua postura e seus olhos, ela só conseguia lê-los de uma única forma. O que pensava sobre a inferioridade de Louisa Musgrove, opinião que ele havia feito questão de expressar, seu espanto com o capitão Benwick, seus sentimentos sobre um primeiro e forte vínculo afetivo; frases inicia das às quais ele não conseguiu dar continuidade, seus olhos quase esquivos e um olhar que mostrava mais do que gostaria, tudo, todos os sinais gritavam que ele tinha um coração que a queria, que o rancor, o ressentimento, a hesitação, já não não moravam mais nele, foram substituídos não apenas por ami zade e consideração, mas pela ternura do passado. Sim, alguma parte dessa ternura. Ela não podia ver essa mudança como qualquer outra coisa. Ele a amava, com certeza.

Tais pensamentos e visões a distraíam e a tornavam agitada demais para lhe permitir ver qualquer outra coisa, e ela andou pela sala sem vê-lo, sem sequer tentar encontrá-lo. Quando todos ocuparam seus devidos lugares, ela olhou em volta, procurando-o, querendo saber se ele estava na mesma parte da sala, mas ele não estava, sua visão não conseguiu chegar a ele, e estando o concerto prestes a começar, ela teve que se contentar com uma alegria um pouco menor.

O grupo foi dividido e disposto em dois bancos vizinhos: Anne estava entre os da frente e o Sr. Elliot, com a ajuda do Coronel Wallis, conseguiu se sentar ao seu lado. A Srta. Elliot, ro deada pelos seus primos, e principal alvo das galanterias de Coronel Wallis, estava bem feliz.

O humor de Anne estava muito favorável para o entretenimento daquela noite, a música era ocupação suficiente: ela ficou emocionada com a delicadeza, ficou alegre com a alegria e paciente com as partes mais maçantes, e nunca na vida gostou tanto de um concerto, pelo menos não no primeiro ato. Ao final, du rante um intervalo que sucedeu uma canção italiana, explicou a letra da canção ao Sr. Elliot. Eles di vidiam um roteiro do concerto.

— Esse — disse ela — se aproxima do sentido, ou melhor, do significado das palavras, pois certamente não se deve debater o sentido de uma canção de amor italiana, mas é o mais próximo do significado que posso dar, pois não pretendo entender o idioma. Sou uma péssima estudante de italiano.

— Sim, sim, eu percebi. Vejo que não sabe nada sobre isso. Só tem conhecimento suficiente para im provisar uma tradução destes versos italianos invertidos e resumidos, para um inglês claro, fácil de entender e elegante. Não precisa dizer mais nada da sua ignorância. Isso já é mais que o necessário como prova.

— Não me oponho a tal gentileza, mas caso fosse examinada por um perito, passaria vergonha.

— Não tive o prazer de visitar Camden Place sem ficar conhecendo um pouco a Srta. Anne Elliot — ele respondeu. — E a considero muito modesta para que o mundo, de forma geral, tenha conhecimento de metade dos seus sucessos, é muito bem-sucedida para que sua modéstia pareça esperada em qualquer outra mulher.

— Por favor! Que vergonha! Isso é excessivamente gentil. Até me esqueci do que vem em seguida — voltando-se para o roteiro.

— Talvez seja — disse o Sr. Elliot, falando baixo — eu conheço o seu carácter há mais tempo do que imagina.

— Você acha? Por qual motivo? Só deve conhecer o que ficou claro desde que cheguei a Bath, exceto no caso de ter ouvido algo de minha família.

— Eu a conheço de nome, muito antes de chegar a Bath. Ouvi descrições suas por aqueles que a conheceram de forma íntima. Conheço seu caráter há anos. A sua pessoa, o seu comportamento, seus grandes feitos, seus modos, sei tudo isso a seu respeito.

O Sr. Elliot não se desapontou com o interesse que já esperava despertar. Ninguém resiste ao encan to de tal mistério. Ter sido descrita há tanto tempo a um conhecido recente, por pessoas ocultas, é irresistível; e Anne era toda curiosidade. Ela se perguntava e o questionava com voraz dedicação, mas em vão. Ele adorava ser interrogado, mas não respondeu às perguntas.

— Não, não, talvez outra hora, mas agora não. Ele não daria nome algum agora, mas podia garantir que aquilo tinha acontecido. Tinha recebido, há muitos anos, uma descrição de Anne Elliot que lhe deu uma ótima impressão sobre ela e alimentou a tão calorosa curiosidade em conhecê-la.

Anne não conseguia pensar em ninguém que pudesse ter falado com tanta parcialidade a seu respeito há muitos anos a não ser o Sr. Wentworth de Monkford, irmão do capitão Wentworth. Ele pode ter encontrado o Sr. Elliot, mas faltou a coragem para lhe perguntar.

— O nome de Anne Elliot — disse ele — soa de forma muito interessante para mim. Há muito tempo que se apoderou das minhas fantasias, e, se eu me atrevesse, desejaria que esse nome nunca mudasse.

Tais foram, ela acreditava, suas palavras, mas não prestou atenção, pois esta foi roubada por outros sons logo atrás dela, o que tornou todo o resto desimportante. Seu pai e Lady Dalrymple conversavam.

— Um homem bonito — disse Sir Walter — um homem muito bonito.

— Um homem muito bonito mesmo — disse Lady Dalrymple. — Mais chamativo do que geralmente se vê em Bath. Irlandês, eu aposto.

— Não tenho certeza, sei apenas o seu nome. Conheço-o de vista. Wentworth, capitão Wentworth, da Marinha. Sua irmã casou-se com Croft, o meu inquilino em Somersetshire, ele vive em Kellynch.

Anne já olhava na direção certa, antes mesmo de Sir Walter chegar a esse ponto. Ela já havia diferenciado o capitão Wentworth entre um grupo de homens a uma curta distância. Quando seus olhos o encontraram, o olhar dele pareceu desviar. Parecia isso. Foi como se ela estivesse um instante atrasada, e enquanto ou sou observá-lo, ele não correspondeu ao olhar, mas o concerto estava prestes a continuar, e ela teve que agir como se sua atenção voltasse para a orquestra, e a olhar para frente.

Quando pôde olhar novamente, ele havia se afastado. Ele não tinha como se aproximar mais dela, ela estava muito cercada, mas preferia ter chamado sua atenção.

O falatório do Sr. Elliot também a incomodou. Ela não tinha qualquer vontade de conversar com ele. Ela desejava que ele estivesse mais afastado dela. O discurso do Sr. Elliot era outro ponto que a preocupava. Ela já não tinha qualquer vontade de manter a conversa com ele e desejou que ele não estivesse acomodado tão perto.

O primeiro ato tinha acabado. Agora ela torcia por alguma mudança para melhor e, depois de um período de silêncio, alguns deles decidiram ir em busca de chá. Anne foi uma das poucas que resol veu não trocar de lugar. Ela permaneceu onde estava, assim como Lady Russell, mas teve o prazer de se livrar do Sr. Elliot, e pouco importava o que quer que sentisse por Lady Russell, não evitaria a conversa com o capitão Wentworth, se tivesse a oportunidade. Anne estava convencida, pelo semblante da amiga, que Lady Russell o tinha visto.

Porém, ele não apareceu. Anne teve a impressão de o ver à distância algumas vezes, mas ele não veio. O intervalo, que parecia interminável, finalmente terminou. Os outros voltaram, a sala se encheu novamente, os bancos foram ocupados, e outra hora de prazer ou castigo iniciava-se, outra hora de concerto traria alegria ou tédio, depende ria de seu interesse ser verdadeiro ou falso. Para Anne, seria mais uma hora de ansiedade. Ela nunca deixaria a sala em paz sem ver o capitão Wentworth outra vez, sem a troca de um olhar de carinho.

Ao se organizarem novamente, várias coisas mudaram, e o resultado foi de grande ajuda a Anne. O coronel Wallis não quis se sentar de novo; Elizabeth e a Srta. Carteret convidaram o Sr. Elliot a sentar-se entre elas de tal modo que não havia como recusar; E por conta de tantas outras mudanças, e um esforço próprio, Anne sentou-se muito mais próxima da extremidade do banco do que onde estava antes, muito mais acessível a quem passasse por perto. Não tinha como fazer isso sem se comparar à Srta. Larolles, a tão única Srta. Larolles, mas o fez mesmo assim, e não trouxe um resultado tão mais alegre quanto o dela. Ainda assim, apareceu a sorte vestida de uma desistência precoce de seus vizinhos, e, com isso, viu-se ao final do banco antes de o concerto terminar.

Assim ela estava, com um assento vago ao seu lado, quando viu o capitão Wentworth outra vez. Ele não estava muito longe. Ele a viu também, mas estava sério, e parecia com dúvidas, e de forma muito lenta finalmente estava perto o bastante para iniciar uma conversa. Ela percebeu que alguma coisa havia acontecido. A mudança era inegável. A diferença entre o seu semblante atual e o que apresen tou na Sala Octogonal era gritante. O que poderia ser? Ela pensou no pai, em Lady Russell. Talvez tivesse havido um olhar desconfortante? Ele iniciou uma conversa sobre o concerto, de forma séria, mais como o capitão Wentworth de Uppercross, revelou-se desapontado, esperava mais canto, e, de for ma breve, confessou não ver a hora de presenciar o fim do evento. Anne respondeu tão bem e em defesa do espectáculo, apesar do que sentia, que seu rosto se abriu, e ele respondeu outra vez com um suave sorriso. Conversaram por mais uns minutos, houve alguma melhora na disposição do capitão, e quando ele voltou a reclamar, foi com um quase sorriso. A conversa ainda durou mais alguns minutos, e a melhora permaneceu. Ele chegou até mesmo a abaixar os olhos em direção ao banco, parecendo ver ali um lugar digno de ser ocupado, quando, na mesma hora, um toque no ombro de Anne obrigou-a a se virar. Era o Sr. Elliot. Ele pediu desculpas, mas precisou de ajuda novamente com a letra em italiano. A Srta. Carteret morria de curiosidade para saber o canto da próxima canção. Anne não recusou a ajuda, mas nunca uma gentileza havia sido feita com tanto sacrifício.

Alguns minutos se passaram, muito embora o mínimo possível, e quando se libertou da obrigação, quando teve novamente o controle de seu próprio tempo, quando conseguiu se virar e olhar como tinha feito antes, foi abordada pelo capitão Wentworth, que se despedia apressadamente, mesmo que de maneira sutil. "Ele precisou desejar a ela uma boa noite, estava de saída e precisava chegar em casa o mais rápido possível — Não pode ficar para esta canção? — perguntou Anne, comandada por um pensamento que a deixou com ainda mais vontade de o motivar a ficar.

— Não! — respondeu ele de forma direta — não há nada que me faça ficar. — E partiu sem olhar para trás.

Ciúme do Sr. Elliot! Era a única razão possível. O capitão Wentworth com ciúmes do seu carinho! Ela não acreditaria nisso há uma semana, muito menos há três horas! Por um momento, foi muito feliz com o pensamento. Mas, infelizmente, outros pensamentos inundaram sua mente em seguida. Como poderia controlar esse ciúme? Como mostrar a verdade? Como que, apesar das desvantagens da situação em que se encontravam, saberia ele do que realmente sentia? Para Anne, a atenção que lhe dedicava o Sr. Elliot era uma verdadeira tormenta. A angústia que aquilo havia causado era imensurável.

Capítulo 21

Anne lembrou-se alegremente, na manhã seguinte, da sua promessa de visitar a Sra. Smith, o que significava que ela não estaria em casa no horário mais provável de visita do Sr. Elliot, já que evitar o Sr. Elliot era para ela um importante objetivo.

Ela sentia coisas boas a respeito dele. Apesar do dissabor que suas intenções trouxeram, ela devia a ele gratidão e, até mesmo, compaixão. Ela não podia esquecer as incríveis circunstâncias em que se co nheceram, no direito que ele aparentemente tinha de chamar sua atenção, por tudo o que ocorreu, pelo que ele sentia e pela boa impressão que despertou. Foi tudo muito incrível, lisonjeiro, mas do loroso. Tinha muito para se queixar. O que ela sentiria se não houvesse nenhum capitão Wentworth? Não tinha por que se perguntar, pois existia um capitão Wentworth, e não importava se o final da trama fosse triste ou feliz, o seu amor seria sempre dele. Ela estava certa de que a união entre os dois não seria capaz de distanciá-la mais dos outros homens do que um término definitivo.

Gestos mais belos de amor e devoção eterna nunca antes passaram pelas ruas de Bath, compara dos aos que Anne levou de Camden Place até Westgate Buildings. Quase eram suficientes para limpar e perfumar o ar por todo o trajeto.

Ela tinha certeza de que seria bem recebida, e sua amiga pareceu muito grata nessa manhã pela visita, e não parecia esperá-la, apesar de ter sido combinado.

Foi requisitado um relato do concerto na mesma hora, e as recordações de Anne eram felizes o suficiente para iluminar seu semblante e fazê-la falar alegremente sobre a noite. Tudo o que podia contar, contou com muita felicidade, mas esse tudo era pouco para quem comparecera ao evento, e nem perto de ser o bastante para a Sra. Smith, que já havia escutado, através de uma lavadeira e de um garçom, mais detalhes do sucesso geral e da produção da peça do que Anne podia revelar, e que agora perguntava em vão sobre todos os presentes. Todas as pessoas com alguma importância ou renome em Bath eram bem conhecidas de nome pela Sra. Smith.

— Os pequenos Durand foram, imagino — disse ela —, com as bocas abertas para devorarem a música, como pardais ainda pequenos prontos para serem alimentados. Eles nunca perdem concerto algum.

— Sim, eu mesma não os vi, mas ouvi do Sr. Elliot que estavam na sala.

— A família Ibbotson estava lá? E suas belas jovens, com o oficial irlandês alto, que dizem estar comprometido com uma delas?

— Não sei. Creio que não estavam.

— E quanto à velha Lady Mary Maclean? Acho que nem preciso perguntar. Ela nunca falta, eu sei, a senhorita provavelmente deve tê-la visto. Ela devia estar com o seu grupo, pois, por estarem com Lady Dalrymple, certamente ocuparam lugares especiais, próximos à orquestra, é claro.

— Não, era isso que me preocupava. Seria muito desagradável para mim, sob qualquer aspecto. Mas felizmente Lady Dalrymple sempre escolhe estar distante, e estávamos muito bem colocados, isto é, para ouvir, não digo para ver, porque aparentemente pude ver muito pouco.

— Ora, viu o suficiente para ser entretida. Eu compreendo. Há uma espécie de diversão privada até mesmo numa multidão, e isso você recebeu. Vocês eram a sua própria festa, e nada mais queriam.

— Mas eu deveria ter olhado mais ao redor — disse Anne, consciente de que tinha olhado ao redor, o que tinha faltado era o objeto da sua procura.

— Não, não. Ocupou seu tempo de forma melhor. Não precisa dizer que teve uma noite agradável. Vejo isso em seus olhos. Vejo claramente como as horas passavam, vejo que você teve algo bom para ouvir a todo momento. Durante os intervalos do concerto, foram as conversas.

Anne sorriu levemente e disse:

— Vê isso em meus olhos?

— Sim, vejo. O seu semblante diz perfeitamente que ontem à noite estava acompanhada da pessoa que vê como a mais agradável do mundo, a pessoa que lhe chama atenção no momento mais do que todo o mundo junto.

As bochechas de Anne coraram. Ela não conseguia dizer nada.

— E, nesse caso — continuou a Sra. Smith, após uma curta pausa —, espero que acredite que vejo o valor da sua bondade em me visitar esta manhã. É realmente muito gentil de sua parte vir e conversar comigo, quando poderia ocupar seu tempo com coisas mais agradáveis.

Anne não prestou atenção nisso. Ela ainda estava boquiaberta com a confusão despertada pela es perteza da amiga, sem poder imaginar como qualquer palavra do capitão Wentworth poderia ter chego até ela. Após mais uma breve pausa, a Sra. Smith disse:

— Por favor, responda-me: o Sr. Elliot sabe que me conhece? Ele sabe que estou em Bath?

— Sr. Elliot? — perguntou Anne, pega de surpresa. Um momento de reflexão expôs o erro que foi cometido. Ela percebeu instantaneamente e, recuperando sua coragem e se sentindo mais segura, acrescentou, mais equilibrada: — Conhece o Sr. Elliot?

— Para ser sincera — disse a Sra. Smith, assumindo o seu habitual ar de alegria — é exatamente isso que quero que faça. Quero que fale de mim ao Sr. Elliot. Quero que chame sua atenção. Ele pode ser muito útil a mim, e se tiver a bondade, minha estimada Srta. Elliot, de fazer desse seu objetivo pessoal, estou certa de que será bem-sucedida.

— Ficaria muito feliz, espero que não duvide que eu queira ser útil a você, mesmo que o mínimo possível — respondeu Anne — mas suspeito que me considere sendo mais influente sobre o Sr. Elliot do que realmente sou. Tenho certeza de que, de um jeito ou de outro, concluiu isso. Deve me considerar apenas como uma parente do Sr. Elliot. Se houver algo que acredita que uma prima possa lhe pedir com propriedade, não hesite em falar comigo.

A Sra. Smith lhe deu um olhar penetrante, e depois, sorrindo, disse:

— Eu me precipitei, percebo, perdão. Devia ter esperado pela informação oficial, mas agora, minha querida Srta. Elliot, como uma velha amiga, me dê uma dica de quando posso falar. Na próxima se mana? Certamente na próxima semana estará tudo resolvido, e assim posso fazer meus próprios planos egoístas em busca da fortuna do Sr. Elliot.

— Não — respondeu Anne — nem na próxima semana, nem na outra e nem na outra. Garanto que na da do que pensa será resolvido em semana alguma. Eu não vou me casar com o Sr. Elliot. Gostaria de saber por que pensa isso.

A Sra. Smith a olhou novamente, séria, sorriu, balançou a cabeça, e exclamou:

— Eu adoraria entendê-la! Adoraria saber o que planeja! Creio que não pretende ser cruel quando for o momento certo. Até lá, nós mulheres nunca buscamos ter ninguém. É uma coisa nossa, óbvio, recusar todo homem até que algum deles nos faça o pedido. Mas por qual razão seria cruel? Deixe-me implorar pelo meu... não posso chamá-lo de amigo atualmente, mas deixe-me tentar defender meu antigo amigo. Onde encontraria um par mais adequado? Onde haveria um homem mais cavalheiro e mais agradável? Deixe-me recomendar o Sr. Elliot. Tenho certeza de que não ouviu nada além de coisas boas a respeito dele por parte do coronel Wallis, e quem o conheceria melhor do que o próprio?

— Minha querida Sra. Smith, a esposa do Sr. Elliot morreu há pouco mais de meio ano. Ele não deveria estar correndo atrás de ninguém.

— Bem, se estes são seus únicos argumentos — exclamou a Sra. Smith, com tom zombador — o Sr. Elliot está a salvo, e não me preocuparei mais com ele. Não se esqueça de mim quando estiver casada, apenas isso. Deixe-o saber que somos amigas, e assim ele se incomodará menos com isso, o que é muito natural para ele agora, com todos os negócios e compromissos que possui, fugir e se esconder do que consegue, talvez natural demais. Noventa e nove em cada cem homens fariam igual. É claro que ele não deve saber o quanto isso é importante para mim. Bem, minha querida Srta. Elliot, acredito e estou certa de que será muito feliz. O Sr. Elliot pode ver o valor de uma mulher assim. A sua paz não será morta como a minha foi. Está segura quanto aos aspectos materiais, e segura quanto ao seu caráter. Ele não se desviará, não seguirá nenhum caminho que leve à sua ruína.

— Não — disse Anne — acredito muito em tudo isso de meu primo. Ele parece ser calmo e decidido, nada passível de criar impressões perigosas. Tenho muito respeito por ele. Não tenho motivo algum, por qualquer coisa que possa ter visto, para pensar o contrário. Mas o conheço há pouco tempo, e ele não é um homem, assim vejo, para se conhecer intimamente em tão pouco tempo. Será, Sra. Smith, que o fato de eu falar dele assim não é suficiente para convencê-la de que ele não é nada para mim? Decerto que é uma maneira calma o suficiente. Dou minha palavra, ele não é nada para mim. Se ele algum dia me fizer o pedido (o que tenho muitas poucas razões para imaginar que ele planeje fazê-lo), não aceitarei. Prometo-lhe que não aceitarei. Garanto-lhe que o Sr. Elliot não teve nada a ver com o prazer que o concerto de ontem à noite proporcionou: não é o Sr. Elliot, não é o Sr. Elliot que...

Ela parou, arrependida e com o rosto corado por ter feito se entender tanto, mas menos teria sido pior. A Sra. Smith não teria acreditado tão cedo no fracasso do Sr. Elliot sem saber da existência de outra pessoa. Como soube, ela desistiu na mesma hora, aparentando não ter mais suposição nenhuma, e Anne, que não queria dar espaço para nenhuma outra ideia, estava curiosa para saber por que a Sra. Smith imaginou que se casaria com o Sr. Elliot, de onde tinha vindo essa ideia, ou quem a colocou em sua cabeça.

— Eu me pergunto, de onde tirou isso?

— Pensei isso ao descobrir que passavam muito tempo juntos, e ao sentir que era o mais provável que desejassem a vocês, acredito que todos os seus conhecidos tiveram a mesma ideia. Mas só ouvi falar disso dois dias atrás.

— E realmente lhe disseram isso?

— A senhorita chegou a observar a mulher que abriu a porta quando veio ontem?

— Não foi a Sra. Speed, como de costume, ou a empregada? Não prestei atenção em quem o fez.

— Foi a minha amiga Sra. Rooke, a enfermeira Rooke que, aliás, estava muito curiosa para vê-la, e ficou honrada por abrir a porta. Ela veio de Marlborough Buildings no domingo, e foi ela quem me disse que você se casaria com o Sr. Elliot. Ouviu isso da própria Sra. Wallis, que não parecia mal-informada. Ela conversou comigo na segunda-feira à noite por uma hora, e me contou tudo.

— Toda a história — repetiu Anne, rindo. — Imagino que ela não tinha muito o que falar de uma notícia infundada e tão pequena.

A Sra. Smith não disse nada.

— Mas — continuou Anne — embora eu não tenha esse poder sobre o Sr. Elliot, eu ficaria imensamente feliz em ser útil de qualquer forma que pudesse. Devo contá-lo que está em Bath? Devo mandar algum recado?

— Não, agradeço, mas não. Em meu entusiasmo, e sob uma impressão errada, posso, talvez, ter ten tado envolvê-la em meu plano, mas não precisa. Obrigada, não quero incomodá-la.

— Disse que o conheceu há vários anos.

— Sim, conheci.

— Antes de ele se casar, eu suponho?

— Sim, ele não era casado quando o conheci.

— E... se conheciam bem?

— Intimamente.

— Sério? Então me fale dele nessa época. Tenho muita curiosidade para saber como ele era quando bem jovem. Se parecia com o que é agora?

— Não vejo o Sr. Elliot há três anos — respondeu a Sra. Smith, com tanta seriedade que era impossível prosseguir com o assunto, e Anne ficou ainda mais curiosa. Ambas ficaram em silêncio. A Sra. Smith estava muito reflexiva. Então disse:

— Perdão, minha querida Srta. Elliot — exclamou, no seu tom natural de cordialidade. — Peço desculpas por ser tão breve em minhas respostas, mas não sei o que fazer. Tenho dúvidas sobre o que devo lhe dizer. Havia muito a se levar em conta. Detesto ser intrometida, causar má impressão, ou prejudicar alguém. Até a suave superfície de um encontro familiar deve ser preservada, mesmo que não tenha nada de duradouro haja sobre ela. Mas agora estou decidida de que você deveria conhecer o verdadeiro caráter do Sr. Elliot. Ainda que, por ora, eu acredite que a senhorita não tenha a menor intenção de aceitar nenhum pedido de casamento dele, ninguém pode prever o futuro. Talvez seja, em algum momento, conquistada por ele. Por isso, ouça o que digo agora, enquanto ainda não tem julgamentos. O Sr. Elliot é um homem sem coração ou consciência, um ser manipulador, de cautela e sangue frio, que pensa apenas em si próprio, que, por puro egoísmo e conveniência, faria qualquer crueldade ou traição que pudesse cometer sem risco para o seu caráter diante dos outros. Ele não cultiva qualquer sentimento por outras pessoas. É capaz de abandonar qualquer um que tenha arruinado. Nenhum sentimento de justiça ou compaixão o alcança. Ah, seu coração é escuro, vazio e escuro!

O semblante assustado e as exclamações espantadas de Anne a fizeram dar uma pausa, e, de forma mais calma, acrescentou:

— As minhas palavras a assustam. Lembre-se de que é uma mulher ferida e com raiva que fala. Mas tentarei controlar-me. Não pretendo ofendê-lo. Direi apenas o que sei. A verdade falará. Ele era muito amigo de meu querido marido, que confiava nele, amava-o e o achava tão bom quanto ele. Essa relação já existia antes de nos casarmos. Quando o conheci, já eram bem próximos, e eu também gostei muito de conhecer o Sr. Elliot, tive uma ótima impressão dele. Aos dezenove anos, não pensamos direito, você sabe, mas o Sr. Elliot parecia ser tão bom quanto os outros, e bem mais agradável que a maioria, de maneira que estávamos quase sempre juntos. Vivíamos passando pela cidade, sempre em grande estilo. Na época não era tão rico quanto nós, vivia no Temple, e era o máximo que podia fazer para manter a aparência de cavalheiro. Era sempre bem-vindo em nossa casa, como um irmão. Meu pobre Charles, que tinha o cora ção mais generoso e bondoso do mundo, dividiria o seu último vintém com ele, sei que o seu bolso estava aberto para ele, sei que ele o ajudava com frequência.

— Justamente sobre essa época da vida dele que estou curiosa — disse Anne — deve ter sido na mes ma época que ele conheceu meu pai e minha irmã. Eu mesma não o conheci, só ouvi falar. Mas há algo na sua atitude em relação a eles, e depois nas circunstâncias do seu casamento, que nunca consegui ligar bem à atualidade. Parecia outro homem.

— Eu sei tudo, eu sei tudo — exclamou a Sra. Smith. — Ele foi apresentado ao Sir Walter e à sua irmã antes de eu conhecê-lo, mas sempre o ouvi se referir a eles. Soube que foi convidado e incentivado a encontrá-los, e decidiu não ir. Posso matar sua curiosidade sobre coisas que nem imagina, e sobre seu casamento, sabia de tudo nessa época. Sabia todas as vantagens e desvantagens, era a mim que ele contava todos seus planos e esperanças, e embora eu não conhecesse sua esposa antes do casamento (sua situação inferior na sociedade tornava isso impossível), eu a conheci por toda a sua vida depois disso, ou ao menos, pelos últimos dois anos da sua vida. Posso tirar qualquer dúvida que tiver.

— Não, não tenho nada que queira saber sobre ela. Sempre soube que não eram felizes. Mas queria entender por que, nessa fase de sua vida, ele desdenhou conhecer meu pai. Meu pai certamente a ser amável e lhe dedicar toda a atenção devida. Por qual motivo o Sr. Elliot se afastou?

— O Sr. Elliot, naquela época de sua vida, tinha apenas um objetivo: ficar rico, e de forma bem mais rápida que a honesta. Ele estava determinado a alcançar seu propósito por meio do casamento. Estava determinado, pelo menos, a não prejudicá-la com um casamento ruim, e eu sei que acreditava (sendo justo ou não, não consigo decidir), que o seu pai e a sua irmã, com seus convites e gentilezas, tentavam criar um laço entre ele e a jovem, e era impossível que essa relação trouxesse a fortuna e independência que ele queria. Por isso se afastou, eu garanto. Ele me disse tudo. Não escondia nada de mim. Foi engraçado que, depois de nos separarmos em Bath, meu primeiro e principal conhecido depois de casada tenha sido o primo dele, e que por ele eu tenha ouvido muito a respeito de seu pai e sua irmã. Enquanto ele falava sobre uma das Srtas. Elliot, eu pensava na outra com grande estima.

— Será? — exclamou Anne, percebendo o que tinha acontecido. — Falou de mim ao Sr. Elliot?

— Com certeza, muito frequentemente. Eu sempre falava da minha Anne Elliot com orgulho, e garantia que você era um ser muito diferente de...

Ficou em silêncio na hora certa.

— Isso explica o que o Sr. Elliot me disse ontem à noite — exclamou Anne. — Isso explica tudo. Eu soube que ele estava acostumado a ouvir falar de mim, mas não entendi como. Como a mente viaja quando somos o assunto! Como erramos! Peço desculpas por interrompê-la. O Sr. Elliot casou-se somente por dinheiro? Foi isso que abriu seus olhos para o caráter dele?

A Sra. Smith foi hesitante quanto a isso.

— Ora, isso é muito comum. Quando se vive no mundo, o casamento entre um homem e uma mulher por dinheiro é comum demais para nos chocar. Eu era muito jovem, andava apenas com jovens, e éramos um grupo irreverente e alegre, sem qualquer re gra de conduta. Só vivíamos pela diversão. Agora penso diferente; o tempo, a doença e a tristeza mudaram minha opinião, mas na época não vi nada de errado no que o Sr. Elliot fez. "Fazer o melhor para si mesmo" era como um dever.

— Mas ela não era uma mulher de condição inferior?

— Sim, e eu me opus a isso, mas ele discordou. Dinheiro, dinheiro, era tudo o que buscava. Seu pai era um vaqueiro, o seu avô foi um açougueiro, mas isso não importava. Ela era uma boa mulher, teve boa educação e foi melhorada por alguns primos, o acaso a apresentou ao Sr. Elliot, e se apaixonou por ele, e ele não apresentou nenhum escrúpulo ou dificuldade quanto às suas origens. Toda a sua preocupação foi focada em saber o valor total de sua fortuna antes de comprometer-se. Tenha certeza disso, seja lá qual valor ele dê à sua condição financeira agora, não via esse valor quando mais novo. A chance de herdar a propriedade em Kellynch tinha algum valor, mas toda a honra da família valia tanto quanto a terra que pisava. Eu o ouvi dizer várias vezes, que se o título de baronete fosse vendido, qualquer pessoa teria o seu por cinquenta libras, com brasão, armas, sobrenome e libré inclusos, mas não vou ficar repetindo o que ouvi dele. Não seria justo, e, ainda assim, precisaria de provas, pois tudo o que disse não passa de afirmações, e provas a senhorita terá.

— Na verdade, querida Sra. Smith, não quero provas. A Sra. não disse nada que contradiga o que ele aparentava ser antes. Pelo contrário, só dá mais confirmação ao que ouvíamos e acreditávamos. Minha curiosidade agora é saber por que ele mudou.

— Mas me faça um favor, faça a gentileza de chamar Mary. Melhor, tenho certeza de que terá a bonda de de ir até meu quarto e me trazer a caixa marchetada que está na prateleira de cima do armário.

Anne, vendo que sua amiga estava seriamente decidida sobre isso, fez o que pediu. Trouxe a caixa e a colocou à sua frente, e a Sra. Smith, suspirando enquanto a abria, disse:

— Esta caixa está cheia de documentos dele, do meu marido, apenas uma parte do que tive de ver quando eu o perdi. A carta que procuro foi uma carta escrita a ele pelo Sr. Elliot antes de nos casarmos, e por acaso estava guardada, não entendo por qual razão. Mas ele era tão descuidado e pouco metódico com essas coisas, assim como são todos os homens; e quando fui examinar seus documentos, encontrei esta carta junto a outras até mais triviais de pessoas diferentes espalhadas por toda parte, enquanto muitas car tas e memorandos de real importância foram destruídos. Aqui está, resolvi não a queimar, pois, mesmo estando muito insatisfeita com o Sr. Elliot, decidi preservar todos os documentos da nossa intimidade anterior. Agora tenho outro motivo para ficar feliz em a tê-la guardado.

Esta carta, enviada para "Charles Smith, Tunbridge Wells" datava de Londres, julho de 1803:

Meu caro Smith,

Recebi sua carta. Sua bondade me tira o ar. Gostaria que corações como o seu fossem mais comuns, mas vivi vinte e três anos nesse mundo, e nunca vi nenhum assim fora o seu. No momento, acredite, não preciso mais da sua ajuda, pois já possuo dinheiro novamente. Me dê os parabéns: escapei de Sir Walter e da menina. Eles retornaram a Kellynch, e por pouco não me fazem prometer visitá-los este verão, mas a próxima vez que for a Kellynch será junto de um avaliador, para me dizer como leiloar a propriedade da melhor forma. No entanto, há chance que o baronete se case novamente, ele é um grande tolo. Mas, se o fizer, me deixarão em paz, o que compensará bem a minha perda. Ele está pior do que no ano passado.

Quisera eu ser qualquer coisa que não fosse Elliot. Estou cheio desse nome. O nome Walter posso tirar, graças a Deus! E peço que nunca mais me insulte com o meu segundo W., serei apenas, para o resto da minha vida, ser apenas, sinceramente,

Wm. Elliot.

Era impossível Anne ler a carta sem corar, e a Sra. Smith, observando o vermelho que seu rosto ficou, disse:

— A linguagem, eu sei, é extremamente desrespeitosa. Embora tenha esquecido as palavras exatas, sei exatamente o que significam. Mas isso mostra quem ele realmente é. Veja os comentários feitos ao meu pobre marido. Existe algo mais direto?

Anne não conseguiu se recuperar do choque e do espanto de ver essas palavras usadas sobre seu pai. Sentiu-se obrigada a lembrar a si própria que ver aquela carta era mais uma violação às leis da honra, que nenhuma pessoa deveria ser julgada ou conhecida por esse tipo de testemunho, que nenhuma correspon dência privada deveria ser vista por outros, antes de conseguir recuperar uma tranquilidade suficiente para devolver a carta sobre a qual vinham refletindo e dizer:

— Obrigada. Esta é, sem dúvida, uma prova indiscutível, prova de tudo o que me relatou. Mas por que voltou a falar conosco agora?

— Também posso explicar isso — exclamou a Sra. Smith, com um sorriso.

— Consegue mesmo?

— Consigo. Eu revelei o Sr. Elliot de doze anos atrás e vou revelar o de agora. Não tenho mais provas escritas, mas posso oferecer um testemunho oral tão autêntico quanto desejar, do que ele busca agora e do que ele faz atualmente. Ele não é mais um hipócrita. Ele realmente quer casar com você. A atenção que dá para sua família agora é sincera: do fundo do coração. Quem me revelou tudo isso foi o seu amigo Coronel Wallis.

— Coronel Wallis!? Ele o conhece!?

— Não. Não ouvi isso diretamente dele, precisei de um desvio aqui, outro ali, nada demais. O riacho é tão bom quanto em sua nascente, o pouco de lixo que carrega das curvas é removido facilmente. O Sr. Elliot não se reserva quando fala do que pensa sobre você ao Coronel Wallis, eu vejo o Coronel Wallis como sendo sensato, cuidadoso e perspicaz, mas é casado com uma mulher muito tola, a quem diz o que não deveria, e repete tudo que ouve a ela. Ela, transbordando a alegria da sua recuperação, conta tudo à sua enfermeira, e a enfermeira, sabendo que nos conhecemos, conta tudo a mim. Na segunda-feira à noite, a minha querida amiga Sra. Rooke me revelou os segredos dos Edifí cios Marlborough. Quando falei toda a história, a senhotira viu que não fantasiei tanto quanto supôs.

— Minha querida Sra. Smith, suas fontes não são confiáveis. Não é o bastante. A opinião do Sr. Elliot sobre mim não tem o mínimo de responsabilidade em sua reconciliação com meu pai. Já tinham uma relação próxima quando cheguei a Bath.

— Eu sei disso, sei de tudo perfeitamente, mas...

— Decerto, Sra. Smith, não devemos aguardar informações verídicas de uma trama como essas. Fa tos ou opiniões que passam de boca em boca por tantos, que vêm da loucura de uma pessoa e da ig norância de outra, dificilmente têm verdade.

— Mas me dê ouvidos. Logo poderá decidir a devida relevância, ouvindo alguns detalhes que você mesma poderá desmentir ou confirmar imediatamente. Ninguém diz que a senhorita tenha sido sua primeira motivação. Ele realmente a viu, antes de vir para Bath, e a admirava, mas não sabia que era você. Pelo me nos é isso que minha fonte me disse. Será que é verdade? Teria ele a visto no verão ou no outono passado, em algum lugar a Oeste, como a própria disse, sem saber que era você?

— Isso é verdade, realmente. em Lyme. Eu estava em Lyme nessa época.

— Bem — continuou a Sra. Smith, vitoriosa — conceda à minha amiga o crédito devido ao primeiro acerto feito. Ele a viu, então, em Lyme, e gostou tanto de você que ficou muito feliz por encontrá-la novamente em Camden Place, como sendo a Srta. Anne Elliot, e desde então, não tenho dúvidas de que esse seria o segundo motivo para ir até lá. Mas houve outro, antes desse, que explicarei agora. Se ouvir algo na minha história que sabe ser falso ou improvável, interrompa-me. O relato que ouvi diz que a amiga da sua irmã, a senhora que agora vive com você, de quem ouvi você falar, veio a Bath na companhia da Sra. Elliot e de Sir Walter em setembro (ou seja, na ocasião em que os próprios chegaram), e es tá hospedada com eles desde então; segundo o que eu soube, ela é uma mulher inteligente, insinuante, bonita, pobre e convincente, que dá a entender a todos os conhecidos de Sir Walter, com seus modos e trejeitos, que pretende se tornar Lady Elliot, e isso os espanta, fazendo pensarem que Srta. Elliot não tem ideia do perigo disso.

A Sra. Smith parou um momento, mas Anne não tinha nada a dizer, então continuou:

— Foi isso que quem conhecia a família viu, muito antes de você chegar, e o coronel Wallis observou seu pai o suficiente para perceber tudo isso, embora não costumasse ir a Camden Place, mas seu carinho pelo Sr. Elliot o interessou em tudo que acontecia por lá, e quando o Sr. Elliot veio a Bath por um dia ou dois, como costumava um pouco antes do Natal, o Coronel Wallis entendeu o que parecia ocorrer e todos os rumores que cresciam. Agora a senhorita deve entender que o tempo mudou profundamente a opinião do Sr. Elliot quanto ao valor do título de um baronete. Em tudo que se refere a laço sanguíneo e familiar, ele é um homem totalmente diferente. Tendo por um longo tempo todo o dinheiro que poderia gastar e nenhum desejo avarento ou de indulgência, ele aprendeu lentamente a depositar todas suas esperanças no título que herdaria. Já imaginava que isso estava ocorrendo antes de nos distanciarmos, mas agora está confirmado. Ele não suportava a ideia de não ser Sir William. Assim sendo, pode imaginar que a notícia que recebeu do amigo não o agradou, e pode imaginar o que esta causou: a decisão de voltar correndo até Bath e de ficar aqui por um tempo buscando renovar relações e reatar os laços com a família visando ter como avaliar o risco que corria, e neutralizar a senhora, caso fosse necessário. Isso foi decidido entre os dois amigos como a única coisa a ser feita, e o Coronel Wallis o ajudaria em tudo o que precisasse. Ele e sua esposa, a senhora Wallis, seriam apresentados à família, assim como todos os outros. O Sr. Elliot retornou, pediu desculpas e assim foi desculpado, e seu primeiro e único objetivo (até sua chegada acrescentar o segundo motivo), era observar Sir Walter e a Sra. Clay. Ele não deixava passar nenhuma oportunidade de estar com eles, aparecia em seu caminho, os visitava a todo momento, mas são detalhes sem importância. Pode imaginar o que um homem tão ardiloso faria, e com essas informações, talvez se lembre do que já o viu fazer.

— Sim — disse Anne — não me disse nada que não estivesse de acordo com o que eu já sabia ou imagina va. Há sempre algo ofensivo nos detalhes da malícia. Manobras egoístas e falsas sempre serão sempre revoltantes, mas não ouvi nada de realmente surpreendente. Conheço pessoas que ficariam chocadas com esta face do Sr. Elliot, que acreditariam com dificuldade, mas nunca me deixei levar. Sempre imaginei ter outras razões para seu comportamento. Gostaria de saber o que ele pensa agora em se tratando do perigo que corre, se ele considera tal risco diminuído ou não.

— Improvável, eu creio — respondeu a Sra. Smith. — Ele pensa que a Sra. Clay o teme, sabe que ele percebe o que ela está tentando fazer, e não ousa agir dessa forma com ele por perto. Mas como precisará se ausentar vez ou outra, não vejo como estaria seguro enquanto ela estiver mantendo tal influência. A Sra. Wallis teve uma ideia engraçada, de acordo com a enfermeira, de colocar nas cláusulas do casamento entre você e o Sr. Elliot, que o seu pai não deve se casar com a Sra. Clay. Um plano digno da mente da Sra. Wallis, sem dúvida alguma, mas a minha sensata enfermeira Rooke vê o quanto isso é absurdo. "Certamente, senhora", disse ela, "isso não o impediria de se casar com outra pessoa". E, realmente, para falar a verdade, não creio que a enfermeira se oponha a Sir Walter se casar novamente. Ela pode se considerar uma aliada do matrimônio, entendo, e (sendo ela quem ela é) quem pode dizer que não sonhe em cuidar da próxima Lady Elliot, por recomendação da Sra. Wallis?

— Estou muito feliz em saber de tudo isso — disse Anne, após uma breve reflexão. — Doerá mais, sob alguns aspectos, estar em sua companhia, mas agora sei como agir. Serei mais direta. O Sr. Elliot é claramente um homem desonesto, superficial, mundano, que nunca agiu sob influência melhor do que o egoísmo.

Mas ainda havia o que ser discutido sobre o Sr. Elliot. A Sra. Smith fugiu do assunto original, eAnne tinha se esquecido, devido às suas preocupações familiares, de tudo o que ele foi acusado, mas o que chamou sua atenção foi a explicação dessas sugestões iniciais, e ela ouviu um relato que, se não justificasse perfeitamente o rancor profundo por parte da Sra. Smith, provava sua insensibilida de com ela, muito deficiente quanto à justiça ou à compaixão.

Ela soube que (como a íntima relação deles se manteve sem problemas após o casamento do Sr. Elliot) os três ainda andavam sempre juntos, e o Sr. Elliot levou o seu amigo a despesas muito além do que ele possuía. A Sra. Smith não quis assumir nenhuma culpa, e era muito amorosa para apontar o de do ao seu marido, mas Anne conseguia lembrar que suas posses nunca eram equivalentes ao seu estilo de vida, e que desde o início havia exageros de vários tipos. Pelo relato que ouviu, percebeu que o Sr. Smith foi um homem de sentimentos calorosos, temperamento fácil, hábitos descuidados e pouco discernimento, além de muito mais amável do que o seu amigo, e muito diferente também, manipulado e provavelmente desprezado por ele. O Sr. Elliot, enriquecido graças a seu casamento, e desejando satisfazer todos os seus luxos e prazeres sem se comprometer (pois todos os seus exageros o tornaram prudente), e tendo se tornado rico, no mesmo momento que seu amigo se tornava pobre, pareceu não se importar com as finanças desse amigo, pelo contrário, incitou-o e instigou-o a obter despesas que só trariam ruína, e os Smith, assim, faliram.

O marido morrera bem a tempo de ser poupado da notícia. No passado, o casal já havia enfrentado dificuldades suficientes para colocar à prova a estima dos amigos, e para mostrar que era melhor não colocar à prova a do Sr. Elliot, mais por conta dos sentimentos do que do juízo, o Sr. Smith o havia nomeado como executor de seu testamento, o Sr. Elliot havia recusado o convite, e as dificuldades e provações que tal recusa tinha causado à viúva, acrescidas do sofrimento inevitável de sua condição,.tinham sido tamanhas que não podiam ser comunicadas sem aflição nem escutadas sem indignação.

Em seguida, Anne pôde ler algumas cartas escritas por ele na ocasião, em resposta aos pedidos urgentes da Sra. Smith, e todas expunham a evidência a respeito da decisão de não colocar tanto tempo em um esforço em vão, e sob um disfarce frio de civilidade, o mesmo desinteresse em qualquer prejuízo que isso viesse a lhe custar. Era, sem dúvida, uma horrível mostra de ingratidão e falta de humanidade; e em muitos momentos, Anne sentiu que nenhum delito poderia ter se revelado pior. Havia muito o que ouvir: os detalhes de antigas cenas angustiantes, as miudezas de frequentes preocupações que, em conversas anteriores, eram tidas apenas como alusões, eram relatadas sem entraves. Anne sabia perfeitamente o tamanho do alívio sentido pela amiga, o que só a fez ficar mais inclinada a achar estranho seu autocontrole. Ao apresentar suas reclamações, um detalhe em especial a irritava muito. A Sra. Smith tinha ótimas razões para crer que um imóvel do marido nas Índias Ocidentais, que estava durante muito tempo sujeito a uma interdição para garantir a quitação de algumas dívidas contraídas, poderia ser recuperado, sendo suficiente tomar as medidas necessárias. O imóvel, embora não fosse muito grande, bastaria para lhe proporcionar riqueza. No entanto, ninguém poderia ajudá-la naquele assunto. O Sr. Elliot se opunha a fazer qualquer coisa, e ela própria estava de mãos atadas, incapaz tanto de interferir pessoalmente por conta de sua fraqueza física e de arcar com a contratação de uma pessoa para fazê-lo, por falta de recursos. Não havia parentes para auxiliá-la nem mesmo para conselhos, tampouco recursos para contar com a ajuda da lei, o que tornava ainda mais difícil sua situação.

Havia um ponto na história de suas dores que causava uma irritação em particular. Sra. Smith tinha boas razões para acreditar que uma propriedade do seu marido nas Índias Ocidentais, que estava sob interdição para garantir o pagamento das próprias dívidas, poderia ser recuperada tomando ações cabíveis, e essa propriedade, mesmo que pequena, seria suficiente para torná-la comparavelmente rica. Mas não havia ninguém para agir. O Sr. Elliot não tinha interesse, e ela própria não poderia fazer nada, paralisada pela sua fraqueza física, e sem dinheiro para contratar alguém. Ela não tinha alguém que pudesse ajudá-la, nem condições para buscar assistência da lei. Isso só piorava sua situação já precária. Sentir que ela deveria estar em uma situação melhor, que um pouco de interesse no lugar necessário seria o bastante, e o medo que o atraso pudesse enfraquecer as suas reivindicações era algo difícil de suportar.

Era nisso esperava envolver o poder de Anne sobre o Sr. Elliot. Ela temeu perder a amiga por causa da união, mas ao saber que não tentaria nada do tipo, por não saber que ela estava em Bath, imaginou imediatamente que poderia ser feito algo a seu favor com a influência da mulher que ele amava, e ela se preparou apressadamente para interessar os sentimentos de Anne, até onde suas observações do caráter do Sr. Elliot permitissem, quando a negação de Anne sobre o suposto noivado mudou tudo, e embora tenha apagado a esperança de conseguir sucesso com o assunto que mais a preocupava, teve ao menos o alívio de contar toda a história do seu jeito.

Depois de ouvir a descrição completa do Sr. Elliot, Anne não conseguiu disfarçar alguma surpresa pela Sra. Smith ter falado dele de forma tão positiva no início da conversa. "Ela pareceu recomendá-lo e elogiá-lo!"

— Minha querida — respondeu a Sra. Smith —, não havia outra opção a se escolher. Pensei que o seu casamento com ele fosse certo, mesmo que ele pudesse não ter feito o pedido, e eu não podia falar a verdade sobre ele, já que seria seu marido. O meu coração sofreu por você, enquanto eu falava de alegria, e, no entanto, ele é sensível, é agradável, e se tratando de uma mulher como você, eu tinha esperanças. Ele tratou a primeira esposa com muita maldade. Não eram felizes juntos. Mas ela era muito ignorante e ingênua para ser respeitada, e ele nunca a amou. Esperava que você tivesse uma chance melhor.

Anne podia reconhecer dentro de si a chance de ter sido persuadida a se casar com ele, e a ideia da tristeza que se seguiria lhe deu um arrepio na espinha. Era possível que Lady Russell a convencesse disso? E sob tal suposição, quem se arrependeria mais quando o tempo mostrasse a verdade e fosse tarde demais para mudar de ideia?

Era interessante que Lady Russell soubesse a verdade, e uma das principais decisões dessa importante conversa, que tomou a maior parte da manhã, era que Anne tivesse toda a liberdade para revelar à sua amiga qualquer informação sobre a Sra. Smith na qual o comportamento do Sr. Elliot estivesse envolvido.

Capítulo 22

Anne foi para casa refletir sobre tudo o que tinha ouvido. De certa forma, seus sentimentos foram aliviados pelas novas informações que soube sobre o Sr. Elliot. Não havia mais carinho por ele. Ele era o oposto do capitão Wentworth, em toda a sua incômoda presença, e o que sua atenção na noite anterior trouxe de ruim, o mal irreparável que parecia ter causado, foi recordado com sentimentos inescrupulosos e de indecisão. O sentimento de pena por ele havia acabado. Mas este foi todo o alívio. Em todos os outros aspectos, ao olhar em volta, ou à frente, ela viu mais motivos de desconfiança e apreensão. Ela se preocupava com o desapontamento e a dor que Lady Russell sentiria, com as preocupações que certamente seu pai e a sua irmã teriam, e tinha toda a agonia de prever tantos danos, sem saber como evitar qualquer um deles. Era muito grata por saber a verdade sobre ele. Nunca se considerou merecedora de prêmio algum por não desprezar uma velha amiga como a Sra. Smith, mas ainda assim foi recompensada! A Sra. Smith foi capaz de contar a ela o que ninguém mais poderia. Poderia tal informação ser passada para o resto da família? Mas essa ideia era vã. Precisava conversar com

Lady Russell, contar a ela, consultá-la, e, sendo feito todo o possível, aguardar por isso com grande frieza; e, sobretudo, o que mais requisitava frieza estava naquela parte da sua mente que não poderia revelar a Lady Russell, naquele fluxo de ansiedades e medos que deveria guardar para si mesma.

Ao chegar em casa, ela descobriu que havia, como desejado, evitado encontrar o Sr. Elliot, que tinha aparecido para lhes fazer uma longa visita matinal, sendo que ficara grande parte da manhã, mas mal se alegrou e sentiu-se segura quando soube que ele voltaria à noite.

— Não tinha a menor intenção de convidá-lo — disse Elizabeth, com indiferença — mas ele fez tantas insinuações, ao menos foi o que disse a Sra. Clay.

— É verdade, eu confirmo. Nunca na minha vida vi alguém implorar tanto por um convite. Pobre homem! Fiquei com pena dele, pois a sua irmã sem coração, a Srta. Anne, parece persistir na crueldade.

— Ora! — exclamou Elizabeth —, já estou bem acostumada com esse jogo para ser enganada por um cavalheiro. Porém, quando descobri o quanto ele queria ver meu pai pela manhã, acabei cedendo na mesma hora, pois nunca perderia a chance de juntá-lo ao Sir Walter. Eles parecem se dar tão bem. Os dois se comportam com tanta gentileza. O Sr. Elliot mostra ter muito respeito.

— Muito admirável! — exclamou a Sra. Clay, sem a ousadia de olhar para Anne. — São como pai e filho! Cara Srta. Elliot, posso dizer como pai e filho?

— Ah! Eu não nego as palavras de ninguém. Se pensa assim! Mas, de acordo com o que vejo, não acho que suas atenções sejam maiores que as de qualquer outro homem.

— Minha querida senhora Elliot! — exclamou a Senhora Clay, levantando as mãos e os olhos, e afundando o que restou de sua surpresa em um confortável silêncio.

— Ora, minha cara Penelope, não precisa se preocupar tanto com ele. Sabe que eu o convidei. Despedi-me dele com um grande sorriso. Quando descobri passaria a manhã toda com amigos em Thornberry Park, fiquei com dó dele.

Anne se encantou com a boa atuação da amiga da irmã, capaz de demonstrar tanta alegria quanto era possível na expectativa e na efetiva chegada da pessoa cuja presença ficava no caminho de seus planos. Era impossível que a Sra. Clay não detestasse a presença do Sr. Elliot, e mesmo assim, ela se mostrava tranquila e despreocupada, e muito satisfeita em dedicar somente parte de sua atenção ao Sir Walter, metade do que teria feito em outras situações.

Para a própria Anne foi horrível ver o Sr. Elliot entrar na sala, e bem doloroso vê-lo indo na sua direção para conversar. Ela costumava perceber que ele nem sempre era verdadeiro, mas agora percebia falsidade em tudo. O respeito e atenção que ele dedicava ao seu pai a deixava transtornada se comparados ao que havia sido dito antes, e quando lembrava da crueldade que fizera com a Sra. Smith, mal podia suportar vê-lo sorrindo e cheio de gentilezas, tampouco expressar seus sentimentos indignos.

Ela pretendia evitar qualquer mudança no seu comportamento que provocasse qualquer comentário da parte dele. Era um muito importante para ela fugir de qualquer pergunta ou enfrentamento, mas pretendia ser tão fria quanto possível com ele, o máximo que aquela relação permitia, e se afastar lentamente de todos os gestos de intimidade que foi convencida a criar. Dessa forma, ela estava mais fechada e mais introspectiva do que na noite anterior.

Ele queria novamente deixá-la curiosa sobre quem lhe tinha feito comentários e elogios sobre ela no passado, queria muito ser interrogado outra vez, mas ela não estava mais seduzida: descobriu que precisava do calor e da agitação de uma sala pública para instigar a modesta vaidade da prima, percebeu também que aquilo não iria ocorrer naquele momento por meio de qualquer tentativa que arriscasse entre os pedidos insistentes dos outros. Nem imaginava que esse assunto agora era o pior possível a ser mencionado, e trazia a ela recordações de todas as suas atitudes mais sórdidas.

Ela ficou satisfeita ao ouvir que realmente iria embora de Bath no dia seguinte, logo de manhã, e que passaria a maior parte dos próximos dois dias longe. Foi convidado a visitar Camden Place novamente na noite de seu retorno, mas de quinta-feira a sábado à noite era certo que não estaria. Já era ruim o suficiente ter a Sra. Clay na sua frente a todo momento, mas um hipócrita ainda maior no grupo simbolizava a ruína de tudo que considerava tranquilo e confortável. Era tão humilhante observar a fraude da qual seu pai e sua irmã estavam sendo vítimas, imaginar toda a dor que haveriam de passar! O egoísmo da Sra. Clay não era tão complicado ou revoltante como o dele, e Anne apoiaria o casamento totalmente, se assim pudesse se ver livre dos estratagemas o Sr. Elliot para tentar evitá-lo.

Na sexta-feira de manhã ela tinha a intenção de visitar Lady Russell bem cedo e dar o importante relato, e teria ido logo após o café da manhã, mas a Sra. Clay também pretendia sair para tirar sua irmã de problemas, o que a obrigou a esperar até que estivesse salva de tal companhia. Esperou a Sra. Clay se distanciar mais antes de mencionar o desejo de passar a manhã na Rivers Street.

— Muito bem — disse Elizabeth —, não tenho nada a passar a não ser meu carinho. Ah! Você poderia devolver aquele livro que ela me emprestou e fingir que eu o li. Não posso me dar o trabalho de ler todo poema que é lançado. Lady Russell me enche com suas novas publicações. Você não precisa dizer, mas achei o vestido que ela usou outra noite um horror. Pensei que tivesse bom gosto para roupas, mas me envergonhei dela no concerto. Portava-se com tanta formalidade! E sentava-se tão reta! Mande-lhe lembranças, é claro.

— De minha parte também — acrescentou Sir Walter. — Mande meus melhores votos. E pode dizer que pretendo ir até lá em breve. Uma visita rápida, mas eu só deixarei meu cartão. Visitas matinais nunca são apropriadas para mulheres da sua idade, que se arrumam tão pouco. Se ao menos usasse ruge, não temeria ser vista, mas da última vez que fui até lá, vi as cortinas se fecharem na mesma hora.

Enquanto o seu pai falava, alguém bateu à porta. Quem seria? Anne, lembrando-se de visitas anteriores, sem aviso prévio, por parte do Sr. Elliot, imaginaria que fosse ele, se não soubesse do seu distante compromisso. Após o costumeiro suspense e os comuns sons de pessoas se aproximando, "o Sr. e a Sra. Charles Musgrove" foram introduzidos na sala.

A surpresa foi a principal emoção causada pela visita, mas Anne ficou realmente feliz em vê-los, e os outros não se aborreceram a ponto de não expressar que eram bem-vindos, e logo ficou claro que não pretendiam se hospedar na casa. Sir Walter e Elizabeth puderam mostrar cordialidade e fazer as devidas honras sem problema algum. Estavam em Bath com a Sra. Musgrove, em White Hart. Isso foi logo compreendido, mas até Sir Walter e Elizabeth levarem Mary para a outra sala e serem agraciados por sua apreciação, Anne não conseguia uma motivação crível para sua visita, ou uma explicação para alguns sorrisos relacionados a assuntos privados, que Mary deu explicitamente, além de uma visível confusão sobre quem pertencia ao seu grupo.

Ela descobriu que tal grupo consistia da Sra. Musgrove, Henrietta e Capitão Harville, fora Charles e Mary. Ele explicou de forma simples tudo o que ocorria, e ela viu nesse relato situações muito típicas. Capitão Harville foi o primeiro a dar a ideia da visita a Bath, justificando-a com negócios. Já tinha uma semana que falava disso, e, como acabou a temporada de caça, Charles se propôs a acompanhá-lo, e a Sra. Harville aparentou gostar muito da ideia, por poder ser vantajosa para seu marido, mas Mary ficou tão triste por ter que ficar sozinha, que por um ou dois dias tais planos foram suspensos, e correram o risco de serem cancelados de vez. Mas seus pais acabaram criando interesse pela viagem. A sua mãe tinha alguns velhos amigos que gostaria de visitar Bath, imaginou que seria uma boa oportunidade para Henrietta e sua irmã comprarem seus vestidos de casamento, e, com isso, acabou sendo trabalho de sua mãe facilitar a situação para o Capitão Harville, e ele e Mary fizeram parte do grupo por conveniência. Chegaram tarde na noite anterior. A Sra. Harville, os filhos e o Capitão Benwick ficaram com o Sr. Musgrove e Louisa em Uppercross.

A única surpresa de Anne foi que o processo estava tão adiantado a ponto de já se falar do vestido de casamento de Henrietta. Imaginava que algumas dificuldades financeiras atrapalhavam a cerimônia, mas ouviu de Charles que, muito recentemente (desde a última carta que recebeu de Mary), Charles Hayter foi indicado por um amigo a cuidar da propriedade de um jovem que não poderia reivindicá-la por muitos anos e que, levando em conta suas rendas atuais, e uma quase certeza de algo mais concreto bem antes do fim do prazo, as duas famílias concordaram com o pedido dos jovens, e que o casamento provavelmente ocorreria em poucos meses, próximo ao de Louisa.

— E é uma ótima propriedade — acrescentou Charles. — A apenas vinte e cinco quilômetros de Uppercross, e numa bela área: uma ótima parte de Dorsetshire. No centro de alguns dos melhores pedaços do reino, cercado por outros três grandes proprietários de terras, um mais cuidadoso e desconfiado que o outro, e de pelo menos dois dos três deles, Charles Hayter pode receber uma recomendação especial. Não que ele dê o devido valor — observou ele — Charles não liga para caça. Esse é seu pior defeito.

— Fico muito feliz por isso, de verdade — exclamou Anne — especialmente feliz por isso acontecer e pelas irmãs, pois ambas mereciam tudo de bom, e sempre foram tão unidas, a maravilhosa perspectiva de uma não não ofuscará a da outra... pois serão igualmente felizes em posses e conforto. Espero que seus pais estejam muito felizes com elas.

— Ah, com certeza. O meu pai ficaria muito feliz se os cavalheiros fossem mais ricos, mas não tem motivos para reclamar. O dinheiro, sabe, muitos gastos... duas filhas ao mesmo tempo... não deve ser muito agradável, isso traz muitas dificuldades. Porém não significa que não mereçam isso. É justo que recebam o que têm direito, e sei que sempre foi um pai muito amável e liberal para mim.

Mary não gosta tanto do pretendente de Henrietta. Nunca gostou, você sabe. Mas ela é injusta com ele, e não pensa o tanto quanto deveria sobre Winthrop. Não consigo fazê-la entender o valor da propriedade. É uma ótima união para o momento atual, e eu sempre gostei de Charles Hayter, não deixarei de gostar agora.

— Pais tão bons como o Sr. e a Sra. Musgrove — exclamou Anne — devem estar bem contentes com o casamento das filhas. Fazem de tudo para garantir que sejam felizes, tenho certeza. Que bênção que cai sobre os jovens por estarem em mãos assim! Seus pais parecem completamente livres de toda aquela ambição que trouxeram sofrimento e miséria, tanto para jovens assim como para os mais velhos. Acredito que Louisa se recuperou, certo?

Ele respondeu com bastante hesitação:

— Sim, eu creio, está bem melhor, mas ela mudou, não corre ou pula, nem ri ou dança, está muito diferente. Se alguém acaba por fechar a porta com um pouco mais de força, ela treme e se contorce feito um passarinho na água, e Benwick passa o dia todo ao seu lado, sentado, lendo versos ou sussurrando.

Anne não pôde segurar a risada.

— Isso não deve agradá-lo — disse ela — Mas o vejo como um jovem exemplar.

— Decerto que é. Não há dúvidas, e espero que não pense que sou tão intolerante a ponto de querer que todos os homens queiram as mesmas coisas e prazeres que eu. Aprecio muito Benwick, e quando conseguem fazê-lo falar, ele fala bastante. A leitura não fez mal a ele, pois lutou tanto quanto leu. Ele é um homem corajoso. Eu me aproximei dele mais na segunda-feira passada do que em qualquer outro dia. Tivemos uma grande caça aos ratos durante toda a manhã nos grandes celeiros do meu pai, e ele desempenhou esse papel tão bem que passei a gostar dele mais que nunca.

Nesse momento, foram interrompidos pela absoluta necessidade de Charles acompanhar os outros na admiração de espelhos e porcelanas, mas Anne ouviu suficiente para saber como estava Uppercross, e se alegrar com sua felicidade, e embora ela suspirasse com essa alegria, seu suspiro não carregava inveja. Certamente adoraria ter tais bênçãos se pudesse, mas não queria diminuir as deles.

A visita correu num ótimo clima. Mary estava de excelente humor, saboreando a alegria e a fuga da rotina, e muito satisfeita com a viagem na carruagem de quatro cavalos da sogra, e com a sua total independência de Camden Place, o que a deixou disposta a admirar tudo da casa à medida que era informada dos detalhes. Ela não tinha pedidos ao seu pai ou irmã, importava-se apenas em ver os belos salões.

Elizabeth passou por maus bocados durante um tempo. Sentia que a Sra. Musgrove e todo seu grupo deveriam ser convidados a jantar com eles, mas não podia suportar que pessoas uma vez tão inferiores à família Elliot de Kellynch pudessem perceber a mudança no estilo de vida e a redução de criados que um jantar revelaria. Era uma batalha entre a cordialidade e a vaidade, mas a vaidade foi vitoriosa, e Elizabeth se alegrou novamente. Eis a maneira como ela mesma se persuadiu: "são noções do passado, uma hospitalidade assim é coisa de quem vive na roça, não é nosso costume dar jantares, poucas pessoas em Bath têm esse costume; Lady Alicia nunca dá, nem mesmo à família da sua própria irmã, apesar de terem estado aqui por um mês, e acredito que um jantar como esse seria muito inconveniente para a Sra. Musgrove, causaria-lhe muitos transtornos. Tenho certeza de que ela preferiria não vir, não fica confortável conosco. Convidarei a todos para uma festa, será muito melhor, isso será novo e prazeroso. Eles nunca viram salões de festa como esses. Adorarão vir amanhã à noite. Será uma festa comum, pequena, mas muito elegante". E isso satisfez Elizabeth, e quando o convite foi feito aos presentes, e prometido aos ausentes, Mary ficou muito satisfeita. Ela foi convidada especialmente a conhecer o Sr. Elliot e ser apresentada a Lady Dalrymple e à Srta. Carteret, que felizmente já confirmaram que viriam, e não teria como ter recebido uma atenção mais gratificante. A Srta. Elliot teria a honra de convidar a Sra. Musgrove durante a manhã, e Anne saiu na mesma hora com Charles e Mary para visitar a Henrietta e ela.

O seu plano de conversar com Lady Russell teve que esperar. Todos os três pararam em Rivers Street para uma rápida visita, mas Anne imaginou que um dia de atraso da conversa que planejou não poderia ter qualquer efeito, e se apressou para ir até White Hart, para rever os amigos e companheiros do outono passado, com uma ansiedade que suas memórias nutriram.

Encontraram a Sra. Musgrove e a sua filha sozinhas em casa, e Anne foi recebida com muito gosto por elas. Havia melhora nas perspectivas de Henrietta para o futuro e a felicidade que experimentava a havia despertado sua atenção e interesse por todos aqueles a quem estimava anteriormente,

e o carinho sincero da Sra. Musgrove foi conquistado pela utilidade de Anne quando precisaram. Esse carinho, essa atenção, esse acolhimento que agradou muito a Anne, já que não tinha tais bênçãos em casa. Pediram a ela que lhes dedicasse o máximo de tempo possível, foi convidada a passar todos os dias, o dia todo, na companhia deles, ou melhor, foi requisitada como se fosse da família, e, em troca, deu toda a atenção e assistência que costumava, e quando Charles se afastou, passou a ouvir o relato da Sra. Musgrove sobre Louisa e o de Henrietta sobre si mesma, e a dar suas opiniões sobre compras e recomendações de lojas; nos intervalos prestava auxílio a Mary em qualquer coisa que pedisse, desde arrumar uma fita até organizar suas finanças, de encontrar as suas chaves a arrumar suas bijuterias, até tentar convencê-la de que ninguém a tratava mal, pensamento que Mary não conseguia tirar da cabeça, mesmo entretida como estava, sentada próxima à janela, observando as termas.

Era esperada uma manhã de muita confusão. Um grande grupo num hotel sempre garantia uma cena de agitação. A cada cinco minutos chegava um bilhete, e, logo depois, um presente. Anne estava lá há menos de meia hora quando a sala de jantar, ainda que enorme, ficou quase lotada. Um grupo de velhos amigos fiéis sentavam-se junto à Sra. Musgrove, e Charles voltou com os Capitães Harville e Wentworth. O aparecimento do capitão Wentworth foi uma surpresa momentânea. Era impossível Anne ter deixado de imaginar que seus amigos em comum logo provocariam um novo encontro entre eles. A última vez que isso aconteceu foi muito importante, pois tornou claro seus sentimentos por ela, ela estava convicta disso. Mas a julgar pelo seu semblante, ela temia que o que quer que o houvesse afastado dela no concerto ainda o dominasse. Ele não parecia querer se aproximar para que pudessem conversar.

Ela tentou se acalmar e deixar que as coisas se resolvessem, e tentou se convencer argumentando o seguinte: "Decerto, se há carinho seguro de cada lado, os nossos corações devem se entender logo. Não somos crianças para irritar um ao outro, para nos deixarmos enganar pela imprudência do momento, e para brincarmos levianamente com a nossa própria felicidade". No entanto, alguns minutos depois, sentiu que estando juntos, nas atuais circunstâncias, só poderia levá-los a mais erros e acasos do pior tipo.

— Anne — gritou Mary, da janela. — Ali está a Sra. Clay, tenho certeza, de pé próxima à coluna, e há um cavalheiro com ela! Eu os vi virando a esquina de Bath Street agora mesmo. Pareciam conversar bastante. Quem é? Venha e me diga. Meu Deus! Eu me lembrei. É o próprio Sr. Elliot.

— Não — exclamou Anne, rapidamente —, não tem como ser o Sr. Elliot, eu garanto. Ele saiu de Bath às nove da manhã, e só voltaria amanhã.

Enquanto falava, sentia que o capitão Wentworth a olhava, e essa certeza a torturava e envergonhava, e a fez se arrepender de ter dito o que dissera, por mais simples que fossem aquelas palavras.

Mary, ofendida por alegarem que não conhecia o próprio primo, começou a falar com muita certeza dos traços familiares, e dizendo com ainda mais certeza que era ele, chamou Anne para ver e confirmar, mas Anne não quis mover um músculo sequer, e tentou se manter calma e indiferente. No entanto, sua agonia voltou ao ver os sorrisos e os olhares sugestivos de duas ou três das visitantes, como se elas já soubessem do segredo. Estava claro que os boatos sobre ela já se espalhavam, e uma curta pausa mostrava que ainda iriam se espalhar ainda mais.

— Venha, Anne — gritou Mary —, venha ver por si mesma. Não chegará a tempo se não correr. Eles estão se despedindo, estão apertando as mãos. Ele está indo embora. Não conheço o Sr. Elliot, até parece! Deve ter se esquecido de tudo o que aconteceu em Lyme.

Para acalmar Mary e esconder a própria vergonha, Anne caminhou lentamente até a janela. Chegou a tempo de confirmar que realmente era o Sr. Elliot, o que não teria acreditado antes de o ver desaparecendo de um lado, enquanto a Sra. Clay quase corria para o outro, e, controlando a surpresa que não podia evitar ao ver com aparente amizade duas pessoas de interesses opostos, disse calmamente:

— Sim, é de fato o Sr. Elliot. Imagino que mudou de ideia quanto ao horário de sua partida, ou posso ter me enganado, talvez não tenha prestado atenção. — E voltou para a sua cadeira, recomposta, e com a confortável esperança de ter agido bem.

Os visitantes se despediram, e Charles, depois de vê-las irem de maneira civilizada, fez uma cara descontente e, reclamando por terem vindo, disse:

— Bem, mãe, fiz algo que vai agradá-la. Fui ao teatro e reservei um camarote para amanhã à noite. Não sou um bom garoto? Sei o quanto adora uma peça, e há espaço para todos nós. Contém nove assentos. Convidei o capitão Wentworth. Anne não se arrependeria de nos acompanhar, tenho certeza. Todos gostamos de teatro. Não fiz bem, mãe?

A Sra. Musgrove já expressava toda sua animação para o teatro, com muito bom humor, se Henrietta e todos os outros tivessem interesse, quando Mary a interrompeu muito nervosa, exclamando:

— Meu Deus, Charles! Como pôde pensar nisso? Reservar um camarote para amanhã à noite! Esqueceu que temos um compromisso em Camden Place amanhã à noite? E que fomos convidados especialmente para conhecermos e nos apresentarmos a Lady Dalrymple, à sua filha e ao Sr. Elliot, e a todos os familiares importantes? Como pôde esquecer disso?

— Ora, essa! — respondeu Charles. — Qual é a importância de uma reunião noturna? Não vale a pena se lembrar disso. O seu pai poderia ter nos convidado para jantar, caso quisesse nos ver. Faça o que preferir, mas eu vou à peça.

— Ah, Charles, seria horrível fazer isso quando prometeu ir até Camden Place.

— Não prometi nada. Apenas sorri, fiz uma reverência e disse a palavra "feliz". Não houve promessa.

— Mas você tem que ir, Charles. Seria imperdoável faltar. Fomos convidados justamente para sermos apresentados. Sempre houve uma grande amizade entre as famílias Dalrymple e Elliot. Nunca ocorreu nada com nenhum dos dois lados que não fosse informado na hora. Temos relações muito próximas, entende? E o Sr. Elliot também, de quem você deveria se aproximar, especialmente! Toda a atenção deve ser voltada ao Sr. Elliot, pois ele é o herdeiro de meu pai e futuro representante da família.

— Não venha com essa conversa de herdeiros e representantes — exclamou Charles. — Não sou desses que esquecem de quem reina agora para se curvar ao sol que ainda vai nascer. Se eu não fosse por causa do seu pai, acharia um escândalo ir pelo seu herdeiro. O que é o Sr. Elliot para mim?

O que disse sem cuidado foi uma luz para Anne, que viu que o capitão Wentworth também estava atento, olhando e ouvindo com toda a sua alma, e que as últimas palavras fizeram tirar seus olhos de Charles e apontá-los para Anne.

Charles e Mary ainda discutiam a mesma coisa, ele, parte sério e parte gozador, argumentando a favor da peça, e ela, com feroz seriedade, opondo-se muito calorosamente, e deixando claro que, por estar decidida a ir até Camden Place, teriam de ir à peça sem ela. A Sra. Musgrove entrou no meio.

— É melhor adiarmos, Charles. É muito melhor mudar a data do camarote para terça-feira. Seria uma pena estarmos divididos, e também perderíamos a Srta. Anne, devido à festa na casa do seu pai, e sei que nem Henrietta nem eu nos importaríamos com a peça, se a Srta. Anne não estivesse conosco.

Anne ficou muito grata a ela pela gentileza, e ainda mais pela oportunidade que teve para dizer...

— Se dependesse apenas da minha vontade, minha senhora, a festa em casa (exceto por conta de Mary) não seria o menor impedimento. Não aprecio esse tipo de encontro, e ficaria muito feliz em trocá-lo por uma peça de teatro na sua companhia. Mas, talvez seja melhor não tentar. — Ela disse, mas tremia quando terminou, sabendo que suas palavras foram ouvidas, que não se atreveu a tentar observar o que tinha causado.

Assim, concordaram que terça-feira seria o dia, somente Charles se deu ao luxo de continuar a implicar com a esposa, dizendo que iria à peça amanhã, mesmo que ninguém mais fosse.

O capitão Wentworth se levantou e foi até a lareira, provavelmente buscando se afastar dela brevemente, e tomar um novo lugar, discretamente, próximo de Anne.

— Não passou tempo suficiente em Bath — disse ele — para apreciar as festas noturnas daqui.

— Ah, não. O próprio caráter do evento não me atrai. Eu não jogo cartas.

— Não jogava antes, sei disso. Mas o tempo muda muitas coisas.

— Não mudei tanto assim — exclamou Anne, e se segurou, temendo que ela fosse mal interpretada. Depois de uma pausa mais longa, ele disse, como se falasse de um sentimento recém-descoberto:

— É muito tempo, realmente! Oito anos e meio é muito tempo.

Se ele tinha mais a falar ficaria para a imaginação de Anne refletir em momentos de calmaria, pois enquanto ainda ouvia o que ele dizia, Henrietta exigiu-a para outros assuntos, querendo aproveitar o tempo livre para sair, e pedindo aos seus companheiros para não perderem tempo, evitando que outra pessoa chegasse.

Eles foram obrigados a ir. Anne disse que estava perfeitamente pronta, e tentou aparentar isso, mas sentiu que se Henrietta soubesse da dor e da relutância do seu coração em se levantar da cadeira, ao se preparar para ir embora, teria encontrado, nos seus próprios sentimentos pelo primo, na segurança do afeto da parte dele, motivos para ter pena dela.

Porém, os preparativos foram interrompidos pouco depois. Sons alarmantes foram ouvidos, anunciando que outros visitantes chegavam. A porta foi aberta para Sir Walter e Srta. Elliot, cuja entrada pareceu arrepiar a todos. Anne sentiu uma opressão instantânea, e em todo lado que olhasse, via sintomas do que sentia. O conforto, a liberdade, a alegria da sala sumiram, ofuscados pela fria compostura, pelo carinho, silêncio determinado ou pelas conversas insípidas, para se igualarem à elegância desalmada do seu pai e da sua irmã. Que horrível o peso dessa constatação!

O seu olhar ciumento se alegrou sobre algo. O capitão Wentworth novamente foi cumprimentado por eles, e por Elizabeth com mais graça que antes. Ela até foi em sua direção e olhou para ele mais que uma vez. Elizabeth estava realmente prestes a fazer gracejos. O que houve em seguida explicou tudo. Após alguns minutos desperdiçados dizendo coisas de pouca importância, ela começou o convite, que incluiria todos da família Musgrove.

— Venham amanhã à noite, para conhecerem alguns amigos, não é nada formal. — Tudo foi dito com muito charme, e os cartões que ela mesma providenciou, com "Srta. Elliot os recebe", foram postos sobre a mesa, com um sorriso convidativo a todos, e um sorriso e mais um cartão dedicado especialmente para o capitão Wentworth. A verdade era que Elizabeth estava a tempo suficiente em Bath para ver a importância de um homem como ele. O passado não importava. O fato era que o capitão Wentworth teria boa aparência em seu salão. O cartão foi entregue como planejado, e Sir Walter e Elizabeth se levantaram e desapareceram.

A interrupção tinha sido curta, embora séria, e logo a alegria e o bom humor voltaram à maioria quando a porta se fechou, mas não à Anne. Ela só conseguia pensar no convite que presenciou apavorada, e na forma como foi recebido, com um sentido dúbio, de surpresa em vez de felicidade, de cortesia em vez de aceitação. Ela o conhecia, viu desprezo no seu olhar, e não arriscaria acreditar que ele tinha planejado aceitar tal oferta, como compensação por toda a insolência do passado. O seu coração caiu. Segurava o cartão na mão depois de terem ido, como se considerasse a possibilidade com carinho.

— Veja só, Elizabeth incluindo a todos! — sussurrou Mary com um tom nada discreto. — Não estou surpresa que o capitão Wentworth esteja encantado! Nem consegue largar o cartão.

Seus olhos se cruzaram, Anne viu as suas bochechas corarem, e a sua boca formar uma expressão de desprezo, e afastou-se, para que não visse nem ouvisse mais nada que pudesse enfurecê-la.

O grupo se separou. Os cavalheiros se ocuparam entre eles, as senhoras seguiram com seus próprios assuntos, e não se encontraram novamente enquanto Anne fez companhia a elas. Ela foi convidada insistentemente a voltar para um jantar, e ficar com eles pelo resto do dia, mas sua energia foi usada por tanto tempo que não se sentia em condições de continuar, tinha que ir para casa, e planejava ficar em silêncio o máximo de tempo possível.

Prometeu passar a manhã toda com eles no dia seguinte, e assim, encerrou o cansaço do dia com uma caminhada até Camden Place, onde ouviu durante toda a noite Elizabeth e Sra. Clay preparando a festa da noite seguinte, a contagem frequente dos convidados, e a contínua melhoria dos detalhes de todas as decorações que tornariam a festa a mais completamente elegante do tipo em Bath, enquanto se torturava com a dúvida: o capitão Wentworth virá ou não? As outras estavam certas de que sim, mas para ela isso era uma dúvida mortal, que a torturou continuamente por cinco minutos. Na maior parte do tempo acreditava que sim, pois pensava que ele deveria vir, mas era uma situação que não parecia vir de um dever ou escolha própria forte o bastante para se opor a outros sentimentos.

Ela só esqueceu essa tortura por um breve momento, para contar à Sra. Clay que foi vista com o Sr. Elliot três horas depois de ele supostamente ter saído de Bath, pois se decepcionou ao aguardar que a própria mencionasse o encontro, então ela mesma decidiu mencioná-lo, e teve a impressão de ver culpa no rosto da Sra. Clay enquanto lhe dizia aquilo. Foi algo rápido: sumiu num piscar de olhos, mas Anne imaginou que aquela conversa havia ocorrido devido a complicações nos seus planos mútuos, ou devido a alguma autoridade extrema dele, tendo sido ela obrigada a ouvir (talvez durante meia hora) uma bronca devido às suas intenções com Sir Walter. Ela exclamou, contudo, com um tom de natureza bem tolerável:

— Oh, querida! É verdade. Imagine só, Srta. Elliot, para a minha grande surpresa, encontrei o Sr. Elliot na Bath Street. Não tinha como me espantar mais. Ele deu meia volta e caminhou comigo até Pump Yard. Foi impedido de partir para Thornberry, mas esqueci o motivo disso, pois eu estava com pressa, e não prestei muita atenção, só posso afirmar que não queria se atrasar para voltar. Ele queria saber que horas poderia chegar amanhã. Falava muito que era "amanhã", assim como eu, desde que entrei em casa, e ouvi sobre seus planos e tudo o que aconteceu, se não fosse por isso me lembraria melhor de nosso encontro.

Capítulo 23

Apenas um dia havia se passado desde sua conversa com a Sra. Smith, mas algo de maior interesse havia surgido, e agora não estava tão enfurecida pelos atos do Sr. Elliot, exceto quanto ao efeito que teve sobre certos assuntos que foram mais claros no dia seguinte, que decidiu adiar novamente sua visita a Rivers Street. Ela prometeu fazer companhia à família Musgrove do café da manhã até o almoço. Tinha se comprometido a isso, e, assim como a cabeça da sultã Sheherazade, o caráter do Sr. Elliot viveria para ver outro dia.

Porém não conseguiu ser pontual, o tempo não ajudou, e antes de sair, incomodou-se com a chuva por empatia pela amiga e, também, por si própria. Quando chegou ao White Hart, e foi até a casa certa, descobriu que não chegou a tempo e nem foi a primeira a chegar. Do grupo que chegou antes, a Sra. Musgrove conversava com a Sra. Croft, e o Capitão Harville com o capitão Wentworth, e ficou sabendo que Mary e Henrietta, muito impacientes para aguardar, se foram no momento que a chuva amenizou, mas voltariam logo e que ordenaram rigorosamente que a Sra. Musgrove mantivesse Anne lá até seu retorno. Tudo que podia fazer era se render, sentar-se e mergulhar a fundo em toda a agitação que só esperava ver um pouco depois da manhã. Contudo, não houve atraso ou tempo perdido. Ela afundou na felicidade dessa tristeza, ou na tristeza dessa felicidade, instantaneamente. Dois minutos depois de entrar na sala, o capitão Wentworth disse:

— Escreveremos a carta de que falavamos agora, Harville, se me der o necessário.

Os materiais estavam de fácil alcance, sobre uma mesa afastada, ele foi até ela, e quase de costas para todos, foi tomado pela escrita.

A Sra. Musgrove contava à Sra. Croft a história do noivado de sua filha primogênita, e naquele incômodo tom de voz que era perfeitamente distinguível mesmo disfarçado de sussurro. Anne não sentiu que fazia parte daquela conversa, e como o Capitão Harville parecia distante e sem vontade de conversar, não podia evitar de ouvir muitos detalhes indesejáveis, tais como: "como o Sr. Musgrove e o meu irmão Hayter se encontraram várias vezes para debater o assunto, o que o meu irmão Hayter disse um dia e o que o Sr. Musgrove propôs no outro, o que minha irmã Hayter pensava e o que os jovens desejavam, que eu disse nunca concordar, mas fui que fui convencida mais tarde de que poderia ser bom," e muito mais nesse mesmo estilo sincero de conversa, detalhes que, mesmo com toda a bondade e delicadeza que a Sra. Musgrove era incapaz de dar, só poderiam interessar a quem participava da conversa. A Sra. Croft ouvia tudo alegremente, e sempre que falava, tinha muita sensatez. Anne torcia que os cavalheiros estivessem ocupados demais para ouvir.

— E sendo isso, minha senhora, levado em consideração —, disse a senhora Musgrove, com seu sussurro vigoroso, mesmo desejando que fosse diferente, não achamos justo adiar mais esse assunto, pois Charles Hayter e Henrietta estavam muito animados, talvez ela estivesse até mais que ele, e, por isso, decidimos casá-los logo e deixar que se virem como vários já fizeram antes. De qualquer forma, disse, seria melhor que um longo noivado.

— Era isso mesmo que eu estava para dizer — exclamou a Sra. Croft. — Prefiro que os jovens se unam com pouco dinheiro de imediato, e que passem por algumas dificuldades antes, do que ficarem presos em um noivado eterno. Sempre achei que amor recíproco...

— Ah, cara Sra. Croft — interrompeu a Sra. Musgrove, exclamando — não há nada que eu deteste mais para os jovens que um noivado demorado. É o que digo há muito tempo aos meus filhos. É bom que fiquem noivos, eu dizia, contanto que se casassem em seis meses, ou até mesmo em doze, mas um noivado longo...

— Sim, querida — disse a Sra. Croft — ou um compromisso incerto, um compromisso que pode ser longo. Começar sem saber se haverá a possibilidade de casamento dentro desse prazo é algo que considero muito arriscado e imprudente, e penso que todos os pais devem evitar isso o quanto possível.

Anne se viu interessada no assunto. Ela sentiu que se aplicava a ela, como um calafrio que percorre todo o corpo, e no mesmo momento em que os seus olhos instintivamente se desviaram para a mesa distante, a pena do capitão Wentworth parou, a sua cabeça levantou, parou, escutou e se virou no momento seguinte para olhar na sua direção, lançando-lhe um olhar rápido e consciente.

As duas senhoras continuavam a conversar, mostrando ter as mesmas crenças e dando argumentos que as justificassem, observados pelas próprias, mas Anne não ouvia nada de forma clara, tinha apenas um zunido em sua cabeça, seu raciocínio estava uma bagunça.

O Capitão Harville, que nada ouviu da conversa, levantou-se do seu lugar, e se posicionou próximo a uma janela, e Anne, que parecia observá-lo, embora fosse por distração total, percebeu que a convidava para se juntar a ele. Ele a olhou com um sorriso, e um suave movimento de cabeça, que dizia "venha, preciso falar com você", e a gentileza sincera do seu gesto, que mostrava os sentimentos puros de um velho amigo, a motivaram a aceitar o convite. Ela se levantou e foi até ele. A janela em que ele estava ficava do lado oposto de onde as duas senhoras se sentavam, e embora estivesse mais perto da mesa do capitão Wentworth, não era perto o bastante. Ao juntar-se a ele, o olhar do Capitão Harville ficou novamente tão sério que parecia sua expressão natural.

— Veja bem — disse ele, abrindo uma caixa que tinha nas mãos e mostrando uma pequena pintura —, sabe quem é esse?

— Decerto é o Capitão Benwick.

— Sim, e pode adivinhar para quem é. Mas... — continuou com um tom mais sério — não foi feito para ela, Srta. Elliot, lembra-se de quando caminhamos juntos em Lyme e de como nos preocupávamos com ele? Eu nem imaginava na hora... mas não importa. Foi pintado na Cidade do Cabo. Ele conheceu um jovem e brilhante artista alemão por lá, e para cumprir uma promessa feita à minha irmã, posou para ele, e trazia a pintura para casa; e agora devo emoldurá-la para outra mulher! Ele pediu isso a mim! Mas a quem mais poderia pedir? Espero fazê-lo direito. No entanto, não me sinto mal por passar a tarefa a outro. Ele assumiu a responsabilidade —, apontou o capitão Wentworth — agora mesmo escreve sobre isso.

E com um tremor nos lábios, conclui dizendo: — Pobre Fanny! Ela não teria superado tão rápido!

— Não — respondeu Anne, em tom baixo e empático. — Eu sei disso. Não era do seu feitio. Ela se entregou.

— Não seria essa a natureza de qualquer mulher que amou de verdade?

O Capitão Harville sorriu, como se quisesse dizer: "acredita que seja próprio do seu sexo?" e ela respondeu, sorrindo de volta:

— Sim. Certamente temos mais dificuldade para esquecer alguém do que vocês. Talvez seja mais o nosso destino do que nosso mérito. Não há o que fazer. Ficamos em casa, quietas, presas, e os nossos sentimentos nos torturam. Vocês sempre têm uma profissão, algo de interesse, negócios de todo tipo, para voltarem ao mundo imediatamente, e a distração e as mudanças logo cicatrizam a ferida.

— Levando em consideração a sua conclusão de que esse processo é rápido para os homens (o que não acho que concordo), isso não se aplica a Benwick. Ele não teve que fazer esforço algum. A paz o trouxe de volta ao mundo, e desde então, ele tem vivido conosco, em nosso pequeno círculo familiar.

— É verdade — disse Anne —, realmente não pensei nisso, mas o que dizer agora, Capitão Harville? Se a mudança não começou por fora, decerto que começou por dentro, deve ser a natureza, a natureza do homem, que tomou conta do Capitão Benwick.

— Não, não, não é da natureza do homem. Não creio que seja mais natural do homem do que da mulher ser instável e esquecer de quem ama ou já se amou. Acredito no contrário. Eu acredito numa ligação entre nosso corpo e nossa mente, e que, quando temos o corpo mais forte, temos, também, a mente mais forte, capaz de aguentar maiores dores, e de enfrentar as piores tempestades.

— Os seus sentimentos podem ser mais fortes — respondeu Anne —, mas a mesma crença nessa ligação me permite dizer que os nossos são mais sensíveis. O homem é mais forte que a mulher, mas vive menos, o que justifica exatamente a minha opinião sobre seus afetos. Não, seria muito cruel com vocês se fosse diferente. Já têm dificuldades, privações e perigos suficientes a enfrentar. Estão sempre trabalhando, expostos a todo risco e dificuldade. Sua casa, país, amigos, deixam tudo para trás. Nem o tempo, nem a saúde, nem a vida ou os pertences. Seria difícil, de verdade — com a voz embargada — se também carregassem os sentimentos femininos.

— Nunca chegaremos a um acordo sobre isso — começou o Capitão Harville, quando um suave barulho chamou a sua atenção para a área do salão que antes era mortalmente silenciosa, onde se encontrava o capitão Wentworth. Era apenas sua caneta caindo, mas Anne se assustou ao vê-lo mais perto do que imaginava, e acreditava que a caneta só tinha caído porque ele foi distraído, tentando ouvir a conversa, mas não achava que tinha conseguido.

— Já terminou a carta? — questionou o Capitão Harville.

— Ainda não, só faltam mais algumas linhas, terminarei em cinco minutos.

— Não tenho pressa. Estarei pronto quando você estiver. Estou muito bem aqui — sorrindo para Anne —, bem atendido, e não quero mais nada. Não há pressa por respostas. Bem, Srta. Elliot — em tom mais baixo — como dizia, acredito que nunca concordaremos quanto a isso. Provavelmente, nenhum homem e nenhuma mulher concordariam. Mas me permita observar que todas as histórias se opõem a você. Todas as histórias em prosa e verso. Se minha memória fosse como a de Benwick, poderia citar cinquenta obras que me apoiem, e creio que nunca na minha vida abri um livro que não falasse sobre a inconstância da mulher. Canções e provérbios, todos falam da inconstância da mulher. Mas talvez argumente que foram todos escritos por homens.

— Talvez, sim. Por favor, não use livros como referência. Os homens sempre contam a história do seu jeito. A educação sempre foi de grau muito maior, a caneta sempre esteve em suas mãos. Não permitirei que os livros sejam prova de nada.

— Então, como provaremos algo?

— Nunca provaremos. Nunca podemos esperar provar qualquer coisa sobre o assunto. É uma diferença de opinião que não cabe provar. Cada um de nós, provavelmente, tem de início uma opinião inclinada a favor do próprio sexo, e dessa opinião são construídas todas as circunstâncias a seu favor que ocorrem dentro do nosso próprio círculo, muitas das quais (talvez até as que mais nos chocam) não podem ser relatadas sem quebrar segredos ou trair certa confiança.

— Ah! — exclamou o Capitão Harville, muito emocionado —, se eu pudesse mostrar o que um homem sofre quando vê sua esposa e filhos pela última vez, e observa o barco em que embarcaram, enquanto consegue, e depois vira-se e diz, "Só Deus sabe quando nos reencontraremos." E então, se eu pudesse mostrar o brilho da sua alma quando os vê novamente, quando, retornando após doze meses longe, e obrigado a partir para outro porto, calculando quando seria possível levá-los até lá, iludindo-se e pensando: "Eles não podem chegar até tal dia", mas sempre com esperança de vê-los doze horas mais cedo, e finalmente vendo-os chegar, como se o céu tivesse lhes dado asas muitas horas antes. Se eu pudesse explicar tudo isso à senhorita, e tudo o que um homem pode aguentar e fazer, e se vangloriar em fazer, para dar o melhor aos tesouros da sua vida! Eu falo, você sabe, dos homens que têm coração! — apertando o próprio com emoção.

— Oh! — exclamou Anne, entusiasmada. — Espero fazer justiça a tudo o que você sente, e por aqueles que se sentem como o senhor. Deus me livre de subestimar os sentimentos fiéis e amorosos de qualquer um dos meus semelhantes! Mereceria todo o desprezo existente se ousasse supor que o apego verdadeiro e a constância fossem conhecidos unicamente pelas mulheres. Não, eu os vejo capazes de grandes ações e superação de dificuldades em suas vidas de casados. Acredito na capacidade de fazerem grandes esforços contanto que... se me permite... tenham um objetivo claro. Ou seja, enquanto a mulher que amam viver pelos senhores. Todo o privilégio que enxergo para o meu próprio sexo (não é de se invejar) é o de amar por mais tempo, quando a existência ou a esperança já se foram.

Não conseguiria dizer mais nada, mais nenhuma outra frase, o seu coração estava cheio, perdia o fôlego.

— Tem uma boa alma — exclamou o capitão Harville, pousando a mão no seu braço, carinhosamente. — Não há como discutir com a senhorita. E quando penso em Benwick, sinto um nó na minha língua.

Foi pedida sua atenção por outros. A Sra. Croft estava de saída.

— Aqui, Frederick, imagino que nos separamos — disse ela. — Vou para casa, e você estará ocupado com seu amigo. Hoje à noite, teremos o prazer de nos encontrarmos novamente em sua casa — virando-se para Anne. — Recebemos ontem o convite de sua irmã, e soube que Frederick também foi convidado, embora eu não tenha visto, e você está livre não está, Frederick? Assim como nós?

O capitão Wentworth dobrava uma carta com muita pressa, e não podia ou não queria responder e dar detalhes.

— Sim — disse ele — é verdade, nós nos despedimos aqui, mas Harville e eu sairemos logo atrás, isto é, Harville, se estiver pronto, estarei em meio minuto. Sei que não liga de ir embora. Estarei pronto em meio minuto.

A Sra. Croft os deixou, e o capitão Wentworth, tendo fechado a carta rapidamente, estava mesmo pronto, e até parecia apressado e agitado, ansioso para ir embora. Anne não sabia como interpretar isso. Ouviu o mais gentil "Bom dia, Deus a abençoe!" do Capitão Harville, mas dele nada recebeu, nem mesmo um olhar! Ele tinha saído da sala sem um único olhar!

Mal tinha dado tempo para se aproximar da mesa de escrita quando a porta se abriu, era ele. Pediu desculpas, mas tinha esquecido das suas luvas, e, no mesmo momento percorreu a sala até a mesa, tirou uma carta do papel que estava espalhado na mesa e a colocou diante de Anne com brilhante olhar de súplica fixado nela por um curto tempo, e, recolhendo suas luvas com pressa, novamente deixou a sala, quase antes de a Sra. Musgrove perceber que esteve lá; fez tudo em um segundo!

A agitação que isso causou em Anne era inexplicável. A carta, endereçada de forma quase ilegível para "Srta. A. E." era claramente a que dobrou com tanta pressa. Ainda que, supostamente, escrevesse apenas ao Capitão Benwick, ele também escreveu a ela! Tudo que o mundo podia fazer por ela dependia do que estava escrito naquela carta. Tudo era possível, e era muito melhor arriscar tudo do que continuar nessa ansiedade. A Sra. Musgrove estava ocupada em sua própria mesa, teria que confiar nessa proteção, e se jogando na cadeira que ele tinha ocupado, os seus olhos devoraram as seguintes palavras:

á não posso ouvir em silêncio. Tenho que usar as ferramentas ao meu alcance para falar com você. Você perfura a minha alma. Sou metade agonia, metade esperança. Não me diga que é tarde demais, que esses valiosos sentimentos se foram para sempre. Eu me ofereço novamente com um coração ainda mais seu do que quando o partiu, há oito anos e meio. Não ouse dizer que o homem supera mais rápido que a mulher, que o seu amor se vai primeiro. Não amei ninguém mais além de você. Injustamente, posso ter sido fraco e rancoroso, mas nunca inconstante. Somente por você eu vim a Bath. Somente você me faz pensar e planejar o futuro. Não vê? Será possível que entendeu o que quero? Eu não teria esperado nem mesmo estes dez dias, se tivesse entendido antes o que sente como entendeu o que eu sinto. Mal consigo escrever. A cada momento ouço algo que me aflige. Sua voz quase some, mas eu consigo diferenciar o tom dessa voz quando se confunde com os outros. Criatura incrível, tão boa! Excelente por demais! Realmente nos faz justiça. Acredita que exista afeto e constância verdadeira nos homens. Acredite que é ainda mais fervoroso, e mais inflexível, no seu F. W.

"Devo ir, não sei ao certo aonde, mas voltarei aqui, ou me reunirei com o seu grupo o mais rápido possível. Uma palavra, um olhar, é suficiente para me decidir se entro na casa de seu pai esta noite ou nunca".

Ninguém se recupera de uma carta como essa. A solidão e reflexão que perdurou por meia hora a tranquilizou, mas os dez minutos que passaram antes de ser interrompida, com todos os impedimentos da sua situação não tinham como tranquilizá-la. Cada momento trazia consigo mais agitação. Era uma felicidade avassaladora. E antes de se recuperar da sensação plena dessa felicidade, Charles, Mary e Henrietta chegaram.

A necessidade absoluta de parecer que nada tinha acontecido iniciou uma guerra imediata, mas após algum tempo, ela não teve mais forças.

Ela não conseguiu prender a atenção em nada que diziam, e precisou alegar uma indisposição e se desculpar. Viram que ela parecia estar muito mal, ficaram muito tristes e preocupados, e não sairiam de lá sem ela. Aquilo era agoniante. Se tivessem se afastado e a deixado em paz, se recuperaria, mas ver todos de pé e rodeando-a era desesperador, e nesse desespero, ela disse que iria para casa.

— Claro, minha querida — exclamou a Sra. Musgrove —, vá para casa imediatamente, e se cuide, para que esteja disposta para hoje à noite. Quem me dera que Sarah estivesse aqui para medicá-la, mas eu não sei fazer isso. Charles, chame alguém e peça por um carro. Ela não pode andar.

Mas um carro seria seu caixão. Pior ainda! Perder a chance de falar algumas palavras ao Capitão Wentworth durante a sua tranquila e solitária caminhada pela cidade (e ela sentia com certeza que o encontraria) era insuportável. Recusou o carro ferozmente, e a Sra. Musgrove, que pensava apenas em um tipo de doença, segura de que não houve queda alguma, de que Anne não tinha escorregado e batido a cabeça, podia se separar dela despreocupada, e crente que a encontraria melhor à noite.

Ansiosa em não transmitir nenhuma preocupação, Anne se esforçou em dizer:

— Receio, minha senhora, que não tenha me expressado bem. Peço que tenha a bondade de dizer aos demais que espero ver a todos hoje à noite, principalmente os Capitães Harville e Wentworth.

— Ora, minha querida, entendo perfeitamente, dou minha palavra. Capitão Harville só pensa em ir.

— Acha mesmo? Mas tenho receio, e ficaria muito decepcionada caso não aparecesse. Promete dizer isso quando encontrá-los novamente? Verá os dois esta manhã, acredito. Prometa-me.

— Pode ter certeza que sim, se é o que deseja. Charles, se vir o Capitão Harville em qualquer lugar, lembre-se de dar o recado da Srta. Anne. Mas, na verdade, minha querida, não precisa se preocupar. O Capitão Harville está decidido a ir, eu garanto, e quanto ao capitão Wentworth, atrevo-me a dizer o mesmo.

Anne não podia fazer mais nada, mas o seu coração previa alguma desgraça que arruinaria a perfeição da sua felicidade. No entanto, não durou muito tempo. Mesmo que ele próprio não fosse a Camden Place, poderia enviar um recado por intermédio do Capitão Harville. Então, outra agonia se pôs em seu caminho. Charles, sendo muito gentil e de boa índole, a acompanharia até em casa, nada o impedia. Foi quase cruel. Mas não podia ser ingrata, ele teve que cancelar um compromisso com o armeiro para ajudá-la, e ela partiu com ele, sem nenhum sentimento aparente a não ser gratidão.

Estavam na Union Street quando alguns passos apressados pareceram familiares e deram a ela alguns instantes de preparação para ver o capitão Wentworth. Ele chegou mais perto, mas, como se não conseguisse decidir entre seguir adiante ou se juntar a eles, apenas ficou olhando. Anne só conseguiu se controlar diante daquele olhar, sem demonstrar nenhum sentimento de repulsa. As bochechas, antes pálidas, agora ficaram vermelhas, e os movimentos que antes eram receosos ficaram firmes. Ele caminhou ao lado dela. Quando Charles, tendo um pensamento repentino, disse:

— Capitão Wentworth, para onde está indo? Apenas até Gay Street, ou mais adiante? Eu não sei dizer — respondeu o capitão Wentworth, surpreendido.

— Vai até Belmont? Próximo a Camden Place? Porque, se for o caso, não vou recear em pedir que ocupe o meu lugar e acompanhe Anne até a casa de seu pai. Ela está um pouco indisposta, e não deve ir tão longe sem ajuda, e eu deveria me encontrar com o homem do Market Place. Ele prometeu me mostrar uma arma que está para enviar hoje, disse que não a embrulharia até que eu pudesse vê-la e se eu não voltar agora, perderei a chance. Pelo que descreveu, ela se parece com a minha espingarda média de cano duplo, que você já disparou um dia próximo a Winthrop.

Não poderia haver qualquer recusa. Apenas a alegria mais esperada, uma gentileza, sorrisos controlados e emoções em um êxtase oculto. Em meio minuto Charles se encontrava novamente no fim da Union Street, e os outros dois prosseguiam juntos. Pouco depois, já haviam conversado o bastante para tomar o caminho da afastada e calma estrada de cascalho, onde o poder da conversa transformaria aquele momento em uma espécie de benção, e a prepararia para a imortalidade da alegria que tudo o que já pensaram de seu futuro juntos pudesse trazer. Nesse momento, compartilharam novamente todos os seus sentimentos, tudo o que haviam prometido, as garantias do passado que estavam escondidas por tantos anos de afastamento e distância. Lá retornaram mais uma vez ao passado, com uma felicidade que era talvez mais intensa nesse reencontro do que quando ficaram juntos pela primeira vez, mais ternos, seguros a respeito do caráter, da lealdade e dos sentimentos de cada um, mais inclinados a agir com justiça. E ali, subindo lentamente aquele planalto, sem se darem conta das pessoas que estavam próximas, nem mesmo nos políticos, nas atarefadas donas de casa, nas moças apaixonadas ou nas babás com as crianças, conseguiram se entregar a todas essas recordações e, principalmente, às explicações de tudo o que tinha acontecido pouco antes do momento atual, que os interessavam de forma urgente. Todas as pequenas variações da semana que passou foram analisadas, e as de ontem e de hoje pareciam não ter fim.

Ela não o interpretou mal. O ciúme do Sr. Elliot foi o peso retardador, a dúvida, o tormento. Ele surtiu efeito no mesmo instante do primeiro encontro com ela em Bath, e voltou, após uma curta suspensão, para arruinar o concerto. Aquele sentimento o influenciou em tudo o que disse e fez, ou deixou de dizer e fazer, nas últimas vinte e quatro horas. Aos poucos, esse ciúme cedia à esperança que o olhar, as palavras ou ações por parte de Anne davam a entender, e foi finalmente derrotado por aqueles sentimentos e tons que ouviu enquanto ela falava com o Capitão Harville, e, por um impulso irresistível, pegou uma folha de papel para derramar tudo o que sentia.

Nada do que ele escreveu seria retirado ou retificado. Ele insistiu que nunca amou mais ninguém depois dela. Ela nunca foi substituída. Ele acreditava que nunca tinha visto uma mulher igual. Por isso, era obrigado a reconhecer que tinha sido fiel sem saber, involuntariamente, que queria esquecê-la, e acreditava que havia conseguido. Via-se indiferente quando, na verdade, estava apenas zangado, e foi injusto com suas qualidades, pois sofreu por elas. Considerava o caráter dela a própria perfeição, sendo, da forma mais amável e perfeita, equilibrado entre suavidade e determinação. Reconheceu que só em Uppercross tinha aprendido a lhe fazer justiça, e que só em Lyme tinha começado a se entender. Em Lyme, recebeu vários tipos de lição. A breve admiração do Sr. Elliot tinha ao menos o provocado, e as cenas no Cobb e na casa do Capitão Harville comprovaram a superioridade de Anne.

Sobre suas tentativas anteriores de se apegar a Louisa Musgrove (tentativas motivadas pela raiva e pelo orgulho), disse que sentiu ser impossível desde o começo, que não gostou e nem poderia gostar de Louisa, embora até esse dia, até a reflexão que teve, não compreendia a perfeita excelência da personalidade com a qual Louisa nem se comparava, ou o inigualável domínio que tinha sobre ele. Foi aí que aprendeu a diferenciar a firmeza de princípios da teimosia obstinada, a audácia da imprudência e a resolução de uma mente sensata. Ali viu todos os motivos para valorizar a mulher que perdeu, e ali lamentou o orgulho e a loucura do rancor, que o impediram de tentar recuperá-la quando surgiu no seu caminho.

Foi nesse momento que sua pena se tornou severa. Mal se libertou do horror e do remorso que vieram nos primeiros dias após o acidente de Louisa, mal se sentia vivo de novo, quando passou a se sentir preso.

— Descobri — disse ele — que Harville já me considerava noivo! Que nem Harville nem a sua esposa tinham dúvidas do nosso carinho recíproco. Eu fiquei assustado e chocado. Até certo ponto, poderia desmentir isso, mas quando imaginei que outros poderiam pensar o mesmo... a sua própria família, pior, até mesmo ela... já não era eu quem decidiria. Em nome da honra eu seria dela, caso quisesse.

Eu fui imprudente. Não tinha pensado seriamente nisso antes. Não tinha imaginado que a minha intimidade excessiva poderia trazer consequências aterradoras e que não tinha o direito de me apegar a qualquer uma das moças, correndo o risco de provocar, no mínimo, um comentário desagradável, ou até mesmo outros problemas. Eu errei de forma grosseira, e tive que arcar com as consequências.

Resumindo, ele descobriu tarde demais que tinha entrado em apuros, e que no momento que entendeu que realmente não gostava de Louisa, ele teria que se amarrar a ela, se a moça sentisse o que seus pais supunham. Isso o fez deixar Lyme, e esperar sua recuperação em outro lugar. Ele faria, de bom grado, tudo o que fosse legitimamente possível para enfraquecer quaisquer sentimentos ou especulações a seu respeito, com isso, foi para a casa do seu irmão, planejando voltar a Kellynch após algum tempo, e agir conforme as circunstâncias.

— Fiquei seis semanas com Edward — disse ele — e o vi feliz. Não merecia nenhum prazer fora esse. Ele perguntou de você muito particularmente, perguntou se havia mudado, sem ao menos suspeitar, aos meus olhos, que você nunca mudaria.

Anne sorriu, e deixou esse comentário para lá. Foi um erro agradável demais para reprovar. É algo valioso para uma mulher, aos seus vinte e oito anos, saber que não perdeu o encanto que tinha quando jovem, mas o valor desse elogio foi muito maior para Anne, ao ser comparado com palavras anteriores, e percebê-lo como o resultado, não como a causa do renascimento de seu fervoroso afeto.

Ele permaneceu em Shropshire, lamentando a cegueira do seu próprio orgulho, e os erros dos seus próprios cálculos, até se sentir libertado imediatamente pela surpreendente e feliz notícia do seu noivado com Benwick.

— Aqui — disse ele — terminou o pior momento da minha situação, agora podia, pelo menos, seguir rumo à felicidade, podia me esforçar, podia fazer qualquer coisa. Mas passar tanto tempo parado, esperando apenas pelo pior, foi terrível. Nos primeiros cinco minutos eu disse: "Estarei em Bath na quarta-feira", e eu estava. Seria imperdoável pensar que valia a pena vir e chegar com alguma esperança sequer? Você estava solteira. Era possível que pudesse manter vivo o sentimento do passado, assim como eu, e outra coisa também me encorajou. Sempre soube que seria amada por outros, mas eu também tinha conhecimento de que recusou outro homem, e ele estava em melhor situação que eu. Não conseguia parar de me perguntar se foi por minha causa.

O primeiro encontro que tiveram em Milsom Street permitiu que falassem muito, mas o concerto permitiu ainda mais. Aquela noite parecia ter sido feita somente de eventos inesquecíveis. O momento que ela avançou na Sala Octogonal para falar com ele, o momento em que o Sr. Elliot apareceu e a levou embora, e um ou dois momentos subsequentes marcados pelo retorno da esperança ou o crescimento do desânimo foram debatidos energicamente.

— Vê-la — exclamou ele — junto daqueles que não me queriam bem, ver o seu primo tão perto de você, conversando e sorrindo, e perceber tudo de horrível e conveniente que pudesse interessar essa união! Considerar a união como o desejo de cada um que pudesse pensar que conseguiria manipulá-la! Mesmo que os seus próprios sentimentos fossem relutantes ou indiferentes, pensar em todo o apoio que ele tinha! Não foi suficiente para me tornar o tolo que pareci? Como poderia ver isso sem agonia? Ver a sua amiga sentada logo atrás de ti, a lembrança do que tinha ocorrido, o conhecimento da sua influência, a impressão indelével do que a persuasão fez um dia... não estava tudo contra mim?

— Devia ter visto a diferença — respondeu Anne. — Não deveria ter suspeitado de mim agora, a situação é muito diferente, a minha idade é muito diferente. Se uma vez errei ao permitir ser persuadida, lembre-se de que foi por segurança, não pelo risco. Quando cedi, pensei que era meu dever, mas agora não há nenhum dever a ser cumprido. Se eu casasse com um homem ao qual sou indiferente, teria corrido todos os riscos e quebrado todos os meus deveres.

— Talvez eu devesse ter pensado assim — respondeu ele —, mas não pude. Não pude aproveitar do que descobri sobre você só agora. Não consegui fazer uso disso, esse conhecimento estava enterrado, sufocado, perdido naqueles sentimentos antigos que me torturaram ano após ano. Só podia pensar em você como alguém que desistiu, que me abandonou, que tinha sido influenciada por qualquer um menos eu. Eu a vi com a mesma pessoa que a guiou nesse ano de miséria. Não tinha motivos para acreditar que ela teria menos influência agora. A força do hábito tinha que ser levada em conta.

— Eu imaginei — disse Anne — que minhas atitudes o poupariam disso tudo.

— Não, não! Seu comportamento só podia ter sido baseado na tranquilidade que um compromisso com outro homem traria. Eu a deixei acreditando nisso, e mesmo assim, estava determinado a vê-la novamente. Meu ânimo voltou pela manhã, e eu senti que ainda tinha uma razão para ficar.

Finalmente, Anne chegava em casa, e mais feliz do que qualquer um naquela casa poderia imaginar. Toda a surpresa e suspense, e tudo de doloroso que havia ocorrido de manhã tinha sido dissipado por essa conversa. Ela voltou a entrar na casa tão feliz que se sentiu obrigada a controlar esse sentimento com alguns pensamentos de como aquilo poderia não durar. Um tempo de meditação, séria e grata, era o melhor corretivo para controlar aquela alegria e seus possíveis danos. Ela foi para o seu quarto, e foi firme e destemida ao agradecer a benção.

Chegou à noite, os salões de festa foram iluminados e os convidados chegaram.

Era apenas uma festa para jogar baralho, que misturava pessoas que nunca se viram antes com pessoas que se viam até demais, um evento comum, com gente demais para ser algo íntimo, gente de menos para ser variado, mas Anne nunca viu uma noite tão curta. Estava radiante e encantada com a felicidade, e recebendo mais atenção do que poderia reparar ou importar-se, foi gentil e alegre com todos em volta. O Sr. Elliot estava presente, ela o evitou, mas podia sentir pena dele. Animava-se ao tentar entreter a família Wallis. Lady Dalrymple e Srta. Carteret logo se tornariam primas inofensivas para ela. Mostrou indiferença em relação à Sra. Clay, e não sentiu qualquer vergonha quanto ao comportamento de seu pai e sua irmã em público. Com a família Musgrove houve uma alegre conversa e se sentiam muito bem juntos; com o Capitão Harville havia o afeto de irmão com irmã; com Lady Russell houve alguma conversa, mas pensamentos deliciosos sempre a interrompia; com o almirante e a Sra. Croft, a cordialidade de sempre e um interesse forte que os mesmos pensamentos disfarçavam; e com o capitão Wentworth, alguns momentos de comunicação constantes, sempre na esperança de haver mais e sempre ter o conhecimento da sua presença.

Foi em um desses breves encontros, ambos aparentemente ocupados admirando um vaso de belas plantas de estufa, que ela disse:

— Estive pensando no passado, e tento julgar o certo e o errado de forma imparcial, digo, em relação a mim mesma, e acredito que estava certa, mesmo que tenha sofrido por isso, que estava perfeitamente certa em ser guiada pela minha amiga, que o senhor um dia vai aprender a gostar mais do que agora. Ela foi como uma mãe para mim, mas não me leve a mal. Não digo que ela não tenha errado em seus conselhos. Aquele, talvez tenha sido um daqueles casos em que só se pode dizer se foi um conselho bom conforme o rumo dos acontecimentos. E, com certeza, eu nunca teria dado tal conselho em circunstância alguma. Mas, o que eu quero dizer é que fiz certo quando segui o conselho dela e que, caso não o fizesse, sofreria mais ao levar nosso relacionamento adiante, pois assim surgiriam problemas de consciência. Hoje, até onde esse sentimento é possível na natureza humana, não tenho razões para me repreender, e, até onde sei, um sentimento forte de dever não é defeito em uma mulher.

Ele olhou para ela, olhou para Lady Russell, e olhando novamente para ela, respondeu, com julgamento frio:

— Ainda não. Mas há esperanças de que ela seja perdoada no futuro. Creio que em breve posso ser simpático com ela. Mas também estive refletindo sobre o passado, e me perguntei se não houve outro inimigo meu além dessa senhora. Eu mesmo. Diga-me se, quando voltei a Inglaterra, em 1808, com alguns milhares de libras, e fui nomeado capitão do Laconia, se eu tivesse escrito uma carta nessa época, a senhorita a teria respondido? Teria então, nesse caso, reatado o noivado?

— Se eu teria reatado? — foi tudo que disse, mas o tom da resposta não deixou dúvidas.

— Bom Deus! — exclamou ele. — Teria! Não é que eu não tenha pensado nisso, nem pensado em tal acontecimento como o único possível de coroar os meus outros sucessos, mas fui orgulhoso, orgulhoso demais para pedir de novo. Eu não fui capaz de entendê-la. Fechei os meus olhos, e não quis entender nem lhe fazer justiça. Essa é uma lembrança que deveria me fazer perdoar a todos antes de mim mesmo. Seis anos de separação e sofrimento poderiam ter sido poupados. Esse tipo de dor também é nova para mim. Sempre me achei merecedor de todas as bençãos que recebo. Dei-me o valor de acordo com os trabalhos honrosos e recompensas merecidas. Assim como vários outros homens em situação adversa — acrescentou ele, sorrindo. — Devo tentar subjugar minha mente à minha sorte. Tenho que me acostumar a ser mais tolerante e feliz do que mereço.

Capítulo 24

Quem tem dúvidas sobre o que aconteceu? Quando dois jovens decidem se casar, têm a certeza que, pela perseverança, conseguirão o que querem, mesmo que sejam pobres ou imprudentes, ou pouco capazes de dar alguma assistência um ao outro. Essa pode ser uma moral ruim para concluir esta história, mas acredito que seja verdade, e se casais assim conseguirem, como conseguiram pessoas como o capitão Wentworth e Anne Elliot, com a vantagem da maturidade, por meio do saber de seus direitos, e de uma fortuna independente, não conseguem derrubar tudo em seu caminho? Realmente, poderiam ter suportado muito mais do que precisaram enfrentar, pois pouco os afligiu exceto a ausência de cortesia e o calor humano. Sir Walter não se opôs, e Elizabeth não fez nada pior do que parecer fria e desinteressada. O capitão Wentworth, com vinte e cinco mil libras e numa posição tão prestigiada na sua profissão quanto o mérito e a atividade o podiam colocar, não era mais como qualquer homem. Agora era considerado digno o bastante para pedir a mão da filha de um baronete tolo e gastador, que não tinha princípios ou juízo suficientes para se manter na situação em que a Providência o havia colocado, e que atualmente só podia dar à sua filha uma pequena parte das dez mil libras que deveriam ser dela no futuro.

Mesmo que Sir Walter não tivesse nenhum carinho por Anne, e sua vaidade não permitisse ver qualquer vantagem na situação, de forma alguma pensava que o capitão fosse um mau partido para ela. Pelo contrário, quando conheceu melhor o capitão Wentworth, o viu várias vezes à luz do dia e o observou bem, e ficou muito impressionado com as suas pretensões pessoais, sentindo que a sua aparência superior talvez equilibrasse a situação em relação à superioridade social de Anne; e tudo isso, com a ajuda do sobrenome que soava bem, permitiu que Sir Walter finalmente preparasse a sua pena, com muita satisfação, para inscrever o casamento no livro de honra.

A única pessoa que a oposição poderia causar alguma ansiedade era Lady Russell. Anne sabia que Lady Russell devia estar sofrendo para desistir do Sr. Elliot, e lutando muito para se familiarizar e fazer justiça ao Capitão Wentworth. Mas era isso que Lady Russell tinha que fazer agora. Ela precisava entender que havia se enganado sobre ambos, que foi injustamente influenciada pelas aparências, que como as maneiras do capitão Wentworth não eram compatíveis com o que ela pensava, julgou rápido demais e imaginou que fosse sinal de um temperamento perigoso, e que, como as maneiras do Sr. Elliot a agradaram precisamente pela sua propriedade e correção, pela cortesia e delicadeza geral, ela tomou esse comportamento como indicador de alguém correto e equilibrado. Não havia nada além disso a se fazer, Lady Russell teria que entender o quanto estava enganada e formar um novo conjunto de opiniões e esperanças.

Alguns possuem uma rapidez na percepção, uma gentileza no julgamento do caráter, um discernimento natural, em resumo, que nenhuma experiência pode igualar nos outros, e Lady Russell foi menos abençoada com esse entendimento que a sua jovem amiga. Mas ela era uma mulher muito boa, e se o seu segundo objetivo era ser sensata e julgar todas as coisas corretamente, o primeiro era ver Anne feliz. Ela amava Anne mais do que suas próprias qualidades, e quando superou essa dificuldade inicial, foi fácil se apegar como mãe ao homem que fazia sua outra filha feliz.

De toda a família, Mary provavelmente foi a primeira a se alegrar com a união. Era respeitável ter uma irmã casada, e ela poderia se gabar de ter ajudado com o laço, recebendo Anne no outono, e como a sua própria irmã deveria ser melhor do que as irmãs do seu marido, ficou feliz pelo fato de o capitão Wentworth ser um homem mais rico que o Capitão Benwick ou Charles Hayter. Ela talvez tenha sofrido um pouco quando houve o reencontro das duas, ao perceber que Anne havia recuperado os direitos de irmã mais velha e se tornado dona de uma bela carruagem, mas tinha um futuro que ansiava, e era um poderoso consolo. Anne não herdaria Uppercross Hall, nenhuma propriedade no campo, nenhum poder na família, e se pudessem impedir que o capitão Wentworth se tornasse baronete, ela não trocaria de lugar com Anne.

Seria bom que a irmã mais velha estivesse igualmente satisfeita com a sua situação, pois era improvável que se alterasse. Pouco depois, sofreu com o desgosto de ver o Sr. Elliot ir embora, e, desde então, ninguém de condição adequada surgiu para trazer novamente as falsas esperanças que se foram com ele.

A notícia do noivado da prima Anne atingiu o Sr. Elliot de forma inesperada. Acabou com o seu melhor plano de felicidade doméstica, a sua melhor chance de manter Sir Walter solteiro pela vigilância que um genro teria direito. Mas, embora estivesse frustrado e desapontado, ele ainda pôde fazer algo a respeito, pelo seu próprio interesse e prazer. Ele deixou Bath pouco depois, e quando a Sra. Clay também se foi em seguida, estabelecendo-se em Londres sob sua proteção, ficou evidente o jogo duplo que ele fez, e estava determinado a, ao menos, livrar-se de uma mulher traiçoeira.

O afeto da Sra. Clay dominaram seus interesses, e ela sacrificou pelo jovem a chance de continuar seus planos de conquistar Sir Walter. Contudo, ela tem tanto talento quanto afeto, e agora existe a dúvida sobre qual das astúcias será vencedora – a dela ou a dele; ou se, depois de impedir a união com Sir Walter, ele não seria seduzido a torná-la a esposa de Sir William.

Não há dúvidas de que Sir Walter e Elizabeth ficaram chocados e envergonhados com o abandono e a traição da amiga. É claro que tiveram os seus primos mais próximos para consolá-los, mas provavelmente aprenderam que lisonjear e agradar os outros sem serem lisonjeados e agradados de volta não é nada além de um prazer imperfeito.

Anne, precocemente feliz com Lady Russell, que decidia gostar do capitão Wentworth como deveria, não via nada mais encobrindo a felicidade das suas expectativas, além do conhecimento de não ter qualquer laço sanguíneo ao qual um homem sensato daria valor. Era nisso que sentia sua inferioridade de forma tão intensa. Não se importava com a desproporção de posses, não sentia amargura por isso um segundo sequer, mas não ter uma família que o recebesse e estimasse da forma correta, sem qualquer respeito ou harmonia, para oferecer em troca por todo o carinho e acolhimento imediato vindo dos seus cunhados, era fonte de uma dor tão agoniante quanto podia sentir nessa situação, se não fosse por isso, de extrema felicidade. Ela só tinha duas amigas no mundo para acrescentar à lista do marido: Lady Russell e Sra. Smith. Dessas, porém, tinha grande desejo de se aproximar. Mesmo com todos os erros cometidos por Lady Russell no passado, podia agora ter grande apreço por ela. Embora não fosse obrigado a dizer que concordava que ela tinha razão ao separá-los no início, tinha muito a dizer de bom sobre ela. E a Sra. Smith tinha várias qualidades capazes de conquistar sua empatia de forma rápida e permanente.

Suas boas ações por Anne já eram mais que o suficiente, e o seu casamento, em vez de privá-la de uma amiga, assegurou dois. Ela foi a primeira a visitá-los em sua nova vida, e o capitão Wentworth, ao auxiliar na recuperação dos bens do seu marido nas Índias Ocidentais, ao escrever e agir por ela e ao ajudá-la em todas as pequenas dificuldades do caso com o esforço de um homem destemido e de um amigo determinado, recompensou-a completamente pelos serviços prestados, ou que pretendia prestar futuramente, à sua esposa.

Sra. Smith não perdeu suas alegrias com o aumento de sua renda, alguma melhora na saúde e a frequente presença de amigos como esses, pois a disposição e a energia nunca a deixaram. Enquanto possuísse essas fontes de felicidade, ela poderia ter enfrentado até mesmo grandes riquezas materiais. Ela poderia ter sido absolutamente rica e absolutamente saudável, e ainda assim ser feliz. A sua felicidade era própria do seu espírito, assim como o de sua amiga Anne era própria do calor do seu coração. Anne era a própria ternura, e era adequadamente retribuída pelo carinho do capitão Wentworth. A profissão dele era a única coisa que fazia suas amigas desejarem um amor menor, o medo de uma guerra repentina era tudo o que sombreava a sua brilhante alegria. Ela tinha muito orgulho em ser esposa de marinheiro, mas tinha que pagar a dívida por ele pertencer a essa profissão que é, se possível, mais valorizada por suas virtudes domésticas do que na sua importância nacional.